舌战

王颖 著

中国华侨出版社
北京

图书在版编目（CIP）数据

舌战 / 王颖著 . —北京：中国华侨出版社，2020.1
ISBN 978-7-5113-8062-3

Ⅰ.①舌… Ⅱ.①王… Ⅲ.①传记小说—中国—当代
Ⅳ.① I247.5

中国版本图书馆 CIP 数据核字（2019）第 227533 号

舌战

著　　者 / 王　颖
责任编辑 / 高文喆
责任校对 / 刘　坤
经　　销 / 新华书店
开　　本 / 670 毫米 × 960 毫米　1/16　印张 / 17　字数 /227 千字
印　　刷 / 三河市华润印刷有限公司
版　　次 /2022 年 2 月第 1 版第 2 次印刷
书　　号 / ISBN 978-7-5113-8062-3
定　　价 / 48.00 元

中国华侨出版社　北京市朝阳区西坝河东里 77 号楼底商 5 号　邮编：100028
法律顾问：陈鹰律师事务所
编辑部：（010）64443056　　64443979
发行部：（010）64443051　　传真：（010）64439708
网　址：www.oveaschin.com
E-mail：oveaschin@sina.com

目录

第一章 收购案争夺
- 第一节 面试奇遇 / 003
- 第二节 奇葩继承案 / 019
- 第三节 煮熟的鸭子要飞 / 036
- 第四节 攻坚战里应外合 / 045

第二章 调查中的暗战
- 第一节 售楼风波 / 055
- 第二节 借条疑云 / 062
- 第三节 揭开真相 / 070
- 第四节 初战告捷 / 075
- 第五节 恨嫁的心 / 080

第三章 收购案中案
- 第一节 意外相逢 / 093
- 第二节 都是利益 / 101
- 第三节 蹊跷离婚案 / 105

舌战

第四章 旋涡之中	第一节 有人搅局 / 119
	第二节 难逃魔咒 / 128
	第三节 维权较量 / 131

第五章 仗义相助	第一节 被困工地 / 137
	第二节 新的发现 / 147

第六章 各为其主	第一节 唇枪舌剑 / 155
	第二节 潜在危机 / 164

第七章 声东击西	第一节 新的诱惑 / 177
	第二节 奇怪的考察 / 183

第八章 意外出局	第一节 蒙在鼓里 / 193
	第二节 水落石出 / 199
	第三节 情关难过 / 204

目录

第九章　　第一节　锦旗背后 / 217
重拾初心　第二节　父亲的希望 / 219

第十章　　第一节　僵持冷战 / 225
两败俱伤　第二节　分道扬镳 / 231
　　　　　　第三节　没有赢家 / 241
　　　　　　第四节　情难自控 / 245

尾声 / 254

后记 / 264

舌战

第一章 / 收购案争夺

第一节　面试奇遇

1

北京的暮春，天气开始燥热起来，还没到中午，就已经穿不住一件薄外套了。苏佳慧从地铁 1 号线国贸站下车后，就一路小跑地往 CBD 商圈那座有名的大厦狂奔。昨天才下过一场雨，太阳一晒更觉得闷热，她边跑边脱去薄呢西装上衣，脚下那双新买的高跟鞋有些硌脚，影响了她的速度。她有些懊恼，心里默默念叨着："惨了，惨了，看来要迟到了。拜托，鞋跟儿可千万别掉啊！"

今天，她要去北京明敬诚律师事务所面试，这已经是她面试的第五家律师事务所了，她希望这次能够有好的结果。现在已经是四月中旬了，离正式毕业还有不到两个月时间，苏佳慧的工作还没有落听，她心里有些着急。要是工作没着落，她不知道是否该回老家去。可是，她是读研究生的时候才来北京的，到现在也不过才两年的时间，她对于北京到底是个怎样的城市还没弄清楚呢，真的不甘心就这么回去。因此，她特别期待今天的面试能够有个好的结果。

前面就到大厦了，苏佳慧一边着急地看了下手表，一边从步行道走下来准备穿过马路，没注意前面路面上积了一些水，正犹豫着要不要绕道过去，一辆银灰色"沃尔沃"轿车刚好从她面前驶过，车轮碾过前面的积水，水花溅了她一身。

"嘿，怎么开车呢？"苏佳慧大声喊了一声，看着自己浅米色裤子上的

舌战

一大片污水点儿，她愤怒地小跑了两步想追上那辆轿车，可那辆轿车已经驶出十几米远了。苏佳慧懊恼地穿过马路，一想到马上要进行的对自己来说至关重要的面试，气得她不由得喷出一句："开车没长眼睛，急什么急，前面有泡热屎等你吃呢？"

苏佳慧一路嘟囔着，朝大厦走去，没想到那辆溅她一身水的车正好停在大厦停车场，那个"没长眼的司机"下了车正往大门走去。苏佳慧踩着高跟鞋快步追了上去，她大步流星地冲进大厦的旋转门，"没长眼的司机"已经到了通往电梯的走廊。"你给我站住。"苏佳慧出了旋转门喊了一声，直奔走廊冲去。

"小姐，请刷卡进入。"一个保安轻声拦住了苏佳慧。

"刷什么卡？"苏佳慧一愣，这才发现，通向电梯间的走廊设置了几个类似地铁出入口的闸口，要想进入必须刷卡。

"你先帮我把前面那个人拦下来。"眼看前面那个男人就要拐进电梯间了，苏佳慧着急地对保安说。

"对不起，小姐，请您刷卡。"保安依然微笑着说。

可能是听到这边的动静，"没长眼的司机"回头看了一眼苏佳慧，拐进电梯间。眼看着"敌人"就这样跑了，苏佳慧气愤地跺了一下脚，无奈地对保安说："我没卡，我是来面试的。"

"那请您到前台来登记吧。"年轻的保安彬彬有礼地说。目光扫了一下她裤子上的污水点儿。

"可是，我要迟到了。"她不耐烦地说，心里暗暗叫苦。

苏佳慧跟着保安来到接待处。值班的是一个长相白净的斯文小伙子，黑色西装前别着的胸牌写着"大堂经理"。他向苏佳慧微笑着，问："请问您去哪家公司面试？"

"北京明敬诚律师事务所。"苏佳慧回答。

"哦，在这里。请问您贵姓，怎么称呼？"大堂经理看着面前的备案表问。

第一章 收购案争夺

"苏佳慧。"

"好,您的名字在备案表里,您可以进去了。保安会为您刷卡。祝您面试顺利。"这个大堂经理不卑不亢的态度多少缓解了苏佳慧的气愤,也让她对这座大厦有了点好的印象。

重新走向闸口,苏佳慧突然停下脚步,真是冤家路窄,那个"没长眼睛的司机"居然打着电话从闸口走了出来。

"你给我站住!"眼看那人就要走到大堂门口了,苏佳慧大喊一声冲了上去。

"我说你呢!"苏佳慧顾不得多想冲到了男子面前。那人先是一愣,放下手中的电话诧异地望着苏佳慧。

"你说我吗?"

"当然是你啦,你刚才开车把我衣服溅成这样了。"苏佳慧边说边侧身亮出了溅上污水点的裤子。

男子不解地看着苏佳慧。

"灰色沃尔沃,车号4783,不是你是谁?"苏佳慧提高了音量。

大堂瞬间安静了下来,所有人的目光投向了他们这里。

"不好意思戴总,我这边有点事儿,一会儿打给您。"男子挂断手机皱了皱眉头对苏佳慧说,"我们别在这里吵,有话到外面说好吗?"

"我没跟你吵。"苏佳慧正要继续说,男子已经走向了大门,苏佳慧只能跟他来到了大堂外面。

"不好意思,我刚才可能太着急了,开车没注意路上的情况。"男子看着脸色泛红的苏佳慧,不急不缓地说。

"你着急也不能不管不顾呀。"苏佳慧不等对方说完打断道。

"对不起,我今天确实有急事需要马上处理,你告诉我这身衣服多少钱,我原价赔给你好不好?"男子无奈地笑着说。

"你什么意思啊,你以为我找你是要讹钱的是吗?"男子的笑容激怒了

舌战

苏佳慧。

"我没那个意思,我刚才已经道过歉了。"

"你那是道歉的态度吗?"

"我态度没问题呀,小姐。"对于眼前这个咄咄逼人的女孩,男子显然有些不知所措。"事情已经发生了,我们不能总在这里争执啊,总得解决问题吧?大家都提高点效率不好吗?"

"你说怎么提高效率?"苏佳慧突然被这个男子气得不知道说什么好了。

"我已经说了,我可以原价赔给你衣服钱。"

"我不需要!我今天是来面试的,衣服溅成这样,要是因为这个没被录用你赔得起吗?"苏佳慧倔强地瞪着男子。

"那你要怎么样?"男子有些不耐烦地问。

被他这么一问,苏佳慧一时找不到什么答案,老实说她根本没想过自己截住这个人到底要做什么,反正总不能让他白溅自己一身泥点吧?

"我要你以后开车长点眼,别跟个瞎子似的!"苏佳慧赌气地说完,转过身头也不回地走进大堂,身后"没长眼的司机"一脸茫然地摇了摇头,然后快步向停车场走去。

2

重新回到写字楼大堂,苏佳慧的心情莫名地轻松了很多。在保安略带吃惊的目光中,她快步走向电梯间。因为已经过了上班高峰,所以电梯到达时,只有苏佳慧一个人进入电梯。电梯门关闭后,一直到达 26 层。走出电梯,走廊宽阔,灯光是淡黄色的,亲切温暖,脚下的地毯很厚,踩上去软绵绵的,苏佳慧看了下表,已经迟到了五分钟,她有点懊恼自己刚才跟那个人浪费时间,不然也不至于迟到了。低头看着自己的裤子,苏佳慧闭着眼露出痛苦的表情。她赶紧穿上了一直拿在手里的西装外套,但裤子上的污点依然没法遮住。

"没办法了,现在只能这样了。"她向两边望了望,看到右手边的两扇玻璃大门挡在走廊中央,透过明亮的门,可以看到迎面的墙上镶嵌着"北京明敬诚律师事务所"几个大字。

苏佳慧在来面试前,照例在网上浏览了这家事务所的网站。但是,她没有抱太大的希望,只是想碰碰运气,也许是以前的失败经历太深刻了吧。这家事务所只不过是她留在北京的、所剩不多的稻草之一。现在自己的这个形象恐怕希望更渺茫了,她整理了一下西装外套的下摆,深吸了一口气,向那扇玻璃大门走去。

前台秘书给她开了门,说明来意后,自称小马的秘书让她在前台稍等,自己去里面通报。

"咚咚咚",此时玻璃门外又响起敲门声。苏佳慧扭头望去,看到门外站着一个和她年纪相仿的年轻人,穿着一身灰色西装,背着一个黑色的皮包,正在向里面张望。前台只有苏佳慧一人,她不知道怎么才能打开玻璃门,只好隔着门跟那个年轻人比画。正在这时,小马回来了,打开了门。

"我来面试。"那个年轻人一进门便说明来意。

"哦,都是来面试的,只是你们两个同时来,到底谁先面试呢?"小马忽闪着一双水汪汪的大眼睛问。

"我来早了,让她先面试吧。"那位年轻人说。

苏佳慧微笑看了他一眼。

"您是杨律师吧,您约的是十点半,请先等一会儿。我带她先去会议室。"小马和年轻人说完,就从前台转出来,带着苏佳慧向饮水机旁的一个房间走去。

苏佳慧跟在秘书小马的后面向会议室走去,同时她用余光打量着周围的一切。嗯,装修很素雅,墙壁上还挂着中国山水画,有一幅的落款居然是"康涛"。她清晰地记得这位当代大书画家曾经到她就读的大学做过讲座,

舌战

其作品可谓炙手可热。

"你稍等，我去请廖律师。"小马说着，将会议室的门关上，只留下苏佳慧一个人在房间里。她看到会议室里面摆放的各种获奖证书和奖牌，心里默默背诵着简历上的内容，希望今天的面试一切顺利。

会议室的门被推开了，苏佳慧赶紧站起来，只见门外进来一位三十多岁的女律师。她中等身材，微胖，一身考究的西装套裙，别有一番风韵。

"苏佳慧吧？请坐！"廖律师爽朗地打着招呼，绕过会议桌，坐在了苏佳慧的对面。

"廖律师，您好！"苏佳慧大方地回答，在廖律师坐定之后，也慢慢坐下，等待着提问和审视。她以往的面试经历让她显得从容不迫。

"我看了你的简历，你的本科是在山东读的，还修了英语专业，获得了双学士学位。这点很不错。"廖律师的开场白让苏佳慧有点小小的得意。

"是的，我是研究生时才考入北京这所大学的。法学和英语都是我喜欢的专业。"苏佳慧不紧不慢地说，她已经见惯了这种场面，知道应该如何展现自己的优势。

"嗯，很好，英语对于现在的法律业务来说越来越重要了。你能够有这方面的优势，会受益匪浅的。对了，你应聘的是律师助理，律师助理需要有一定的律师从业经验，而你还没毕业，显然不符合条件。"廖律师平静地看着苏佳慧说。

苏佳慧知道从业经验对于自己来说是硬伤，听到廖律师这么说，一丝失望的神情从她年轻的脸上滑过。

"我们所现在需要一个律师的专职秘书，不知道你有没有兴趣？"廖律师话锋一转，提出了一个让苏佳慧始料不及的问题。

"秘书？"她暗暗叫苦，心里有点别扭。难道一个法律硕士毕业生，就当一个秘书吗？

"你还没有通过司法考试，所以目前你还不具备当律师助理的资格。你

第一章 收购案争夺

毕业的学校也不知名，法学院的学生素质和口碑也很一般。说实话，你并不是我们看到的最优秀的人才。"廖律师一改刚才的温情脉脉，一番话直指苏佳慧的软肋，让她不得不叹服。

"我知道我不是最优秀的，但是我认为我会成为最优秀的。另外，我不怕吃苦，也不计较报酬，我已经开始准备司法考试了，争取今年十月份参加考试，一次通过。"廖律师的点评激起了苏佳慧的斗志。

"廖律师，我提前浏览了咱们所的网站，咱们所的网站做得有点太保守，但是，其中的业务介绍部分还是很丰富。其中公司并购业务和投资业务是我非常喜欢的，我在大三暑假时，曾经在我们老家的法院实习，协助法官处理过两个这方面的案子。虽然我们是小地方，案子的标的太小，但是我毕竟亲自接触了案子，有了最直接的感受。我认为律师这一行，就是一个实践性很强的工作。我的这些实习经历肯定会对以后的工作有帮助。"苏佳慧滔滔不绝，她也不知道自己哪里来的勇气，也不知道为什么对于进入这家律师事务所这么迫切。当她说完这些话的时候，她发现廖律师的目光变得柔和了，微微地点着头。

"你说得很好，你关于网站的意见，我们会认真考虑。谢谢你的建议。"廖律师温和地看着苏佳慧继续说："你还没有告诉我，你是可以接受秘书的岗位呢，还是只考虑应聘律师助理？"

"我，"苏佳慧停顿了一下说，"如果您觉得我应聘律师助理条件还不够的话，我想秘书工作对我来说也是个不错的选择。"听了苏佳慧略显学生气的回答，廖律师微笑着拿起一支笔，在她的简历上写了些什么。

面试大概进行了十五分钟，苏佳慧却觉得时间很短，因为她和廖律师的谈话非常愉快。

"咱们今天的面试就先到这里吧，你先回去，我和事务所的其他合伙人商量一下，三天后给你答复。"廖律师首先站起来，做出了送客的姿态。

"好，谢谢您。希望我能够入职咱们所，做秘书也不要紧，对于我们年轻人来说，获得学习和成长的机会是最重要的。我相信我能够胜任专职秘书的职位。"苏佳慧也站起来，并且抓紧机会再次表达了她的态度。

"你这裤子是……"廖律师显然是刚注意到苏佳慧的裤子，笑着问道。

"嗨，别提多倒霉了。就在咱们大厦前面，一辆车从我前面开过去，前面有个水坑儿，溅我一身。希望我这样的形象不会影响面试。"苏佳慧低头看着自己的裤子不好意思地说。

"不会，希望我们有机会成为同事。"廖律师笑着伸出手，和她轻轻地握了握，对这个爽快的小姑娘多了几分好感。

苏佳慧走出会议室的时候，迎面碰上秘书小马带着刚才那个年轻人往会议室走来，她和年轻人对视了一下，两个人同时向对方点点头。

"廖律师，这位是杨智律师，也是您今天约好面试的。"小马的声音从苏佳慧的身后传过来。

3

苏佳慧是周日晚上接到廖律师的电话的。当时她正在地铁6号线里面。周日恰好是三天期限的最后一天。地铁里面噪音太大，她冲着手机大喊大叫了半天，终于明白了廖律师的意思，那就是事务所想录用她，但是不能办理进京户口，只能帮她把档案放进人才中心，试用期两个月，月薪3800元。如果同意呢，就周一早上九点来上班。她想也没想就答应了。因为这是她的第一份工作，而且还是她期待的工作。想到大厦前台那个斯文的大堂经理，想到自己每天都能够穿着精致的西装套裙在明亮的办公室里办公，她很开心、很知足了。当天晚上，她睡得很晚，把第二天要穿的衣服提前准备好，还特意换了那双旧的平跟船鞋，她预测第一天上班会很忙，她可不想自己的脚受罪。

苏佳慧周一早上八点半就到达了律师事务所，她看到玻璃大门敞开着，前台没人。站在前台，她四处张望，只听见饮水机处传来女孩子聊天的声音。

"你看见柳律师了吗？好帅啊。简直就像明星。"

"哪个柳律师？"

"就是刚从金康所跳槽过来的呀，哦，你上周出差了，开会时没看见。"

"金康那么牛，跑咱们所干嘛来呀？"

"不知道，管它干吗，反正咱们所又多了一个王老五，绝对钻石！"

"注意点儿啊，哈喇子都快流出来了。"

"你别说我，一会儿你见着人估计膝盖也能碎一地。"

……

苏佳慧听着这些对话，在心里偷偷地笑。"原来律师事务所的人也这么八卦。"

饮水机旁的对话忽然停止了，秘书小马和另外一个女孩走过来，看到了苏佳慧。"苏佳慧？来上班了？"小马认出了苏佳慧，乐呵呵地问。

"是的，廖律师通知我今天来上班。"苏佳慧回答。

"好，廖律师已经安排了，你的座位在柳律师的办公室前面。"小马边说，边放下水杯，示意苏佳慧跟她走。

苏佳慧随着小马进入了办公区，穿过不宽的过道，里面豁然开朗。偌大的办公区四周都是单独隔出来的小房间，那是事务所合伙人的办公室，每间办公室的门上都挂着合伙人的名字。办公区的中央是几十张带隔断的办公桌，桌子上放着电脑、电话、文件筐等办公用品。整个办公区域以淡蓝色的色调为主，在过道尽头和办公桌的间隔处摆放着几株一人多高的绿植，给这里平添了一些生气。

柳律师的办公室在过道的中间位置，门上挂着一个仿楠木的名牌，上面写着："柳怀远合伙人律师"。

苏佳慧的办公桌离柳律师的办公室不远，办公桌上面电脑、电话、文

舌战

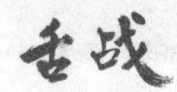

件筐等一应俱全。"办公文具都给你配齐了。如果还有什么需要，就上前台找我领。桌子上的文件夹是咱们事务所的管理制度，你先看看。"小马微笑着说。

"好，谢谢你！"苏佳慧真诚地道谢，她觉得小马的热情周到让她在新环境中有了信心。随着同事陆陆续续地进来，办公室里面也热闹起来。苏佳慧安静地坐在自己的座位上，对每一道投向她的好奇的目光报以微笑。

刚过九点，廖律师就来到苏佳慧身边。她今天穿了一套浅褐色的西装套裙，裙摆在膝盖下方，很好地掩盖了她体型的缺陷。她已经到事务所工作八年了，虽然对外称合伙人，但是她的主要业务还是事务所的主任耿朝晖律师交办的，并没有多少自己的客户。对于这一点，她并不在意，她很满足这种状态，耿律师是他父亲的学生，她在这里工作得非常惬意。

"小苏，你看过所里的规章制度了？"廖律师开门见山地问。

"看过了，我一定严格遵守。"苏佳慧站起身来回答。

"好，一会儿柳律师来，我介绍你们认识。有事找我打分机号，号码在事务所通讯录里。"廖律师干净利落地吩咐完，就转身离开了。

苏佳慧这才注意到在她的办公桌的隔断挡板上，用不干胶贴着一份通讯录，上面有所有人员的姓名、分机号和手机号。她在上面找到了廖律师的名字："廖莹莹，分机号116。"

大概九点三十分，廖律师带着一个年轻人走过来，苏佳慧注意到，这个年轻人就是和她同一天面试的那个人。

"小苏，这位是杨智律师，你们两个今后搭档协助柳律师工作。柳律师到了吗？"廖律师问道。

"哦，我刚才一直在看咱们所的网页，没注意。"苏佳慧抬头看了一眼柳律师的办公室，门关着，灯亮着。

"已经到了，走吧。"廖律师带着两个年轻人推开柳律师办公室的门。柳律师正坐在办公桌的后面伏案写着什么东西，白色衬衫外面罩着一件淡灰色西装马甲，脖子上的领带是明黄色和灰色交织的图案，椅子背上搭着淡灰色的西装。

"柳律师，这就是杨智律师和苏佳慧。"廖律师说着，扭头看着他们两个。

柳怀远放下手里的笔，站起身冲两个年轻人微笑着点了点头，略显消瘦的脸上架着一副金丝眼镜，看上去很斯文。

"柳律师好，我是杨智，已经执业两年多了。今后做您的助理。"杨智抢先自我介绍。

看到柳怀远，苏佳慧一下愣住了，这不是那天开车溅她一身水的人吗？她怎么也想不到眼前的这个眉目清秀的柳律师，就是那天的那个"没长眼的司机"。

4

"小苏，你怎么了？"廖律师从后面拉了她一下，苏佳慧才缓过神来。

"哦，我，我叫苏佳慧，嗯，是您的秘书。"苏佳慧满脸通红地低着头说。

"好，你们的简历我都看过了。基本情况都了解了，谢谢廖律师帮我挑选了这么优秀的人才。"柳律师微笑着说，目光望向廖律师。

"柳律师不用谢，也许哪一天，我也会成为你的团队中的人才呢。到时候，不会拒绝我吧。"廖律师满脸笑容地说着，显然和柳律师非常熟悉。

"欢迎欢迎！"柳怀远说话间，站起来，走向他办公桌旁边的大书架，取出一份厚厚的卷宗。

"哦，你们先忙吧。我还要去见客户。"廖莹莹见此情形，知趣地告辞了。

"你们两个过来，这些客户资料你们必须用最短的时间熟悉一下。"柳怀远站在大书架旁边，指着第二排上面的所有卷宗。"杨律师，你是执业律师，可以出庭，你先熟悉里面的诉讼卷。小苏，你还没有毕业，只能做一些辅助性的工作。你把U盘里面的客户通讯录整理一下，将最新的通讯录

舌战

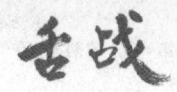

下班前邮件发给我,再和杨律师一起,将这些卷宗里面的案件的进展情况汇总一下,用表格的形式表示出来,最好明天下班前给我。"柳怀远边说,边交给苏佳慧一个不锈钢外壳的 U 盘。

"这些诉讼卷宗可以拿出您的办公室吗?"杨智问。

"可以,但是一次只能拿出去两本,看完之后,还回来,再拿。小苏,以后我办公室的钥匙你要留一把,下班前要锁好门,才能走。"柳怀远清瘦斯文的脸上没有一丝笑容。

"好的。"苏佳慧赶紧答应着。

"以后你们两人准备一个记事本,到我办公室来的时候,带着。我每次布置的工作可能会比较多,你们有个本子记着,比较好。好了,你们去工作吧。"柳怀远重新在办公桌后面坐下。苏佳慧和杨智转身往门外走。

"哦,对了,小苏,麻烦你帮我沏杯茶。茶叶在文件柜第二层。"

"好的。"苏佳慧转身从柳怀远桌上拿起茶杯,从文件柜上的瓷罐中倒了少许茶叶,端着茶杯走出了办公室。

杨智手里抱着一本厚厚的卷宗刚坐到办公桌前,看到苏佳慧走出来,悄声对她说:"柳律师好大的气场,以后工作可得当心啊。"

苏佳慧完全没在状态,心里还在想着面试那天的事,脑子里飞快地闪回那天和这个"没长眼的司机"的对话。

"请进。"听到有人敲门,柳怀远的目光离开电脑屏幕,向后伸展了一下有些酸痛的肩膀,看着苏佳慧端着他的杯子走了进来。

"柳律师,您的茶。"苏佳慧小心地将茶杯放到办公桌原处轻声说。

"这是饮水机里的水沏的?"柳怀远看了一眼茶杯中茶水,抬头看着苏佳慧问。

"对啊。"苏佳慧有些纳闷,沏个茶还需要问热水是哪来的吗?她脑海里同时闪过一句话:"如果你喜欢吃鸡蛋,有必要认识下蛋的母鸡吗?"

"你知道你刚才沏的是什么茶吗?"柳怀远显然看出了苏佳慧的不解,

第一章 收购案争夺

看着她继续问道。

"啊?"苏佳慧愣了一下说,"我不太懂茶,不知道是什么茶。"

"这个茶是铁观音,属于半发酵茶,需要用沸水冲泡,才能把它的色香味泡出来,如果水的温度不够,泡出来的茶就会像你现在看到的这样。"柳怀远用手指了一下茶杯平静地说。

苏佳慧看了一眼杯子中的茶叶,果然还没有充分打开。

"秘书工作需要细致严谨,所以做事之前,最好先搞明白,然后再动手,你说呢?"柳怀远面无表情地看着苏佳慧。

"哦,那我再帮您重新沏一杯吧。"苏佳慧有点儿尴尬地微笑着说。

"谢谢。"柳怀远转过头去,注意力又集中在电脑屏幕上了。

"柳律师,那我需要把这杯茶倒掉重新沏吗?"苏佳慧端起茶杯有些怯懦地问。

"需要。"柳怀远眼睛并没有离开电脑。

苏佳慧端起杯子站在原地有些不知所措,她想了想,终于鼓足勇气支吾着说:"对不起,柳律师,那天的事……"

"那天的事怪我,不是你的错,还好没影响你面试,不然我可真是赔不起啦。"柳怀远头也不抬地说。

"不不,我……"苏佳慧回想起那天自己说的话,一时语塞。

"没什么事就去工作吧。"柳怀远冷冷地说。

走出柳怀远的办公室,苏佳慧撇着嘴,恨恨地皱着眉头,心里很是不痛快。"他这不是故意刁难我吗?喝个茶,哪来那么多事儿啊?要用滚开的水,那为什么不早说?还让我忘了那天的事,真是虚伪!"苏佳慧边想边来到前台,把茶杯里的水倒进饮水机旁边的垃圾筒。

"小马,咱们这儿哪有滚开的水?"苏佳慧问。

"沏茶还得用滚开的水呀?柳律师这么讲究啊?"小马看着苏佳慧微笑着往门口一指说:"出门到公共区域的开水间,那儿的水应该是滚开的吧。"

舌战

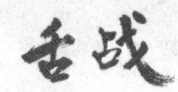

"哦，谢谢啊。"

苏佳慧回到柳怀远办公室重新装了茶叶，端着杯子走出公司的大门。

"喝个茶还得本姑娘跑公司外面来沏，可真是够讲究的！"走到开水间，苏佳慧将茶杯端到开水龙头下小声嘀咕着。"以后可得小心点，别让他再挑出什么毛病来。"这样想着，手里的杯子没拿稳，几滴的热水洒在她的手背上，烫得她禁不住"哎哟"了一声。

把水送进柳怀远的办公室，苏佳慧心里一直接琢磨着柳怀远既然已经看过自己的简历，知道她就是那天跟他理论的人，为什么还同意录用她呢？今天沏茶这事儿到底是不是报复呢？如果是，那以后的日子可就不好过了。如果不是，喝个茶都这么多事儿，自己的日子也不好过啊。

回到座位上，苏慧佳看到杨智正在专心地看着卷宗，他的办公桌就在苏佳慧的左手边，隔着一个过道。这时她才想起柳怀远交代的事情，当时光顾着吃惊，除了要整理通讯录，还让她做什么，她竟然全都不记得了。

"杨律师，你看卷宗呢？"苏佳慧主动和杨智搭起了话。杨智放下手中的卷宗看着苏佳慧微笑着点了点头。

"我刚才有点紧张，柳律师说今天除了让我整理通讯录，还让我做什么来着？"苏佳慧有些尴尬地问。

"柳律师还让我们一起将这些卷宗里面的案件的进展情况汇总一下，明天下班前交给他。"

看着眼前的这个女孩红着脸有点不自在的样子，杨智忍不住笑了。"这样吧，我先帮你把案件进展情况的表格做出来，然后你往里面填内容就行。"杨智不慌不忙地说。

"那太好了，我以前没在律师事务所干过，也不知道案件进展情况到底指什么。"苏佳慧感激地对杨智说。

"没事，我知道，这个不难，我们以前经常做。"杨智一边翻看着卷宗，一边说。

第一章　收购案争夺

这个时候，苏佳慧才注意到杨智其实长得不难看，他二十七八岁的年纪，身体很结实的样子，五官端正，只是肤色有点儿黑，给人一种"土"的感觉。

整理通讯录的工作并不轻松，一直到下午五点，苏佳慧才把零散在各处的电话全部录入电脑中，她把通讯录打印后交给柳怀远。

"你这是按照手机通讯录方式整理的？"看着手里密密麻麻十几页打印好的通讯录，柳怀远皱起了眉头。

"是啊，我是按照姓氏字母顺序整理的，不对吗？"苏佳慧不解地问。

"这是一种最简单的整理方法，如果是经常联系的人，能够记住姓名，查找起来很方便。"柳怀远顿了一下说，"但是，这里面很多人，未必经常联系，需要打电话的时候想不起名字，怎么查找？"

听柳怀远说完，苏佳慧才意识到自己在整理通讯录时的确没动脑子。"不好意思，柳律师，我第一天工作可能有些紧张，没想这么多，那我按照客户单位的名称分类，给您马上重新整理。"

没等柳怀远回答，苏佳慧低着头逃出柳怀远的办公室，坐在座位上生自己的气。"真是没脑子，这么简单的事都做不好。"

看着苏佳慧走出办公室，柳怀远摇了摇头。其实今天第一次见到苏佳慧，他就认出这是那天在写字楼大堂大声和自己理论的那个女孩，他对这个咋咋呼呼的女孩印象并不太好，但碍于是廖莹莹受自己委托帮忙面试的，他也不好说什么。沏茶和整理通讯录可以说是他对苏佳慧工作能力的一次考察，结果他并不满意。

柳怀远走出办公室已经是晚上七点多了，而苏佳慧仍在办公桌上敲着键盘。

"怎么还没走？"柳怀远问。

"哦，我把通讯录整理好就走。"苏佳慧抬头看了一眼柳怀远回答。

"也不差这一天，先回家吧，明天再整理。"

舌战

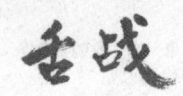

"马上就整理好了，您先走吧。"苏佳慧微笑着说。

"那好，辛苦了。"柳怀远朝苏佳慧点点头向门口走去。

苏佳慧把通讯录整理好已经快八点了，办公室里只剩下她一个人。手机响了，是闺密李嘉打来的。

"第一天上班怎么样？"

"唉，别提了，你知道我老板是谁吗？就是上次跟你说的那个开车不长眼、溅我一身水的家伙，真是冤家路窄，这家伙不知道是不是有意为难我，今天一天可把我累坏了。"

"啊？这么巧啊。"

"可不是，今天就整理一天的通讯录，害我忙到现在。想想以后的日子可怎么过啊？"

"慌什么？这不是你风格呀。先高高兴兴把今天过了再说，保不齐明天还有新的打击呢。哈哈……"

"你这是安慰我呢？"苏佳慧提高了音量。

"要不你就试着把冤家路窄演变成欢喜冤家呗。"电话里传来李嘉爽朗的笑声。

"滚！不和你说了，我得撤了。"

"唉，我还没说正事呢，周四晚上小动物协会有活动，我给你报名了啊。"

"行，我知道了。"挂掉电话，苏佳慧收拾好东西，走出了办公室。

第二节　奇葩继承案

1

上班一个多星期，苏佳慧逐渐适应了工作节奏，她担心柳怀远会报复自己的事并没发生。

这天李嘉打来电话说有个小案子让她帮忙。

"是我老妈小区的一个老太太要打官司，具体我也说不清楚，让她明天找你吧。"

"我才来几天，你别给我添乱了。"苏佳慧一口回绝。

"哎哟，大律师，我妈这两天都快烦死我了，这忙你帮也得帮，不帮也得帮。再说了，你刚到就给他们找了个案子，不正好借机和你老板缓和一下关系吗？"

"别胡说，我这……"

"好了好了，我不说了，过两天让她去找你啊，我挂了。"没等苏佳慧说完，李嘉就挂了电话。

"嘿……"苏佳慧举着电话一脸无奈。

两天后，苏佳慧接到前台小马电话说前台有人找，苏佳慧满腹狐疑地来到门口的接待区。只见一个穿着花上衣的、黑脸膛的中年妇女坐在沙发上，正在四处张望。

"就是她。"小马悄悄地跟苏佳慧说，"指名道姓地要见你。"

见到苏佳慧，"花上衣"主动站起身来说："你是苏律师吧，我是李嘉

舌战

妈妈的邻居。"

"哦，阿姨，我不是律师，您叫我小苏就行了。"苏佳慧这才想起来，心里埋怨起李嘉来。

"要不您先跟我到会议室来吧。"苏佳慧勉强地笑着说，伸手去扶她。两人到了小会议室，"花上衣"坐在椅子上说："苏律师啊，我是……"没等她说完，苏佳慧赶紧拦住她，说："阿姨，您可千万别再叫我律师啦，我只是个秘书，您的事，李嘉之前和我说过，我原以为您会先打个电话呢，不过没事儿，既然您来了，我现在去帮您找一个律师，您有什么事可以先问问他。"

"啊，这样好吗？""花上衣"抬头看着苏佳慧。

"没什么，您先在这儿等着啊，我马上就来。"苏佳慧边说边走出了会议室。

回到自己的办公区，苏佳慧见杨智还在座位上翻看卷宗，便凑上去小声问："杨律师，我有个朋友的邻居遇到了点事儿，想咨询一下律师，她没打招呼就来了，现在在会议室，您有时间吗？"

"什么事儿？"杨智放下手中的卷宗问。

"啊？我刚才太着急了，没顾上问。"苏佳慧这才想起来，自己对找上门来的这个"朋友"还一无所知……

几分钟以后，杨智和苏佳慧一起坐在了"花上衣"的对面。苏佳慧这才发现，"花上衣"虽然皮肤粗糙了些，但是眉目一点也不难看，乌黑的双眼中反倒透着一股机灵劲儿。

"阿姨，这是我同事杨智律师，您有什么事和他说吧。"

听苏佳慧介绍完，"花上衣"赶忙站起身来说："杨律师您好，我被人告了，您帮帮我吧。"

"阿姨您别着急，坐下慢慢说，想找我们帮什么忙？"杨智单刀直入地问道。

第一章 收购案争夺

"哦,我被人告了。""花上衣"踟躇地说着,从随身携带的一个购物布袋子里面掏出一份文件,"您帮我看看,我该怎么办。我一辈子都老实巴交,怎么到了北京,就当了被告呢。"

杨智接过文件一看,原来是一份《民事起诉状》,被告是翟大红。

"您就是翟大红?"杨智问。

"是的。""花上衣"回答:"我原来是张阿姨楼上的,白阿姨家的保姆。我从一来北京就在她家干活,老太太孤苦伶仃的,就一个人。老伴和女儿都不在了,偶尔有女婿过来看看,可是,也帮不上什么忙。"

"张阿姨是我朋友的妈妈。"苏佳慧低声告诉杨智。

"这些起诉您的原告都是些什么人啊?"杨智把文件递给苏佳慧,拿起笔,准备记录。

"这些人是白阿姨的亲戚。"翟大红皱了一下鼻子,搓着双手,回答:"白阿姨临终前立了一份遗嘱,把她全部的财产留给我和乖乖了。"

"乖乖是谁?"杨智好奇地问。

"乖乖就是一只小狗。"翟大红微笑了一下,露出两排发黄的牙齿。

"小狗?"杨智和苏佳慧不约而同地叫出声来。

"对啊。"翟大红一本正经地继续说,"小乖乖是白阿姨的女婿送过来的。它一满月就来了,就像白阿姨的孩子一样,每天都在一起。乖乖可听话、懂事了,从来不招人生气。我和白阿姨都喜欢得不得了。"

"嗯,那个,"杨智挠了挠头,迟疑地说:"现在起诉您的那些人想推翻遗嘱,分白阿姨的财产,对吗?"

"是的,他们就是这个主意。"翟大红愤愤地说,"我在白阿姨家照顾她十几年,根本没见过这些人。现在他们知道老太太没了,留下了房子和钱,就都来要。"

"您说有遗嘱,现在遗嘱在哪里?"苏佳慧问。

"在我这里。"翟大红说:"这个宝贝东西,可不能随便给人看,我今天没带过来。"

"可是,您现在被人家告到法院,您必须出示这份遗嘱,让法官知道您有权继承白阿姨的财产,您明白吗?"杨智严肃地叮嘱道。

"我知道,我知道。"翟大红点点头,她在北京工作多年,也对法律略知一二,"在法庭上,我当然要给法官看。只是,今天我过来,想问问二位律师,是否可以帮助我开庭?法院说要开庭审理,我不知道是咋回事。"

"我们帮助你没问题,只是律师代您出庭,要收费的。"杨智缓缓地说出这个关键问题。

"我知道,我知道。"翟大红倒爽快得很,"你们帮助我出庭,那肯定要收费的,公平公平。不过,我现在没钱,只要你们保住这份遗嘱,让我能继承,我就有钱了,我一定付钱给你们。"她的黑脸膛熠熠生辉,好像已经拿到了那些真金白银。

"那您稍等会儿,这事我们得先去问问领导。"杨智起身向苏佳慧示意了一下,两人走出了会议室。

"这事儿得和柳律师打个招呼。"杨智说。

"哦,那要不你去说。"苏佳慧迟疑地回答,老实说,她从心里对柳怀远有些犯怵。

"我们俩一起去吧,由我来说。"

"那太好了,谢谢你,杨律师。"

2

柳怀远坐在办公桌前听完了杨智介绍的情况。

"这种案子看似简单,真要办起来会很麻烦,很牵扯精力的。我手里的项目马上就要启动了,这样的小案子我看不接也罢。"

"这阿姨在北京举目无亲也怪可怜的,要不我们帮帮她吧,反正她也会付律师费的。"苏佳慧鼓足勇气低声说。

"世界上可怜的人多了,你帮的过来吗?"柳怀远看着苏佳慧厉声说:"她说付律师费的前提是官司打赢了,如果打不赢怎么办?算我们做慈善?再说这样的官司打赢了你能收她多少钱?"

"哦。"苏佳慧尽管心中不服,但也不敢和柳怀远争辩,只能低头不语。

"柳律师,要不这样吧,这个案子马上就开庭了,我尽量用业余时间帮她打这个官司,保证不耽误正常工作,您看行不行,这样,小苏对她的朋友也好有个交代。"杨智用很缓和的语气说道。

"你想得太简单!"柳怀远看着眼前的这个年轻人说:"老太太去世这么长时间了,她作为受遗赠人应该有明确的接受遗赠的表示,可是她并没有啊。这在法律上就是一个最致命的程序漏洞。还有,遗赠遗产给自己的宠物狗,这在法律上也是一个空白。狗是否能够作为遗产受赠方,如果可以,那么,谁来监护这个狗,谁来负责监管这笔财产?这些问题是需要你提前搞清楚的,开庭的时候,不论法官问不问,对方的律师肯定会向你发难。而这份遗嘱的内容和程序都有问题,你怎么赢这个案子?赢不了,你又怎么拿到律师费?"

杨智被柳怀远劈头盖脸地一通数落,有点招架不住,红着脸支吾地说:"我觉得问题没那么严重,只要遗嘱是真实有效的,我们肯定要尊重死者的意愿。这些问题都可以解决,您说的都是技术层面的问题,不是实质性问题。"

"法律实践是什么?难道不是具备可操作性的技术活儿吗?"柳怀远情不自禁地提高了嗓门,"纯实质性理论探讨是法律学家的事,我们律师不管技术层面,还能管什么?你的辩护,你争取到的判决没有可操作性,技术层面行不通,你觉得你胜利了吗?"

"嗯,这个,我没想过。"杨智终于哑口无言了。

看到杨智不再说话,柳怀远想了想说:"我不管你怎么安排时间,总

舌战

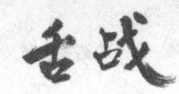

之，第一，不允许你为了这个案子影响其他事情。第二，这个案子收费最低五万元。如果同意你可以接下来。"

"五万元。"苏佳慧显然觉得这个价格超出了她的预期。

"你觉得高吗？"柳怀远看着苏佳慧问。

"啊不，不高。"苏佳慧头也不敢抬地说。

"我不能允许我团队里的人将宝贵的工作时间浪费在没有任何经济效益的事情上。律师事务所不是慈善机构，我们也要吃饭，在这一点上，其实跟那个保姆没有差别。"柳怀远下了最后通牒，虽然看似非常严厉，但是，总算网开一面，也算给了苏佳慧面子。

"阿姨，我们主任说这个案子律师费最低也要五万元，您看这个价格您能接受吗？"回到会议室，苏佳慧把柳怀远的报价告诉了翟大红。

"五万元？"翟大红听罢从椅子上站了起来。

"对，阿姨，是五万元，这样的案子如果按照标的折算可能还会高很多呢，您要不回去考虑考虑？"杨智温和地向翟大红解释着。

"这，这不是抢钱吗？"翟大红小声嘀咕。

"我也找不着别人帮我啊，要不你们就先帮我打这官司，反正我也得等打赢了官司拿到钱才能给你们。"

"我们肯定会帮你，但是我们不能保证一定会赢，因为您今天没带遗嘱过来。"杨智字斟句酌地说，"下次见面您一定带遗嘱过来，而且法院已经通知开庭，我们错过了答辩期，只能直接应对开庭了，准备的时间不多了。"

"大便期？"翟大红瞪着一双不大的眼睛诧异地问："这打官司，怎么还有大便期？"

杨智和苏佳慧忍不住笑起来，气氛比刚才轻松了许多。"答辩期，不是大便期。"杨智订正。

"啊？啥期？"翟大红还是不明白，尴尬地笑着。

3

坐在法庭被告席上的翟大红十分不安,身体扭来扭去,惹得法官几次将目光转向这边,提示她坐端正。杨智明白翟大红为什么情绪不安,烦躁得要命,因为她听到了原告律师和几个原告的话,他们指责她胁迫白阿姨,伪造遗嘱,要求法官撤销遗嘱,改由法定继承。

"我没有,没有欺负老太太。"翟大红不管不顾地打断对方的话,大声申辩着:"你们胡说,你们根本不去看望老人,你们什么都不管。"

"被告,我再次提醒你注意法庭纪律,不让你发言就不要说话。"法官严厉地制止翟大红,满脸的不耐烦,"后面有你说话的机会,别插嘴了!"

杨智赶紧碰了碰翟大红的胳膊肘,低声说:"现在是原告陈述时间,过一会儿就轮到咱们发言了,你先忍一会儿。"

"他们欺负人,他们瞎说,不带这么冤枉人的!"翟大红愤愤不平,眼圈竟然有点红,显然她觉得自己受到了侮辱。

"被告,我问你们两个问题。"法官听完原告的陈述,慢条斯理地朝着杨智他们发问:"第一个问题是,原告说被告胁迫老人,伪造遗嘱,还拿出来老人去世前十个月摔伤住院的证据,对此你们有什么反驳意见吗?第二个问题是,遗赠人去世后两个月内,受遗赠人应该明确表示接受遗赠,被告有这样的表示吗?原告说没有,但是他们没证据,而此种情况下,没证据,也是有证据的一种形式,你明白吗?"

翟大红一脸茫然,完全不明白法官在说什么,扭头看看杨智,她连问题都问不出来。而杨智挠了挠头:"果然,所有疑问都被柳怀远说中了,躲也躲不掉。"杨智心中暗自感叹。

"首先,我方特别澄清,老人去世前十个月的时候,摔伤住院的证据跟

舌战

本案没有关系，从遗嘱的落款时间上来看，遗嘱签署日期在摔伤之前，也就是说，老人在摔伤之前就立遗嘱将财产赠予被告，从逻辑上看，被告完全没有理由胁迫老人。对于原告这一点的指责，我方坚决反对。"杨智一边翻阅着自己的开庭笔记，一边字斟句酌地发言。

翟大红听着，使劲地点着头，没有说话。

"关于第二个问题，被告翟大红自老人去世后，就开始着手接受遗产的事情了，但是因为她不熟悉法律规定，也不知道到哪里去办理相关手续，所以这件事就耽搁下来。"杨智决定先说这么多，想看看能否将这个最尖锐的问题绕过去。

"你还是没有回答我的第二个问题啊。"法官果然不上钩，继续发问，"你说她着手办理相关手续，那么，是否包括明确的接受遗产的表示呢？有什么证据吗？"

"嗯，"杨智极力地思考和回忆，想从跟翟大红沟通交流的内容中发现一些有利于她的蛛丝马迹，"她曾经打电话到法律援助中心咨询遗产赠予的有关问题。"

"那你们能提供电话记录，或者证人证言吗？"法官问。

"不能，她没留电话记录，也不知道当时谁接听的电话，回答的咨询。"杨智有些泄气地回答。

"我跟其他人提过遗产的事情，算数吗？"翟大红似乎听明白杨智和法官的对话了，插嘴道。

"你和谁提过这件事？这个人能到法庭来做证吗？"法官问。

"我和楼下的张阿姨说过，白阿姨立了遗嘱，要把财产给我和乖乖。还是她告诉我去咨询法律中心，了解怎么办理那些手续呢。"翟大红关键时刻，说话还是挺清楚的，让杨智松了一口气。

"那她能来法庭一趟为你做证吗？"法官探询地问。

"我想她应该能来吧，但是今天来不及了。"翟大红的回答很诚实，法官的嘴角露出一点笑意。

"我没说让她今天就来,"法官略一思考说,"你们双方今天带过来的证据都不足以支撑你们自己的主张。我给你们一周的时间,各自去补充证据,期满后,咱们再开庭。"

翟大红和杨智走出法院的时候还有些恍惚,轻声问:"杨律师,就算完事了?我到底能不能继承财产啊?"

"还没完事呢,"杨智回答,"我们现在回去收集证据,一周之后再开庭。你去找张阿姨,看看她能否在下次开庭时,为你出庭做证,证明你曾经和她说过要继承财产的事情。"

"哦,好的,我回去就跟她说。"翟大红嘟囔着。

4

"光有张阿姨的证词根本不够分量啊!"办公室里,杨智隔着小过道和苏佳慧低声抱怨着,"继承法虽然没有规定什么样的表示才是明确表示,但是,翟大红只和一个邻居说了自己的想法,根本不符合法律上明确表示的含义,不符合立法本意。"

"是啊,两个老太太在屋里说了一下,的确不能算明确表示啊,是有点问题。"苏佳慧一脸困惑,表示赞同。

"本来表示接受遗赠的证据就是咱们的短板,第一次开庭时,被对方抓住不放,成了一个最关键的问题。这件事要是不解决,这个案子估计要输。"杨智有些着急地说:"看来还是柳律师厉害,一眼就看到这个案子的实质问题了。"

"要不,跟柳律师说说,让他帮着出点主意?"苏佳慧尽管不愿面对柳怀远,但看到杨智这么为难,她也只能想到这个主意。

"也只能试试了。"杨智不置可否。

舌战

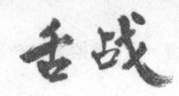

一周之后,翟大红的案子再次开庭。这次坐在被告席上的人除了杨智和翟大红,还有柳怀远。杨智在一筹莫展的情况下,最终听从了苏佳慧的建议,向柳怀远讨教。没想到,柳怀远居然答应参与本案,要在第二次开庭的时候出庭,助杨智一臂之力,帮助解决最棘手的接受遗赠明确表示的证据问题。

翟大红看到来了两名律师,明显底气足了,她不再像上次那样坐立不安,而是胸有成竹地沉默着,等待让她发言的指示。

"审判长,有关本案的事实部分,我方还有几点不清楚,我能否向原告方发问?"在张阿姨结束做证之后,柳怀远忽然向主审法官提出这个要求,这是杨智没想到的,他也从来没听柳怀远说起过,于是好奇地把头转向柳怀远。

"你想问什么?"好像法官也有些意外,这个三十多岁的女法官歪着头看了看柳怀远,略一思索,接着说,"好吧,那你只能就本案事实部分提问对方,我给你们五分钟时间发问和回答。"

"谢谢。"柳怀远停顿了一下,然后看着坐在对面的原告方说:"立遗嘱人独居多年,根据被告的介绍,你们和老人常年不来往,可是,你们怎么知道老人去世的消息呢?是谁通知你们的?"

原告代理律师有些迟疑,他扭头跟身边的一个原告低语了几句,然后缓缓地回答:"被告说原告和老人常年不往来,是说谎,老人是原告的亲属,怎么可能不往来呢?原告关心老人的晚年生活,也担心保姆照顾得不好,所以会经常上门探望,当然就得知老人去世的消息了。"

"不是这样的,他们瞎说。"翟大红有点激动,探过头来跟柳怀远说。而柳怀远用目光制止了翟大红,让她不要出声。

"你们的意思是,你们上门探望老人的时候,得知老人去世的消息的,对吗?"柳怀远继续问。

"是的。"对方律师回答。

第一章　收购案争夺

"我这里有老人所在社区开具的证明,证明老人的监护人是社区和老人原来的女婿,舒阔。另外,还有街坊邻居的证词,说明十几年来,从来没有见过老人有亲戚来探望。还有,老人去世后第二天,第一和第二原告的儿子,夏华和范京京曾经到医院去大闹,不让老人火化,理由是老人被保姆虐待致死,为此,双方在医院发生争执,还打110报警了。我这里有警方的接警记录,和警方当时的谈话笔录。"柳怀远不紧不慢地说,同时将这些文件递交了法官。

"那又怎么样?"原告律师梗着脖子问。

"警方的谈话笔录里面清晰地记录着,当时你们说,是因为接到舒阔的电话,才得知老人去世,所以赶过来处理后事的。"柳怀远顿了顿,加重了语气,"这个说法,和你们刚才的陈述不一致,到底哪一个是真实的?你们要么对法庭撒了谎,要么对警方撒了谎。"

原告那一方无人应答,一片沉默。

"根据医院的记录和警方的记录,当时你们发生争执的关键点在于,谁付老人的丧葬费?你们向被告索要老人的退休金存折和其他财产,说是用于办理后事。可是,被告不同意,表示只会给社区的干部和舒阔,对吗?"柳怀远问。

"她一个保姆,一个外人,凭什么拿着我姨妈的存折啊,我们向她要,也没什么问题吧?"原告之一的夏华振振有词地说,他是白阿姨妹妹的儿子。

"你们向她要这些东西,是可以的。但是,你们当时知道被告为什么不给你们存折吗?"柳怀远继续问。

"她就是想要我姨妈的财产,还拿出什么遗嘱来说事儿,谁信啊?我姨妈把财产都给一个保姆,她疯了吗?"夏华提高了嗓门,完全没有意识到他的律师给他递过来的、让他闭嘴的眼神。

"你是说被告当时在医院的时候,向你们提出过遗嘱的事情,说过她要继承遗产,对吗?所以你们才爆发冲突?"柳怀远步步紧逼。

舌战

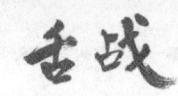

"被告在医院说过遗嘱的事情，可是这又说明什么？你问这么多，到底要干吗？"原告律师有点气急败坏，不耐烦地问。

"我想提醒法庭注意，原告一方已经认可了警方谈话笔录里面有关双方冲突起因的记录，证明了争执因为被告向他们提出按照遗嘱办理死者身后事这个事实。"柳怀远看了对方一眼，慢悠悠地阐述："鉴于被告已经在老人去世后的第二天，就在医院，当着原告和其他相关人员的面，表示过要按照遗嘱办理，因此，被告的遗赠明确表示并未逾期，有权要求按照遗嘱接受遗产。"

当他说完这段话的时候，杨智和翟大红才明白他兜了这么一个大圈是为了什么。而原告方似乎有点蒙，不太明白柳怀远的话到底意味着什么。只有原告律师低声地叹了口气，轻轻地摇了摇头。

法官在柳怀远发言后稍微迟疑了一下，继而宣布："法庭调查到此结束，我们进入下一个环节。"

5

翟大红的案子以胜诉告终，法庭认定遗嘱内容合法有效，而翟大红作出的愿意接受遗产的表示就是在老人去世后第二天在医院发生的那一幕。这样翟大红的权利就得到了确认，她可以开始考虑如何办理后续的手续了。

拿到法院判决之后，杨智很想好好感谢一下柳怀远，可是，翟大红的律师费还没有付过来，他也不好意思开口了。见翟大红一直没动静，杨智给她打电话，一直打不通。

苏佳慧让李嘉问她妈妈，说是回老家了。

于是，杨智又给白阿姨的女婿舒阔打电话，他们因为案件证据问题曾经见过面。可是，舒阔提供的情况让杨智大吃一惊。

"杨律师，您还不知道啊？"舒阔的第一句话就让杨智有了不好的预感，

"翟大红已经把我老岳母存折里面的钱都取出来了,大概三十多万元吧。然后,上周的时候把乖乖交给我,在这之后,她就再也没有联系过我。她原来提供给家政公司的身份证也是假的。"

"什么,找不到人了?"苏佳慧压低声音说:"那岂不是说,这笔律师费就泡汤了?我们怎么跟柳律师解释啊?"

"实话实说吧。"杨智摆出一副听天由命的表情。

和柳怀远陈述完事情的原委,苏佳慧的心情低落极了

"当初不听我的话非要接这件案子,现在好了,真的做慈善啦!"柳怀远瞪着杨智大声说:"这就是你来所里办的第一件案子。"

"柳律师,这事都怪我。"苏佳慧看到杨智因为自己被责备,很不落忍,赶紧抢着说。

"怪你能怎么样?"

"要不这笔律师费从我工资里扣吧?"苏佳慧不知哪来的勇气,抬头对柳怀远说。

"好啊,你告诉我要扣多久才能还清?"

"这个,我也没算过。"苏佳慧明显没了底气。

柳怀远看了一眼苏佳慧转头对杨智说:"杨智,这个案子是你要接的,那就按所里的规章办,扣除这个案子你应得部分,其余的费用先算你欠所里的,以后会酌情从你的收入里扣。还是那句话,律师所不是慈善机构,所里付你工资是要见到效益的。"

"柳律师,这事是我的错,杨律师是好心帮我才……"苏佳慧声音里带着哭腔说。

"律师做案子没拿到律师费,占用了所里资源,损失理应由律师补偿,他为了帮谁不重要。好心也不一定就能办成好事,这个教训他应该记着。"柳怀远冷冷地说。

"柳律师,就从我以后的收入里扣吧,这件事我确实想得不够周到。"

舌战

眼看着柳怀远和苏佳慧要起冲突，杨智赶紧说。

"那您扣我的工资吧，或者您辞了我也行。"苏佳慧强忍着不让自己的眼泪流出来。

"辞了你能解决问题？"

"那您要我怎么办？"

"我要你以后想事情带着点脑子，别跟个傻子似的！"

……

和杨智一起出了柳怀远的办公室，苏佳慧心情一直很沉重，她觉得是自己连累了杨智。

"杨智，这件事全是我的错，钱理应由我出。"下班的路上，苏佳慧对杨智说。

"这件事我们就别再争了，柳律师说的对，作为律师，我应该为自己的行为承担责任。而且柳律师也没说马上就要我出这笔钱，以后说不定哪天碰上个大案子，这点钱也就抵了呢。"杨智为了打消苏佳慧的顾虑故作轻松地说。

"我觉得柳律师说的也不全对，他眼里只有钱，当初要不是他要那么高的律师费，翟阿姨也不至于出此下策啊。"苏佳慧一想到柳怀远凶巴巴的样子，气就不打一处来。

"那也不一定啊，官司赢了，她又不是付不起律师费，我觉得她能这么做，说明她品质确实有问题。"杨智理智地分析着。

"反正我觉得柳律师这么做不公平。"苏佳慧倔强地噘起小嘴。

6

晚上苏佳慧打电话给李嘉诉苦，李嘉听了她的一肚子委屈连忙赔不是："唉，这事都怪我妈，哦不，也怪我，你放心，那老太太一有线索，我保证第一时间告诉你。你就别生气了。"

"我没为这事生气，我就是气柳怀远那家伙一副自以为是的样子，今天说我的那口气分明就是报复我那天说他不长眼像瞎子一样。"

"行了行了，咱不说他了。咱俩也好久没见面了，明天我请你吃饭吧，算是赔罪了，到时候把你的不痛快统统说出来，让我痛快痛快。"说完李嘉竟哈哈笑了起来。

"嘿，你这什么认罪态度啊？行，明天得宰你一顿狠的！"放下电话，苏佳慧心情轻松了一些。

第二天苏佳慧赶到餐厅的时候，李嘉已经点好了菜。

"大律师，你还能再晚点吗？我这腰带都紧了三扣了。"一见面，李嘉就抱怨苏佳慧迟到。

"哎呀，我也不想啊，天天加班我都快烦死了。"

"又是你那变态上司？"

"哎哟喂，快别提他了，这一天天的，哪天要是不找出我点毛病，他好像就白过了似的。"苏佳慧把包放到桌边，坐下说。

"他……"李嘉故意拉长了声音，凑近苏佳慧神秘兮兮地问："不会是看上了你吧？"

"怎么可能呢，你有点正型没有啊？"苏佳慧瞪了李嘉一眼。

"怎么不可能啊，世界之大，无奇不有。"

"算了，不说他了，要不然我饭都吃不下了，你说天天面对这样的上司，可怎么办呀。"

"这有什么难的啊，直接办了他！"

"怎么直接办？"苏佳慧好奇地看着李嘉。

"以身相许呀！"李嘉坏笑着说。

"滚！你正经点能死啊？"

"怎么不正经了我？我跟你说，像他这样的律师绝对是钻石王老五，身

舌战

价怎么也有几千万吧。"

"他有几千万跟我有什么关系呀？哎呀别说他了，说说你那王老五怎么着了？"苏佳慧有些不耐烦地说。

"我找你就是说这事的，我们家姓王的那老五，前两天向我求婚了。"李嘉挑了挑眉毛得意地看着苏佳慧。

"真的呀？"苏佳慧吃惊地问："你同意啦？"

"吃饭。"李嘉故意卖官司。

"别呀，快说快说，别吊我胃口。"

"我才没你那么目光短浅呢。"

"你没答应啊？"苏佳慧看着李嘉大声地问。

"你小点声！"李嘉看看周围白了苏佳慧一眼说："答应什么呀，他现在的房子还是租的呢，拿什么娶我呀。"

"啊？"苏佳慧放下手中的筷子，不解地问，"房子以后可以买呀，你们俩都这么年轻，又不是没房住。有一个人真心爱你多好啊。"

"苏佳慧，你多大了，怎么心里还真住着一小姑娘呢，太天真了！"李嘉一脸的不屑。

"我年方二八，心里住一小姑娘怎么啦？难不成还住一老爷们啊？"苏佳慧反驳。

"你还年方二八呢？二十八吧？你心里要真能住一老爷们那就对了，就不至于现在还没男朋友了。"李嘉有点心烦，低头吃饭不说话了。

"哎，你别生气呀，那最后怎么着了。"

"能怎么着啊？吹了呗。"李嘉端起杯子啜了一口苦笑着说："一克拉的钻戒，就这么跟我拜拜了。"

"就这么分手啦。"

"不分手还能怎么着啊？"李嘉顿了一下，突然挑衅地对苏佳慧说："要不你把你们所那钻石王老五介绍给我认识一下。"

"你别说,你们俩要是互相祸害一下,还真是挺解气的。"苏佳慧一脸认真地回答。

"你有没有点同情心啊?我都失恋了你还在这儿气我,一会儿你买单啊!"

"不是说你请客吗?"

"我改主意了。"

舌战

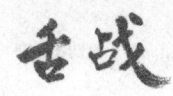

第三节　煮熟的鸭子要飞

1

华灯初上时分，柳怀远仍然坐在自己的办公室里，案头上放着一份《律师专项法律服务协议》，这是柳怀远费尽心机地忙碌了大半年的成果。他特意拖延了这份协议的签署时间，就是为了以明敬诚事务所的名义和客户签署这份协议，作为他入职新单位的一份见面礼。

《律师专项法律服务协议》的甲方是大名鼎鼎的华涛集团。为了拿下这个股权收购项目，柳怀远辛辛苦苦地跟踪了将近八个月。现在，他的付出终于得到了回报，华涛集团在他入职新单位的时候，毫不犹豫地将这个项目交给他来负责，并签署了这份协议。华涛集团即将收购的目标公司已经锁定，并且已经进行了前期的接触，双方都表示满意。接下来，该会计师和律师出场，为完成这次收购保驾护航了。

现在，与华涛集团的协议已经签署了，柳怀远希望明天就和华涛集团的管理层来讨论收购项目的工作方案。今晚，他要起草好这份工作计划书，这对他来说并不难，他已经胸有成竹。

办公室里面静悄悄地，同事们都下班了。进入律师界已经十年了，柳怀远一直保留着自己起草文件的习惯。他认为法律文件就像自己的脸，如果让别人来替自己洗脸，怎么能放心呢？柳怀远打字的速度很快，心里有了计划的框架，计划书几乎是一气呵成。但是，就在计划书接近结尾的地方，他打算向华涛集团汇报目标公司的股权结构和分析意见的时候，却发现了异常：被收购公司的净资产和其他背景资料数据对不上。他停下来，翻看着卷宗里面的资料，又调取出电脑里面的其他电子文件，仔细地核对，有点困惑。

"这些情况应该是显而易见的啊？难道华涛集团自己没有发现吗？为什么没有这方面的任何说明呢？"柳怀远暗自思忖过后，对着电脑的屏幕发了会儿愣。

"看来今天写不出计划书了，明天去华涛集团的目的不是讨论工作方案，而是深入了解项目情况。"柳怀远改变了想法，将电脑关闭，拿起了电话，拨通了苏佳慧的手机。

电话接通的时候，苏佳慧正和朋友在北京东五环拦截非法运输流浪狗的卡车。装着几百条狗的卡车被志愿者围住，现场人声嘈杂。

"小苏，请你通知杨智明天务必九点之前到办公室，告诉他准备华涛集团收购项目资料，并把那家目标公司的网站上的公司介绍内容打印下来，和其他资料放在一起。我们九点半准时出发去华涛，不能迟到。"柳怀远皱着眉头吩咐着，对于电话里传来的噪音颇不耐烦。

"哦，我知道了，放心吧，我这就给杨律师打电话。"小苏扯着嗓子大喊着，然后挂断了电话。

"谁呀，这么晚还布置工作。"看到苏佳慧一脸的不忿，和她一起的李嘉问。

"还能有谁啊，有病的老板。"苏佳慧大喊着回答，"这么晚打电话让我通知助理准备资料，你说他就不会自己通知一下吗？给我打电话和给助理打电话有什么不一样啊，还得我转达。这是不是打击报复啊？都怪你，没事介绍什么不靠谱的案子啊！"

"上次的事，我已经赔罪了，你别跟这儿找补后账啊。"李嘉喊冤道。

"我买单那叫你赔罪啊？"苏佳慧瞪了李嘉一眼，拨通了杨智的电话。再一次扯着嗓子，把柳怀远交代的话转述给杨智。一边声嘶力竭地对

舌战

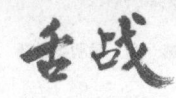

着电话喊话,苏佳慧一边在心里把柳怀远想象成《哈利·波特》中令人生厌的斯内普。

2

北京的金融街高楼林立,阳光照在玻璃幕墙上反射出耀眼的光芒。虽然都是高档写字楼,但是每次柳怀远来到金融街,都觉得这些建筑和国贸的摩天大楼存在本质的不同,那就是金融街让人感到权力、垄断带来的权威,而国贸商圈彰显着奋斗、竞争的活力。

在金融街区域的边缘,有几栋独立的小高层,每栋的总建筑面积不超过两万平方米,适合做公司总部基地。华涛集团就买下了其中的一栋,作为自己的集团总部办公地。在寸土寸金的金融街地区,有这样一栋独立王国似的办公楼,可见华涛集团的实力和它的野心。

柳怀远带着杨智乘坐电梯直达华涛集团总部的五层,这里是华涛管理层办公的地方。

"柳律师,您来了。请到会议室稍等一下,我去请戴总他们。"前台的秘书热情地和柳律师打过招呼,将他们引到会议室。

会议室很大,可以坐下四五十人。柳律师坐下来,打开公文包,拿出资料,低头翻看。这是杨智来到明敬诚工作后第一次跟随柳律师拜访客户,他在会议室里慢慢踱步,欣赏着墙上的照片。

"柳律师,华涛集团的董事长是姓戴吗?"杨智问。

"是的,他们是做房地产起家的,赚钱之后,就开始向智能家居和环保领域转型。最近几年发展比较快。"柳律师头也不抬地回答。

"在这么多照片上和领导人合影的就是戴总吧?"杨智指着那些照片说。

"做企业有时需要这些,作为民企,他们更需要大树依靠。"柳律师抬起头,看了看那些照片。

第一章 收购案争夺

"我看也就中国的民营企业才特别看重这种政商关系吧。"杨智口无遮拦地说,全然不顾此时此地是什么场合。柳怀远赶紧用目光制止了他,杨智看到柳怀远的表情之后,吐了一下舌头,默不作声了。

这时,会议室的门开了,走进来一位五十岁上下的中年男子和一位三十岁左右的年轻人。

"哎呀,柳律师,久等了。"中年男子一进门就伸出手,向柳律师走过来。

"你好,孟经理。"柳怀远握着孟经理的手。

"柳律师,这位是我们戴老总的儿子戴总,华涛收购渤海制造公司的项目以后就由戴总全权负责。"孟经理一闪身,将跟在身后的年轻人让到前面,毕恭毕敬地为柳怀远引见。

"戴总好,我是柳怀远。"柳怀远愣了一下,向年轻人伸出手礼貌地打招呼。

戴总和柳律师握了握手,随意地坐在会议桌旁的第一把椅子上。他穿着带菱形图案的长袖T恤,白色裤子,好像要去打高尔夫球的样子。

"久仰柳律师大名,我今天想听听柳律师对于华涛收购渤海制造公司的工作方案。"戴总开门见山地说。

面对突然的变故,柳怀远脸上保持着镇定,心里调整着自己的方案。

"戴总,原来我们谈的收购计划是您父亲定的,我们也是按照这个思路商量的。关于华涛集团收购渤海制造公司的项目,按计划华涛打算出资收购他们51%的股权,达到绝对控股的目的,以便今后可以按照我们的想法对渤海制造公司进行改造,从而使我们现在拥有的工艺形成上下游链条,实现效益最大化。"

柳怀远将他和老戴总接触过程中了解到的信息,提纲挈领地和盘托出,他这样做,是为了让这个小戴总知道事情的前因后果,另外也是为了让小戴总明白律师是有备而来,要认真对待。

柳怀远稍稍停顿了一下,想看看小戴总的反应。可是,这个小戴总把

舌战

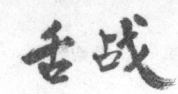

薄薄的嘴唇闭得紧紧的，一言不发。柳怀远接着说："目前公司已经和渤海方面进行了接触，并将初步接触收集的资料交给律师了，接下来，我们想跟公司探讨一下下面要进行的尽职调查工作。"

"柳律师，现在的情况有了一些变化，收购渤海满足不了公司未来发展的需要，我们打算直接收购渤海的母公司。"

柳怀远正准备就工作方案展开发言，却被戴总打断了。

杨智在一旁听着，心里有点慌乱和不服气。"这个戴总到底是什么意思啊？为什么不一开始就说呀？"他扭头看看柳怀远，却见柳怀远微倾着头，脸上闪过一丝不易被人觉察的不快。

这个突然的变故着实让柳怀远有些措手不及，因为此前一点征兆都没有。他尽量保持淡定的同时，脑子里在飞快地思考，他虽然猜测到收购项目有变化，但他没想到这个变化如此之大。要知道，渤海和它的母公司可是完全不同的法律主体，如果改变收购的目标公司，那么意味着以前设想的几乎所有内容都发生变化。

"孟经理，这个调整是什么时候决定的？为什么没有通知我们？你们是否跟对方表达过这个想法？"柳怀远决定用提问的方式来推进这次谈话，也是为了给自己赢得一些思考和应对的时间。

"这个调整是我从英国回来后才提出的，我父亲大概是上周才下决心这样做的，孟经理也是今天才知道的。"不等孟经理回答，小戴总抢先说，"我们还没有跟对方就这个调整进行过接触，但是根据经验，我们觉得他们对于这个新方案应该没意见。"

柳怀远定了定神，字斟句酌地说："华涛调整收购的目标公司，我们律师肯定会积极配合，保驾护航。但是，这个调整对于我们来说，是比较大的变化，我们原来的设想和工作步骤都要随之改变，更何况，我们现在还没有收到贵公司提供的有关渤海制造公司母公司的任何资料，对于针对这个母公司的收购的判断和风险控制完全没有概念。"

第一章 收购案争夺

"柳律师,您的意思我明白,等会议结束,我让孟经理把相关资料复印一份给您。"还没等柳怀远把话说完,小戴总就开口了。"另外,因为工作调整了,可能会增加你们律师的工作量,所以律师费也可以调整一下。这个事情,您不必客气。但是,如果就工作调整和律师费增加,我们双方没有达成一致,那么我们可以解除已经签署的协议,另行选择律师。"小戴总的一双浓眉下的大眼睛盯着柳怀远。

"戴总说的没错。不过,要说对公司和收购项目的了解,戴总恐怕找不到比我们更合适的第二家律师事务所了。"柳怀远直视着戴总语气平缓地说。

"那么,接下来的事情,就让孟经理跟您接洽吧,我还有个会要去开。"小戴总没有对柳怀远的话做出任何反应,站起身,隔着桌子和柳怀远握了握手,径直离开了会议室。

孟经理把小戴总送到会议室门口,转过身来,冲柳怀远和杨智笑了笑,"柳律师,这个情况我也是今天上班才知道的。现在华涛集团在小戴总的主持下,要改变行事风格,用快速前进的方式,来扩大规模。你们稍等,我把资料给您复印一下,一会儿就回来。"

"我明白。"柳怀远站起身陪孟经理走到会议室门口,低声问:"孟经理,我不和您见外,集团是不是已经接触了其他律师?"

孟经理愣了一下,回避着柳怀远的目光含糊地回答:"应该还没有吧。"

看着孟经理躲闪的目光,柳怀远断定,这个看似"煮熟的鸭子"如今不能排除要飞走的可能。

望着孟经理离开的背影,柳怀远不禁感慨,一朝天子一朝臣,对于孟经理来说是这样,而对于已经跟戴老总相交多年的自己来说,又何尝不是如此呢?华涛集团的这个收购项目该如何保住,如何推进,确实需要好好地琢磨一下了。

舌战

3

华涛到底和哪家律师所进行了接触，柳怀远虽多方打听，但始终没有结果，一想到有个隐形的竞争对手，不免有些焦急心烦。

随着柳怀远与华涛就项目开展沟通的深入，苏佳慧的工作量明显加大了。大量的会议纪要都要当天整理出来，同时还要按照柳怀远的要求将这次并购有关的法律、法规和政策查找出来，汇总整理。更让她头疼的是廖律师最近也经常有一些急事需要她帮着处理，很多时候，苏佳慧不得不加班到深夜。好在有杨智帮忙，有什么不懂的，问问他就顺利解决了。她有时候也会和杨智抱怨："我这一人得伺候几个东家呀！"

今天又是这样，苏佳慧匆匆完成了柳律师交办的事情，抓紧整理廖律师送来的资料。

"小苏，到我办公室来一趟。"柳怀远的声音从办公室里面传出来。

苏佳慧放下手里的文件走进柳怀远的办公室，看到他手里拿着自己刚刚交给他的一份文件，表情严肃。

"小苏，你这个文件是怎么写的？每个段落都是顶头写，这是中文的文件，不是英文的。每个段落的开头要空两个格，你不知道吗？"柳怀远的话让苏佳慧有点难堪，"再有，你是用五笔打字吧？行文中有些字错的莫名其妙，完全不知道要说什么。打完你不查一下吗？"柳怀远把文件扔在桌子上看着苏佳慧。

苏佳慧眼睛盯着办公桌的一角，不敢看柳怀远，也不去拿那份文件。"对不起，我最近工作量有点大，这份文件整理完没来得及检查就交给您了，我这就回去改。"

"小苏，你知道我们律师提交的文件，就像我们自己的脸。如果你把这样的文件交给客户或者法官，不让人家笑话吗？你现在是公司员工了，不是实习生，这些事我不希望再提醒你。"柳怀远缓和了一下语气说，"你没听说过，一个顿号损失一千万元的案子吗？你要知道，你的笔下有黄金啊。"

"哟，柳大律师，什么事动这么大气啊？"柳怀远和苏佳慧都没注意到廖莹莹已经走进了办公室。"柳律师，你也别怪小苏了，这两天我这边好多事忙不过来，让她帮我整理了很多文件，要怪你就怪我吧。"

苏佳慧感激地看着廖莹莹，眼泪差点流出来。

"小苏，我和柳律师说点事，你先去忙吧。"廖莹莹看着柳怀远，柳怀远摆摆手示意小苏先去工作。

"苏佳慧，你是猪啊，怎么又给他送话把儿？长点心吧。"苏佳慧走出办公室，坐在自己的座位上生自己的气。

廖莹莹关上办公室的门，在柳怀远对面坐下微微一笑。"心烦也不能拿人家孩子出气啊。"

"不是……"柳怀远刚要争辩，立刻被廖莹莹打断了。"先不说这个，我今天给你带来了一个你想要的消息。我打听到了华涛集团的事情。"廖莹莹神秘地说。

"华涛什么消息？"柳怀远急切地问。

"你最关心的竞争对手啊。"廖莹莹顿了顿继续说，"华涛集团的小老板，戴骏，在英国有个女同学，这个女同学的老公就是金康所的蒋彦律师。他在金康所也已经做了好多年了。他们夫妻两个正在积极争取华涛的项目，戴骏念在同学情分，有意让他们做。"

听完廖莹莹的话，柳怀远将身体靠在椅背上，微笑着说："廖律师，谢谢你啊。肯定是你家何律师帮忙打听出来的吧？"

"没错，我老公在金康所也算元老了，蒋彦他们的想法和做法自然瞒不过他。不过，我也只能告诉你这些了，再多，他也不知道了，也不方便告诉我了。毕竟现在我们所和金康所是竞争对手啊。"廖莹莹微胖的脸上不经

舌战

意地带出一点小得意。

将廖莹莹送出办公室，柳怀远陷入了沉思。蒋彦！听到这个名字，柳怀远真是有些吃惊。他没想到，当初自己带的助理，现在竟然成了自己的竞争对手。

蒋彦初到金康所的时候，是柳怀远的助理，在将近三年里，他带着蒋彦做了好几个大型并购案和仲裁案，后来，蒋彦离开柳怀远的团队，独立办案，由于聪明、勤奋，慢慢地也积累了不错的口碑和客户，现在，他正是年富力强并处在上升期，确实是个强大的竞争对手。

然而也正因为是金康所的蒋彦，柳怀远才觉得更加难办。本来他离开金康所就是金康所的损失，而现在他们又成了对手。"当初费尽心思拖延时间把这个项目带出来，想不到现在却又和老东家纠缠在一起了。"考虑到这一层，柳怀远心中不禁暗生一丝苍凉之感。

尽管如此，柳怀远的心中还是慢慢形成了一个计划，既然和金康所的蒋彦短兵相接，不可避免，那么，他必须全力以赴，打好这场"只能赢不能输"的一仗。

第四节　攻坚战里应外合

1

每个月最后一个星期六的下午，都是柳怀远为华涛集团总部中层管理人员进行法律培训的时间。这次的培训一结束，孟经理就笑吟吟地邀请柳怀远共进晚餐，两个人来到华涛集团总部一楼的东升阁餐厅。

"孟经理，今天的讲座是一个比较新的话题，小戴总怎么没来？"两人落座，柳怀远看似随意地问。

"哎呀，您不知道，小戴总从小就不喜欢上课，总是坐不住，为了这个他爸爸没少打他。"孟经理笑着说。

"小戴总工作大刀阔斧，从这次的收购项目看，跟以前完全不一样啊。不过……"柳怀远故意顿了顿，端起茶壶为孟经理续茶。

"你继续说。"孟经理端起茶杯，抬头看着柳怀远。

"不过现在的经济形势下，我觉得资产保值和安全同样重要啊。"

"哎呀，怀远，你说得太对了。"孟经理不由自主地抬高了嗓门说："我和老戴总都是主张稳妥第一的。这么多年辛苦打下的家底，不能轻易撒手啊。可是年轻人，喜欢冒险，谁的话都听不进去。唉，我们老了，跟不上时代了。"孟经理的脸上滑过一丝落寞的表情，眼前仿佛出现了他跟着戴老总打天下时的情形。

柳怀远看着孟经理，缓缓地抛出一句话："如果戴骏想走资本市场，让公司上市，那么，华涛集团必须改变家族管理模式，对股权进行改造，保

舌战

留骨干员工。"柳怀远注意到，他的话音一落，孟经理的眼睛里忽然闪着光，热切地看着自己。他知道他的推测对了，今天单独和孟经理谈这个话题是最好不过的时机。

"柳律师，您说得太对了。我已经想到这个问题了，但是戴老总自己不提，我们外人怎么提？好像要分他的家产似的。"孟经理果然是个聪明人，一下子就明白了柳怀远要说意思。

"以我对戴老总的了解，我想他不是不提，而是觉得时机还不成熟。所以这次的收购项目，我们要从长计议，将未来员工股权激励机制也考虑进去，是否更好呢？"柳怀远盯着孟经理的脸，说出了早已经烂熟于心的方案。

"如果是这样，那太好了。"孟经理有些激动，他放下手里的筷子，接着说："我觉得谁也没有您更适合制订这个方案了。您做了华涛集团八年的法律顾问，基本上是看着华涛一步步发展到今天的。趁着现在这个收购计划，把华涛进行整体改制，引入现代化公司管理模式，肯定会对华涛的未来有好处。"孟经理一边说，一边搓着双手，他好像看到了自己职业生涯中的第二次辉煌。

看到孟经理的反应，柳怀远不禁对自己的策略有点小得意。但他也知道这个方案实施起来难度相当大。

"如果想制订这样一个方案，可不是短时间里可以完成的。"柳怀远冷静地梳理了一下自己的思路，他决定以孟经理作为突破口，单刀直入地和他摊牌。"孟经理，我们共事八年多了，我的为人您了解，所以我不和您兜圈子。有件事，您必须得帮我。"

"你我不需要客套，您直说。"孟经理是个爽快人。

"据我所知，小戴总现在已经接洽了另外一家律师事务所，这家事务所就是我以前供职的金康所，而和他谈的律师以前是我的助理。我刚到新所，这个项目对我至关重要，所以于公于私，这一仗我都绝不能输。"柳怀远真诚地看着孟经理说。

"柳律师，您的意思，我明白。"孟经理微笑着，他也是老江湖了，大家都心照不宣。"收购渤海制造公司的工作，我跟老戴总谈，交给你们做，这个我有把握。有关公司管理模式调整和员工激励的事情，可就由您来说了，我得避嫌啊，要不事与愿违。您理解吧？"

"好，这个是最理想的安排。不过，公司股权改制需要的时间有点长，什么时间向戴老总和小戴总提出来，还要您给一个建议。"柳怀远问。

"让我想想啊。"孟经理端起茶杯抿了一小口，"既然戴老总和戴骏都有今后让华涛进入资本市场的打算，您的收购项目方案里面，可以增加一些今后IPO的展望，一旦他们动心，再提员工股权激励机制的事情就顺理成章了。"

"好，那我们就各自做好自己分内的事了。"柳怀远举起茶杯和孟经理碰了一下。他深信，为了让自己在华涛集团多年的打拼能够获得更大收益，孟经理一定会竭尽全力为柳怀远争取这个项目的。

2

戴骏气呼呼地坐在自己的办公室里，面对着桌子上一份文件发呆。孟经理则站在他面前，一副毕恭毕敬的样子。可是，戴骏却感到无形的压力，孟经理的谦恭里面饱含着毫不示弱的倔强。

"孟叔叔，您还有完没完啊？"戴骏皱着眉头，不耐烦地问。

"戴骏啊，你不给一个明确的回复，我就没完啊。"孟经理不紧不慢地回答，"现在咱们跟渤海那边的谈判已经进入实质性阶段了，必须让律师介入了，否则后面的工作没法开展。可是，现在，你却突然提出来换律师，还不让我跟你父亲明说，你让我很为难，孩子！"

孟经理最后一句"孩子"发自肺腑，他是看着戴骏长大的，把他视为自己的子侄。而戴骏显然也被这个称呼打动了，他伸手示意孟经理坐下，

舌战

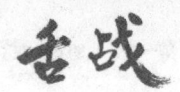

语气平和地说:"其实,请哪位律师负责这次收购项目都可以,我无所谓的。但是,因为今后华涛肯定会走资本市场 IPO 的道路,所以我想找一个在这方面更专业、更信任的律师来负责。仅此而已,并没有驳您的面子的意思,您别误会。"

"我明白。"孟经理坚持站着说话,"柳律师已经和华涛合作多年了,对公司的情况非常了解。而且,这次收购项目的前期工作,他也出了不少主意,你父亲对此非常认可,已经让我跟人家签了协议了。现在,你提出来变更,那一定得跟你父亲说清楚,我得到他的同意,才能跟柳律师解约。"孟经理话里有话,逼着戴骏就范。

"您这不是为难我吗?"戴骏挠了挠头,从椅子上站起来,转到办公桌的这边,"您知道,我父亲不喜欢搞这些裙带关系,他知道这个律师是我同学的老公就会给否了。"戴骏禁不住抱怨着,"我同学的老公怎么了?人家也是大型律师事务所的名律师啊。"

"关于律师选择这件事,我觉得你父亲的想法有道理。"孟经理这时候,坐到了戴骏办公室旁边的单人沙发上,苦口婆心地劝解:"咱们的收购项目如果要换律师,就必须重新跟新律师进行沟通磨合,这需要时间。这是其一。其二呢,新律师是你同学的老公,如果以后我们对他的工作不满意,那么我们怎么处理呢?碍于同学的情面,我们就会投鼠忌器。另外,你同学那么多,如果大家知道可以通过这个关系跟咱们华涛发生商业上的往来,那么到时候,你可能应接不暇,拒绝谁都不合适。这些你考虑过吗?"

听完孟经理的话,戴骏一时语塞,他确实没想过这些问题。可是,他觉得这些不是问题。"如果蒋彦工作不得力,那么我自然可以解聘他,我拉得下来这个脸。"戴骏还不死心,继续为自己的决定解释着。

"我知道,你公私分明,我和你父亲不担心这个。"孟经理放慢语速,一字一句地认真地说,"可是,你的这个同学金俐,可是部长千金啊。如果因为这个事情,损害了华涛和部里的关系,可是得不偿失啊。你父亲是不想因小失大,惹事上身呀。"

"现在不同意金俐的推荐,不选择她的老公,可能也会让我们的关系受损啊。"戴骏的反应很快,一下子就找出孟经理的破绽。

"这个好办。"孟经理好像早已经料到戴骏会有这样的疑问,不慌不忙地回答,"咱们这个收购项目的律师就不换了,还让柳律师来负责。至于你同学的老公,我们让他干点别的,岂不是两全其美?"

戴骏望着孟经理清瘦的脸,不禁暗暗佩服,感叹自己还是太嫩了。他冲孟经理点点头,由衷地说:"孟叔叔,还是您厉害,就按您的方案办,您安排吧,我估计我父亲应该也没意见。"

"傻小子,你以为这个方案是我自己想出来的?"孟经理笑着,站起身来,"你父亲才是那个运筹帷幄的人,我只不过是他的政策执行者。"说完,他拍了拍戴骏的肩膀,步履轻松地走出办公室。

回到自己办公室的孟经理,关上门,拨通了戴老总的电话,轻声说:"戴总,戴骏现在改变主意了,他觉得让柳律师继续负责收购项目更合适。您的意见呢?您认为哪个律师更合适?嗯,是的,谁都行,让他决定?好的,那就听他的,让柳律师来做,那我马上去安排。"

孟经理长长地吁了口气,拿出手机给柳怀远发了一条短信:"事情已经办成,你继续负责收购项目。"

3

当苏佳慧气喘吁吁地赶到办公室的时候,刚好九点钟。前台小马凑上来神秘地说:"你怎么才来,柳律师早到了,都问你好几次了。"

"哎呀,糟糕!"苏佳慧一边打卡,一边暗自叫苦!"希望他这次不要无事生非。"她把书包放到座位上,顺手抓起记事本和签字笔,气喘吁吁

舌战

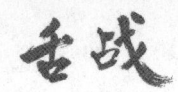

地推门进入柳怀远的办公室。柳怀远正在和杨智说话，看到苏佳慧闯进来，只是微微皱了一下眉毛，伸手示意她坐下。

"小苏，你今天迟到了。"柳怀远冷冷地看着苏佳慧，表无表情。"我……"小苏本来想解释自己九点钟准时进的办公室，但一想到接下来还要争辩，便把到嘴边的话咽了下去。

"经过我们一个多月的努力，华涛集团收购项目已经确定由我们所来做了。这个项目由我牵头负责，杨智协助，估计过一段时间，我们会出差到目标公司的所在地，进行尽职调查。小苏，你留在所里帮我们随时整理资料、信息交流和沟通，保持和华涛孟经理的联络。"

沉思了一会儿，柳怀远神情严肃地说："我们这次争取到华涛的项目，实属不易，除了自己的努力外，孟经理的帮助也是必不可少的。你们在外面不要提那份分析报告的事情，这件事现在还仅仅是探讨阶段，知道的人越少越好。你们明白吗？"

杨智和苏佳慧相互看了一眼，然后一起点点头。到律师事务所这段时间以来，他们已经深深感到律师业务不仅仅是法律知识和技能的应用，还有和商业交易的互动和支持。为客户保守秘密，是律师的一项重要工作。

难得今天不用加班，苏佳慧收拾好书包走出办公楼，杨智从后面赶上来。"你今天好像不太高兴？是不是被柳律师说了不开心？"

"没有啊。"苏佳慧放慢了脚步看了看杨智说，"我只是觉得柳律师对我好像不太满意，上次因为一个邮件把我狠呲了一顿，今天本来我是准时到的，又说我迟到，唉……"

"柳律师脾气比较直，但他是对事不对人，不用往心里去。"杨智笑着安慰小苏。"其实对刚入行的新人来说，能赶上柳律师这样要求严格的不是坏事，以后你就明白了，律师这行有时候一个细微的小细节就能决定一个案子的成败，所以真的需要很细心。你没听说过一个顿号损失一千万元的

第一章 收购案争夺

案子吗？"

"上次柳律师也说过，你给我讲讲呗。"

"有一家银行跟一家企业签署了一份《抵押贷款合同》，里面约定这份合同经双方的法人代表签字、盖章之后生效。后来，企业经营不善，无力还款，银行催款的时候，企业却说这份合同不生效，因为当时的贷款合同中，只有企业的公章，而没有法人代表签字。双方最后闹到法院，经过审理，法院认为合同约定的签字和盖章之间用了顿号，是并列关系，因此，只有公司盖章，而没有法人代表签字，不具备合同生效的形式要件。虽然银行已经将款项付给企业，但是，银行无权要求按照合同约定内容计算利息和罚息，只能按照国家规定的基准贷款利率收回利息，这样里外里一算，银行损失了将近一千万元。"

"啊？这么严重？"苏佳慧惊讶得张大了嘴巴，"那以后还真是得注意标点符号的用法了，太吓人了！"

"是啊，如果合同中写签字或盖章，那么，两者有其一就生效了，不会产生这样的歧义了。"

两人边说边走，很快就走到了地铁站口。一个头发花白的老奶奶看见杨智走过来，微笑着从推车的箱子里拿出一瓶冰红茶递了过来，杨智高兴地从口袋里拿出零钱放到老人的手里。

"卖水的都认识你啦？"苏佳慧看着默契的两人，惊讶地问。

"呵呵，这么大岁数还能自食其力挺不容易的，所以我每次路过，只要看见这个奶奶就买一瓶水。"

经过地下通道，杨智弯腰将刚买的冰红茶放到了一个在通道边熟睡的流浪者身边，继续和苏佳慧往前走。

"你每次买水都是给他们吗？"苏佳慧不解地问。

"这样两全其美呀，我平时很少喝饮料。"杨智笑着回答。

"那你这样不就是鼓励不劳而获吗？"苏佳慧越发好奇。

舌战

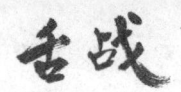

"也不是啊，你想想，如果不是万不得已，谁愿意在一个陌生的城市过这样的日子呢。"

听杨智这么一说，苏佳慧点了点头。对眼前这个曾经被自己认为比较"村"的年轻人，竟有点肃然起敬……

舌战

第二章 / 调查中的暗战

第一节　售楼风波

1

闹钟在早上六点半准时响起来，苏佳慧挣扎着按下闹钟上的按钮，又翻身躺下。"再睡五分钟。"她心里嘟囔着。

最近，苏佳慧可谓"分身乏术"，忙得四脚朝天。她已经顺利地通过了试用期，正式加入明敬诚律师事务所。为了参加十月份的司法考试，她报了一个司法考试辅导班，每周六和周日都要上课，感觉天天都在疲于奔命中。

中午休息，苏佳慧趴在桌上打着瞌睡，手机响了，是李嘉打来的。

"慧慧，你现在能出来吗？"

"我上班呢。"

"我知道你上班呢，我有急事你得过来帮我一下。"

"啊，什么事啊，我的姑奶奶。"苏佳慧无奈地问。

"我要买房子，定金都交了，销售说我没按时签合同，要解约，你快过来帮我看看怎么办啊。"

"你买房子，我没听错吧？"苏佳慧声音一下子提高了八度，杨智伸长脖子向她这里张望，苏佳慧赶紧压低了声音问："从来没听你说过呀，你哪来的钱啊？"

"你现在赶紧过来吧，见面告诉你。"李嘉的声音很焦急。

苏佳慧问清了地址，想着房屋纠纷杨智应该比自己有经验，于是背起

舌战

书包走到杨智身边悄声说:"杨智,我有一个朋友买房子遇到了点麻烦,你现在方便和我去现场看一下吗?柳律师今天没在,你找个理由咱俩现在一起过去吧。"

"啊?"杨智看了看电脑上的文件,本想拒绝,但看到苏佳慧恳求的目光又不忍心回绝,摸了摸头说:"好吧,你等我两分钟,我把这份文件保存一下。"

两人匆匆忙忙赶到售楼处。李嘉从里面迎出来,冲着二人点了点头。

"什么情况啊?"苏佳慧问。

"我要结婚了,上周看好的房子,交了三万元定金,今天签约,可是当初说好的绿化率、配套学校,他们不肯写进合同里,还威胁我,说过了今天不签合同就算我违约,定金不退。"李嘉一口气不喘地说了一堆话把苏佳慧都说晕了。

"你不是刚和王凯分手吗?这么快跟谁结婚呀?"

"还能跟谁呀,还是老王,哎呀,这事回头再说,你先把这房子的事给我搞定了。"三个人边走边说进了售楼处。

见到王凯,苏佳慧才想起来杨智和大伙还都不认识。于是她指着李嘉介绍说:"这是李嘉,我闺密,这是王凯。这是我同事杨智。"

四个人坐下,王凯把《购房意向书》递给苏佳慧,苏佳慧看到协议上确实有"如果乙方未在约定期间内,与甲方达成购买房屋的正式合同,则甲方有权不退还定金,并解除本意向书"的条款。

一位销售小姐微笑着走过来对李嘉:"两位考虑得怎么样了?"

"考虑什么呀,你们答应的东西不写进合同,到时候没实现,我找谁去呀?我的律师来了,叫你们领导来谈吧。"

"好的,几位稍等,"销售小姐先是一愣,随即走进里面的一个办公室。

"你够款的呀,还有律师呢?"苏佳慧低声对李嘉说。

"少废话。"李嘉瞪了苏佳慧一眼。

2

几分钟后,销售小姐和一个身材高挑、妆容精致的女士走了过来。

"这位是我们黎总监。"销售小姐边说,边恭敬地帮黎总监摆好椅子。

"我叫黎曼华,听说你们想和我谈谈解约的事情。"黎总监坐下身随和地说。

"我们不想解约,我们只想按照原来的约定签约。"李嘉气势明显见涨。

"这没问题啊,我们的条款都在这里,你们签就是了。"黎总监指着桌上和合同微笑着说。

"当初说好的绿化率、配套学校和车位租金都没写到合同里,我们怎么签啊?"李嘉快人快语。

"哦,这样啊。"黎曼华优雅地微微扬了一下头,慢条斯理地说,"绿化率和配套学校肯定是会兑现的,但是,这个是建委制定的固定版本的合同,不能修改。所以,请你们理解。如果就是这些问题,我觉得我们分歧不大,您放心签约,这些都会兑现的。"

面对着黎曼华的从容不迫,苏佳慧向杨智投去求助的目光,但对方低头看着合同,根本没有看她。

"既然您承诺都能兑现,怎么不能签在合同里呢?"苏佳慧只得自己寻找突破口。

"我刚才已经说过了,这个是建委制定的固定格式的合同,不能改,只能往里面填空。"黎曼华不卑不亢地解释,脸上依旧是优雅的笑容,这倒让苏佳慧有一点慌神。

"那没关系啊,我们可以不在这个固定文本上写,另外签署一个补充协议,把这些问题说清楚。"一直没开口的杨智这时接过话茬说。

舌战

"签补充协议？这个我们从来没签过。"黎曼华漂亮的眼睛扫视了一下杨智，微笑着回答。

"凡事都有第一次的啊？"苏佳慧抢过话题说："我也是没听说过，一家公司从来没有签过补充协议的。"

"公司和公司不一样，也许您接触的公司签补充协议，但是，我们公司确实没有这样的先例。"黎曼华的话还是不紧不慢，让人挑不出毛病。

"那如果你们不同意签补充协议，我们就解除意向书，但定金你们得退还，因为合同签不成，不是我们的原因。"苏佳慧觉得自己抓到了对方的把柄。

"定金不能退，这个意向书里有明确的条款。"站在黎曼华旁边的销售小姐抢着说。

"怎么不能退啊？再说我也不想退啊，我想买这个房子。"李嘉瞪着销售小姐大声说。

苏佳慧狠狠地瞪了李嘉一眼，示意她闭嘴。

黎曼华静静地看着两人的举动，微笑着说："在七天之内，双方之间就合同条款达不成一致，可以解约。可是，现在早已经超过了七天，而且我们不是针对合同条款达不成一致，是你们提出额外条件，要签补充协议。所以，根据协议违约是要扣定金的。"黎曼华停顿了一下，看着李嘉放缓了语速说，"补充协议，公司确实签不了，这个我也改变不了。但是如果您要退定金，我倒是可以帮您申请一下，尽量不让您有损失。"

"可是，我不想解约啊。"李嘉低声地跟苏佳慧嘀咕。

"闭嘴！"苏佳慧压低声音瞪了李嘉一眼。

"要不，你们再商量一下，需要退定金的话再找我，我还有其他事情，失陪了。"黎曼华站起身来，脸上依旧挂着优雅的笑容向办公室方向走去。

"别呀，这房子我必须得买！"李嘉已经完全没了气势，推着苏佳慧的胳膊小声说。

"黎总，您刚才说你们承诺的绿化率不低于40%、配套名校保证业主子女入住和车位租金不高于同地段其他小区，都是真的？"就在这时，一直保持沉默的杨智提高了声音对着黎曼华的背影说。

"是的，我刚才已经说过了。楼书中说的绿化率、配套名校和车位租金都会兑现，你们尽管放心。"黎曼华回转身从容地回答道。

"好吧，既然你们坚持不签补充协议，我们也不坚持了。咱们就按照他们的固定版本签约吧。"杨智的话让所有在场的人都感到意外。

"那，就这么签了？"李嘉有点犯晕地看着杨智。

"还是你们律师明智。"没等杨智回答，售楼小姐先开口了，"如果你们不签，明天这套房子每平方米的均价就会涨一千元。马上就会卖出去。现在签约，是最明智的。"

在黎曼华的指导下，王凯签署了购买房子的正式合同。在签下最后一个字后，李嘉和王凯对视了一下，如释重负。黎曼华笑了笑说："恭喜两位成为我们的业主，我相信公司不会让您失望的。"

"这个我们都相信。"这时，杨智晃了晃手里的手机不紧不慢地说："特别是有了黎总的承诺。"

看到杨智晃着手机，黎曼华脸上的笑容僵持了一瞬间，但很快，她就打开了微皱的眉头带着职业性微笑说："希望您的这个录音没有用武之地。"

3

签约后苏佳慧等四个人走出售楼处，脚步显得格外轻松。王凯还要赶回去上班，先告辞了。

"杨律师，今天多亏你啦。现在还没到饭点，前面有个星巴克，咱们去坐会儿吧，正好我和慧慧也有话说。"李嘉执意要请客，杨智也不好推辞，三人聊着来到了星巴克。

舌战

"上次见面你不刚说和老王分手了吗？怎么这么快又要结婚了？"刚一坐下，苏佳慧就忍不住问李嘉。

"说你傻吧，你还不承认，我那不是将他一军吗？不刺激一下，能这么痛快买房吗。"李嘉瞪了苏佳慧一眼接着说，"慧慧，不是我说你，今天幸亏带着杨律师来了，要不然就你，非把我房子搅黄了不可。"

"还说我呢，要不是你不争气让人看出非要买房，也不至于让那个黎总抓住把柄。"苏佳慧嘴上当仁不让地回击，心里还是暗暗佩服杨智的机智冷静。

"你多明白啊？我这好不容易逼着老王他们家把一套老房子卖了凑钱交个首付，这要是不行，指不定什么时候能买上房呢，我当然不能退啦。"

看着苏佳慧和李嘉俩人在自己面前斗嘴，杨智觉得很好笑。

"最近房价确实涨得快，所以既然定了，就别太计较细节了，我看那个总监之所以不肯签补充协议，也是担心最终不能履行。"杨智的分析让两个人停止了争吵。

"那到时候要是兑现不了怎么办啊？"李嘉有点着急。

"我们有录音，到时候真要维权的话会比较主动。到时候再说吧，我也希望像他们总监说的用不上。"

"没文化多可怕，嘉嘉，你可长点心吧。"苏佳慧用手点了李嘉脑门一下，两个人笑成一团……

经历了这场买房风波，苏佳慧对杨智又多了几分敬佩。最近她上班比平时出门早了，因为这样，她在地铁到单位的路上"偶遇"杨智的概率也大大提高了，这是她仔细观察杨智上班规律后精心计算的时间。每天早晨从地铁口出来，她的目光就开始在人群中寻找那个身影，找到了脸上就会浮现出幸福的笑容，没找到，心里会有一丝失落，脚步也会放慢些，希望杨智可以从后面赶上来。到了单位，她会习惯地朝杨智的座位上瞟一眼，人在，她就踏实，人不在，她就会惦念。

这样的感觉有时候会让她有些不安,感觉像自己做了什么不该做的事,具体哪里不应该,她说不清楚。有一次,她不经意间和李嘉提起这事,李嘉十分肯定地取笑她:"你这就是没出息的暗恋!"

此刻正是上班时间,苏佳慧坐在自己的座位上,目光透过旁边的隔断扫向杨智,他正在电脑前专注地敲着键盘。苏佳慧自己也说不清杨智哪里吸引她,只是觉得和他在一起,时间过得很快,也很充实。

第二节　借条疑云

1

华涛集团收购项目进展顺利，很快便需要律师介入进行尽职调查。

柳怀远和杨智拉着行李走出机场时，外面正下着小雨。天阴沉沉的，湿冷逼人，机场里却还开着冷气，冻得杨智忍不住打了一个喷嚏。

"柳律师吗？"一个穿着花格短袖T恤的中年男子迎上来，手里举着一个写着"柳律师"三个字的纸牌子。

"你是……"柳怀远看着他问。

"我是渤海制造公司的行政经理，我姓黄，华涛集团的孟经理和我们公司的高总安排我来接您。"中年男子满脸笑容地说。

"黄经理，辛苦你了。"柳怀远和黄经理握了握手，三人一起走出机场。

一路上，杨智坐在副驾驶的位置，用手机不停和苏佳慧交流着："柳律师，小苏问玉展公司的法律顾问续签协议是否还和往年一样？"杨智手里拿着手机，回过头来问。

"是的，不过，他们公司的事情比较多，价格还需要重新商定，等我回去再确定协议文本吧。"柳怀远眼望着前方回答。

"还有，那两个股东资格确认案件的开庭时间已经确定了，小苏问，您什么时候回去？"杨智又问。

"如果一切顺利，我们两三天就可以回去了，应该来得及。你告诉小苏将案件资料整理准备好就行，还是我们两个出庭。"柳怀远胸有成竹地说。

第二章　调查中的暗战

"柳律师业务繁忙啊，这么多案子！一看就是挣大钱的呀。"黄经理从汽车的后视镜里看着柳怀远，笑着调侃。

"挣大钱谈不上，我们律师就是提供法律服务的，如果没有客户需要，我们也没钱挣。所以，还是你们搞企业的厉害。"柳怀远笑着回答。

"像您这样的大律师客户肯定很多，一年少说也得挣个几百万元吧？"黄经理的好奇心进一步加剧。

"好律师肯定客户多，但是，客户总是希望好律师能够亲自为自己服务。而我们律师就是不吃不喝不睡觉，一天也就二十四个小时的时间，所以啊，我们挣的钱是有限的。不像你们做企业的，收入没有天花板，可以呈几何级增长。"柳怀远巧妙地回答。

"柳律师好口才，倒让我觉得自己挣了不少钱似的。"柳怀远的话让黄经理觉得新鲜，同时他也对这个律师平添了一些好感。

黄经理的黑色奥迪车在"亚洲大酒店"门前停下来，办理好入住手续，黄经理笑着对柳怀远说："两位先把行李放房间稍事休息，晚上六点，我们高总在镇上的酒楼招待二位律师，到时候我来接你们。"

"好，谢谢。"

酒楼离柳怀远住的酒店不太远，柳怀远一行到的时候，包间里已经有三个人就座了；一个身材魁梧、满面红光的中年男子站起来，伸出右手，边说边走上前来，"柳律师，有失远迎啊。"

"柳律师，这是我们高总。"黄经理赶紧介绍。

"高总好，我是柳怀远。"柳律师伸出右手，紧紧握住了高总的那只大手。

"这是赖秘书和高总的行政秘书平小姐。"黄经理一一介绍后，大家落座。酒过三巡，高建国的脸有些微微地发红，鼻尖发亮，他端起酒，冲着柳怀远说："柳律师，你们这几天辛苦，需要我们配合什么，您尽管说。"

"谢谢高总。"柳怀远也举起酒杯，"明天我们打算看看咱们渤海和永盛的相关法律文件，孟经理说文件清单已经交给你们了。"说完，柳怀远把酒

舌战

一饮而尽。

"文件已经按照这个清单准备好了,柳律师明天早上可以直接去我的办公室。"赖秘书样子十分谦恭。

"柳律师,有些情况,我还是想提前跟您沟通一下。"高总神态庄重地对柳怀远说:"您知道,渤海和永盛两家公司,是我和我父亲的心血。关于转让的事还没有在厂里公布,比较敏感,所以明天你们到厂子里去,还是低调、谨慎些好,不要到处走动,有什么问题,尽管找赖秘书问就可以了。"

柳怀远接触过很多收购项目,其中也不乏此类乡镇企业性质的企业,他理解高总的想法,听他这么一说,倒是觉得此人还算坦诚,把丑话说在前面,可以免去很多不必要的猜疑和麻烦。

接下来的两天,柳怀远和杨智就在渤海制造公司赖秘书办公室里面的套间里认真审查了大量的资料,虽然工作很繁杂,好在相关文件都很规范,没碰到什么大问题。

"这是我第一次参与收购项目,没想到还挺轻松啊。"杨智伸了个懒腰对柳怀远说。

"越是轻松越不能大意。"柳怀远和杨智说着话,自己也陷入了深思。按说企业收购的案子他并没少做过,但这次渤海提供的文件资料相当规范,不要说是在乡镇企业中很少见,就是一些成规模的大企业也很难能做到如此规矩,找不出一点漏洞来。这反而让他有一种莫名其妙的不安。

"照这样的进展,明晚我们基本就可以完成任务了。"杨智整理着手边的资料说。

两人正聊着天,外面办公室突然传来吵闹声。

"高总不在公司,在外面开会呢。"赖秘书提高了嗓门说道。

"我们今天就要高总解释一下当初的……"

柳怀远正聚精会神地听着,赖秘书站起身来把里间的门关上,争吵声被隔离在外面的办公室,柳怀远隐约听到很多人提到了借条。

2

下午五点，黄经理照例开车送柳怀远他们回酒店。路上，柳怀远笑着对黄经理说："黄经理，这几天调查工作很顺利，多亏了您的帮助，正常的话，明天我们就结束工作回北京了，今晚，咱们就别在酒店吃饭了，我请客，您带我们找一家当地有特色的餐厅咱们好好喝几杯，怎么样？"

"哎哟，还能让您这个客人破费，这饭我请。"

"那哪成啊，是我们感谢您。这样，我们先回酒店放一下东西，然后换件衣服咱们就直接去。"柳怀远高兴地说。

傍晚六点，黄经理接上柳怀远和杨智来到当地的一家酒楼。点好菜后，还上来一瓶"石库门"黄酒。

"柳律师，杨律师，今天这样的湿冷天气，最适合喝这种酒了，暖身子啊。"黄经理热情地介绍着，打开了酒瓶。"这种酒最好温着喝。"他说着，把酒倒在一个玻璃器皿里，放在酒精炉上加热。

"黄经理，真是谢谢您安排得这么周到，来，我先敬您一杯。"柳怀远颇有大侠风范的，举起酒杯。

"谢谢，谢谢！"黄经理显然有点受宠若惊，"两位律师远道而来，辛苦了。以后咱们就是朋友了，大家都别客气。"黄经理举起酒杯一饮而尽。

"好，干！"柳怀远痛快地干了杯中酒，准备给黄经理续上，这时黄经理发现杨智杯子里的酒还没动。

"杨律师不够意思啊，嫌我们的酒不好吗？怎么不喝？"

"黄经理，不好意思，我酒精过敏。喝完酒浑身起疹子，明天就什么都干不了了。"杨智赶紧解释。

"你这个内蒙古人，居然酒精过敏，真是少见啊。"柳怀远有些吃惊地说，

舌战

"黄经理,别难为他了。今晚咱们两个喝,不醉不归。"柳怀远的豪爽让黄经理有点意外,他没想到外表儒雅的柳律师,还有着如此的豪气。

"还是柳律师爽快!来,我敬您一杯。"黄经理又举起酒杯。

酒过三巡,黄经理的两颊有点发红了,柳怀远不紧不慢地跟黄经理聊着天。"黄经理,看您这年纪,应该也是渤海的元老了吧?"

黄经理一边给柳怀远续上酒,一边说:"我在渤海已经快二十年了,看着它从一个小作坊,发展成今天的大公司,渤海就像我的儿子。我对渤海有感情。"说完扬起头,又是一杯酒下肚。

"我也干了。"柳怀远向黄经理亮出他的酒杯,"黄经理,您太谦虚了,哪有资产几千万的小作坊?"柳律师放下酒杯,漫不经心地问。

"柳律师,您不知道。当时大家就从小作坊干起来,搭个小棚子,就是厂房了。"黄经理得意地说,"我们老高总当时是大队书记,带着大伙儿把生意做起来,越来越好,后来盖了正规的厂房,买了一套二手的日本流水线,制造精密轴承,销售给本省的企业。再后来又改制,变成了公司,每家都入股了,成了股东。"

"从一个小作坊发展到现在可真是不容易啊。"柳怀远顺着黄经理的话茬儿说。

"可不是吗?当时,简直是一穷二白,没钱,没技术,全凭着一股闯劲。那时候也没钱买技术,我们就和那些大企业的技术员私下联络,让人家下班之后到我们厂子里来做技术指导,帮我们调试机器,给人家一些好处费。当时的人想法也简单,没有现在人这么多弯弯绕绕……"黄经理话说到这儿突然顿住了,举起酒杯对柳怀远说:"喝着喝着……"

黄经理脸上稍纵即逝的犹豫并没有逃过柳怀远的眼睛。他继续若无其事地说:"这次一旦收购成功,黄经理作为股东可就身价倍增了啊,来,敬您一个。"

"我哪是什么股东啊,就随大流入了点干股,那您说我这样的干股也能增值？"黄经理果然对此话题感兴趣，他放下手里的筷子，往前探了探身子。

"您说的干股是什么概念啊？"柳怀远问。

"2000年的时候，老高总年纪大了，企业也发展壮大了，原来跟着起家的社员愿意出资的就出了点钱。"黄经理陶醉在黄酒的温热中，毫无戒备地说。

"出钱就应该有入股凭证吧？"柳怀远问。

"哪有什么入股凭证啊，借条算吗？"黄经理突然想到了什么，端起酒杯一饮而尽。"咱喝酒，不说这个了，来，走一个。"

当他们三个人走出酒楼的时候，已经快晚上十点钟了。黄经理有点步履蹒跚，拉着柳律师的手，一再表示要开车送他们回酒店。

"不用客气了，黄经理。酒店离这里很近，我们走几步就到了。您也别开车了，找代驾吧。"柳怀远是真心不敢坐黄经理开的车。

相互推让了半天，黄经理终于同意他们两个步行回去，而他自己坚持开车回家。酒驾，在这个小城市里还是个新鲜的词，没人在意。

在回酒店的路上，杨智发现柳怀远的动作有些迟缓："柳律师，您怎么了？"杨智伸手扶住柳怀远，关切地问。

"没关系，这个黄酒后劲大。"柳怀远并不掩饰他的醉态，"小杨，等会儿回酒店，你赶紧把今天酒桌上的谈话整理出来，提醒我两件事，一个是知识产权，一个是债务。我现在脑子不好使了，全靠你了。"

柳怀远拍了拍杨智的肩膀含糊地说："你今天装得还挺像，真像个不会喝酒的。"

"酒桌上哪句话跟这两件事能搭上呀？"杨智听得一脸迷惑。

虽然佩服柳怀远的筹谋，但是，他却没有看出来这样做的必要。

"唉！"柳怀远扶着杨智的肩膀，晃着脑袋，"我现在头很疼，你就把刚才黄经理说的话，都记录下来，明天拿给我看，就行了。"

"哦，好的。"杨智不知道柳怀远葫芦里卖的什么药。

舌战

3

为了让柳怀远多睡一会儿,第二天早晨杨智独自到餐厅吃了早饭。快到八点的时候,他去敲柳律师的房门,出乎他的意料,柳怀远已经恢复了以往的神采,他换上了一件质地舒适的长袖T恤,垂感很好的黑色长裤,衬托出他修长的身材。

"柳律师,您已经吃过早饭了?我还以为您刚起床呢。"杨智禁不住问。

"这点酒对我来说,不算什么,昨晚只是有点不适应,睡一觉就没事了。"柳怀远轻松地回答。

"对了,昨晚酒桌上的谈话你整理了吗?"柳怀远问道。

"在这儿呢,我就是给您送这个来了。"杨智说,"您昨天让我提醒您两件事,知识产权和债务。我想了半宿也没看出黄经理哪句话说了这些信息啊。"

"你小子还是太嫩。"柳怀远接过杨智手中的记录,边看边说,"黄经理昨天说话的时候,有两次他是明显迟疑了,提到当时请技术人员帮忙,他说当时的人没有这么多弯弯绕,这可能说明他们后来遇到这方面的纠纷了,还有他提到自己的干股时,问借条算不算?哪的借条?这里面会不会有债务纠纷?"

听了柳怀远的话,杨智惊诧地张大了嘴。"你这没喝酒的脑子还没我这喝高了的好使呢。下次你喝!"柳怀远开玩笑地说。

"一会儿你去门口等黄经理,告诉他,我昨晚喝多了,今天不太舒服,就不去公司了,有些事情我得亲自去查一下。"柳怀远边说边收拾了一下手里的资料。

黄经理将杨智接走以后,柳怀远先打车去了当地的工商局查了一下渤海公司的股东，股东人数不多，并没有黄经理的名字，而公司改制成立的资料少得可怜。柳怀远复印了相关材料后赶到了当地的体改办，找到了自己的老同学顾鹏。顾鹏告诉他，这样的乡镇企业的改制主要由当地乡镇体改办负责，市里只做面上的指导，不会介入太多。不过，顾鹏倒是提供了另外一个信息，就是渤海和永盛最近几年和员工纠纷不断，曾经有几十个老工人到市里集体上访，要求渤海和永盛承认他们的股东身份，并进行审计和分红。

"一事不烦二主。你再帮我一个忙，如何？"柳怀远嬉笑着说。

"你好不容易来一趟，有什么事，尽管说。"顾鹏倒是爽快。

"听说你老婆在市中院，能不能帮我打听一下，渤海和永盛最近有没有涉及知识产权的诉讼？这应该不算什么机密。"柳怀远说。

"呵，你小子的功课做得到位啊，连我老婆干什么的都知道。"顾鹏有点意外。"没问题，我一会儿打个电话让她帮着了解一下。你要不忙，中午一起吃个饭吧。"

"今天还真没时间了，我得赶紧回去和公司汇报一下这几天的进展。改天我一定请你们俩吃饭，我还没拜见嫂子呢。"柳怀远眨眨眼，调皮地接着说："小叔子拜见嫂子，应该有什么礼数呢？"

顾鹏咧嘴大笑："还小叔子，你算哪门子小叔子！"

柳怀远在赶回酒店的路上，顾鹏打来电话，果不其然，渤海目前有两起知识产权纠纷案正在审理中。

回到酒店，柳怀远拨通了孟经理的电话，把这几天的调查经过向他作了详细的汇报，并把自己对于债务的担忧也告诉了他。

"干得漂亮，柳律师，多亏了你这么细心，我这就去和戴总汇报，你这回可是立了大功了。"

刚刚挂掉孟经理的电话，柳怀远就接到了赖秘书的电话，电话里很嘈杂："柳律师，您赶紧来厂里一趟吧，杨律师被工人们给扣下了。"

第三节　揭开真相

1

柳怀远急忙打车赶往渤海制造公司，杨智的手机打不通，情急之下，他再次打通了赖秘书的电话，大概知道了事情的原委。

上午杨智和黄经理去了渤海，中午吃过饭，杨智不知怎么混进了工厂的车间，还穿了件工人的制服，结果出来时被人认出来给扣下了，赖秘书出面解释，反倒引起大家对转让工厂的猜疑，于是死活不放杨智走。

柳怀远赶到渤海制造公司时，赖秘书已经等得十分焦急了，两人小跑着冲到厂房里，杨智正坐在机器旁被工人团团围着，身上披着一件工装。旁边有几个保安人员，但敌不过工人太多，只是勉强维持秩序，避免工人们太激动，出什么岔子。

赖秘书大声对工人们说："这两位律师是从北京来的，只是来了解一下公司情况，不是来签约的。你们不要太冲动，惹出什么事情，到时候就是高总也帮不了你们。"

"管他们是谁，你们卖厂子就得先把我们的钱还了。"工人们嘈杂地嚷嚷着。

柳怀远想了一下，大声说："大伙听我说，我们是律师，只是来了解情况，根本不是来签约的。如果签约，肯定是领导来，不会只来两个律师的。大家不要误会。"

听了柳怀远的话，工人们的情绪平稳了一些。一个中年男子高声说："不管你们是不是来签约的，反正是现在有人要卖公司，而且不跟我们商量。为了保护大家的利益，你们不能走，直到高总回来把事情解释清楚。"

"你们这算什么？你们这是犯法，你们知道吗？"杨智气愤之极，他涨红了脸，起身冲着中年男子大叫，几个工人上前把他按下。柳怀远挤进人群来到杨智身边按着他的肩膀，强迫他坐下。

"好吧，如果大家觉得我们留在厂子里比较好，那么我们就不走，但是你们不能让我们一直在车间里待着吧？"柳怀远昂着头对工人们喊话。

"律师今天不走，他们待在办公室等高总回来，行了吧？"赖秘书出来解围说，"你们把高总请来的客人扣在厂子里，等高总回来，看你们怎么交代！"

"大不了，到时候，我们再给律师们道歉。"中年男子嘀咕着。大家最后协商同意两位律师"移师"办公室，但要有工人负责"把门儿"以确保他们出不去。

傍晚时分，赖秘书在办公室搭了两张行军床，拿来被子和洗漱物品。"实在不好意思，柳律师、杨律师，你们就在这里凑合一晚吧。高总在外面开会，我们已经联系了他，他已经往回赶了。"扣住律师既是工人们的主意，其实也应了赖秘书的心意，因为他也不知道杨律师擅闯厂房到底打听到了什么，没有高总的指示，这件事到底怎么处理他也不知道。

办公室没人的时候，杨智讲了他今天的遭遇。上午到公司后，他满脑子都是和柳怀远的对话，觉得自己真的比较迟钝。午休的时候，刚好赖秘书不在，他觉得可以施展一下自己的能力，帮柳律师打探一下关于公司的一些情况。于是就悄悄到了厂房里面，他一进门，就顺手把一件挂在门把手上的工作服穿在身上，四下张望地往里走。正是午休时间，工人们三五成群地坐在机器旁边聊天，机器并没有停，杨智怕被人识破，躲在机器后，接近正在聊天的那几个人。谁知道听得太投入了，被几个刚吃完饭回来的工人逮个正着。

舌战

"你也太冲动了,这种事万一控制不住是会闹出人命的。"柳怀远虽然心里知道杨智是为了帮自己,但这样的举动还是让他有些生气。

"我知道了,柳律师,我还真打听出了有价值的东西呢。"杨智兴奋地说,"真让您说对了,渤海的确和工人有债务纠纷,那些工人说当初改制的时候,他们很多人都出了钱,当时高总说公司的效益不好,怕他们担风险,所以给他们写了借条,不算入股,但这么多年,钱一直也没还。"

"如果渤海和永盛当初跟工人签署的都是借条,而不是出资协议,那么他们报给华涛的净资产数据就是不准确的,存在很多水分。而华涛根据这个数据作出来的收购报价和后面的成本评估就也是错的。这事得赶紧跟孟经理联系,让他们给高总施压,不然我们的处境也危险了。"柳怀远边说边拨通了孟经理的电话,把这里发生的事都告诉了他,并一再叮嘱务必现在就和高总联系,让他们尽快脱身,并协助他们把公司债务问题一并调查清楚。

2

"柳律师,杨律师,真是怠慢了。我们高总从上海回来了,他中午请你们吃饭,压压惊啊!"第二天一早,赖秘书来到办公室告诉柳怀远他们高建国安排他们在镇上酒楼吃饭。

依然是黄经理开车来接柳怀远和杨智,巧的是还是他们仨前天吃饭的那家酒楼,只是这次黄经理一路上几乎不再说话。

高总一见到柳怀远就不停地道歉:"柳律师,杨律师,实在抱歉啊!都怪我工作没做好,让你们受委屈了。"柳怀远推断孟经理那边已经给高建国打过电话了,心里踏实了一半。

饭桌上高总举起酒杯说:"我先干为敬!给律师们赔个不是。"说完,他就一仰脖,把酒干了。

"高总,客气了。这属于意外情况,我想高总也是始料未及。"柳律师似乎话里有话。

"还是柳律师体谅我啊。"高总果然顺势而为,"渤海和永盛刚起家的时候,确实是每家都出力了。可是,这二十多年的苦心经营,却全是我们父子二人的心血。当初改制的时候,都已经跟大家说清楚了,按照每家贡献的大小,进行了股权分配。现在的公司决策跟那些工人有什么关系呀!"

高建国说得慷慨激昂,但是柳怀远却听出他在避重就轻。柳怀远开门见山地说:"高总,工人们的做法是有点过激。但是,我们在厂子这几天,听说渤海签署过很多借条,这些对收购都是有影响的。"柳怀远一边说,一边留意高总的反应。

"哎呀,柳律师,您不了解情况的。我们改制是经过镇政府批准的,当时还有县里的领导来指导,渤海和永盛在梅花镇也算有头有脸。"高总提高了嗓门继续说,"孟经理这几天一直在跟我沟通,我明白他不就是担心现在工人们的问题解决不好,他们投入资金、接管企业之后,无法搞定工人,得不到回报吗?"高总终于说到了关键点,柳怀远知道华涛集团最担心的不是借条,而是收购之后的企业管理问题。

"老孟他们想得太多了。"高建国挥动着大手,中气十足地说,"就说华涛收购渤海和永盛,我也没出局啊。他们有什么可担心的?工人的事情,我来摆平。至于那些借条嘛,陈年旧事了,如果柳律师想看,我让他们找一找。你们律师再多留几天,看看这些问题怎么解决,可别让老孟觉得我瞒了他什么!"高总的话让柳怀远和杨智都有点意外。

"这次我们代表华涛集团来作尽职调查,肯定要帮助公司把控风险,既然双方都非常想做成这笔交易,我们当然也希望渤海和永盛这边没什么大问题,这样我们的心里也能轻松点。您说是不是?"柳怀远的客套有效地缓和了气氛。

"我们也欢迎两位律师能多留两天,帮我们把那些不规范的地方弥补一

舌战

下,免得日后再出纰漏。"高总再次端起酒杯说。

再次回到渤海制造公司,柳怀远终于看到了厚厚一摞借条。杨智把打印好的文件目录递给赖秘书,就跟着柳律师在桌边一张纸一张纸地审查这些资料。这些纸很多是年代久远的白纸,上面用钢笔或者圆珠笔写着字,歪歪扭扭的,虽然字迹模糊,但是里面的人名、金额和日期还是依稀可见,借条足足有几百张,杨智拿出手机,调成计算器模式,大概估算了一下,总额一百多万元。"这个数目还仅仅是本金,不知加上利息和滞纳金之后是多少钱呢。"杨智随口说。柳怀远默默点头。这些借条是渤海公司给工人们开具的,借款时间始于十几年前,如果计算利息和滞纳金,那么将是一笔巨款。

第四节　初战告捷

1

天终于放晴了，初夏的江南连空气里都饱含着草木的清香。柳怀远和杨智拉着行李箱一走出酒店，就不由自主地深深地吸了一口气。黄经理把他们送到机场，候机的时候，柳怀远的手机响了，是小区物业打来的。"柳先生，您家里水管漏了，把楼下邻居家房顶都给泡了，您赶快回来一趟吧。"

"我现在在外地呢，晚上到北京。"

"哎哟，那可不行，这要到晚上，楼下全给泡了，您看谁还有家里钥匙，让他赶快把门打开，我们也好看下情况。"

"好的，我马上联系，一会儿给您回话。"

柳怀远挂断电话，急忙拨通了女友黎曼华的电话。"曼华，刚刚物业打电话说我家水管漏了，渗到楼下了，我晚上到北京，你现在能去给物业开下门吗？"

"嗯……行吧，我来处理，你踏踏实实回来吧。"

"好，那我回去再和你联系。"

柳怀远的飞机一落地，就直接打车往家里赶。想象着家里到处是水的样子，他不禁皱紧了眉头。

难得路上车不太堵，柳怀远急匆匆直奔家中，当他转动钥匙，打开房门的时候，却看到家里整洁如初，夕阳西下，一抹余晖从落地窗外照进来，客厅的光线十分柔和。

舌战

"亲爱的,你也太能干了吧。"柳怀远转身关上房门,一丝温暖的笑容浮现在了脸上。

"柳律师,您回来啦!"苏佳慧不知怎的从洗手间跑出来,柳怀远被吓了一跳,对于苏佳慧的出现完全没有心理准备。

"小苏?你怎么会在我家里?"柳怀远吃惊地问。

看到柳怀远脸色突然变得难看,苏佳慧脸上的笑容也随即消失了。"你以为我愿意跑你家来当免费的劳力呀?"心里这么想着,她强压下自己的委屈和不快,尽力用平缓的语气对柳怀远说:"今天下午廖律师给我您家的地址和钥匙,说是您家里水管漏了,让我过来的。"

"怎么又找到廖律师那了?"柳怀远一时还没有回过神来,"你怎么不先给我打个电话啊?"

"我打了,您手机关机。"苏佳慧声音里明显透着不高兴。她把手里的抹布放在餐厅的椅背上,从兜里取出钥匙递给柳怀远。"物业公司已经派人修好水管了,漏水问题也解决了。既然您回来了,那我走了。"说完拿起自己的包开门径直走了。

柳怀远这才意识到自己冒犯了苏佳慧,懊恼地拍了一下自己的脑门,开门跟出去,楼道里已经没有人了。

"真是不长眼的家伙!"走出柳怀远家的小区,委屈的泪水从苏佳慧眼中流了出来,"好心没好报,以后我再管你的事儿,我就不姓苏!"苏佳慧气愤地喃喃自语。

重新回到屋里,柳怀远打电话给黎曼华:"怎么回事?我不是让你来我家处理一下漏水的事吗?怎么我同事来了?"

"大律师,您回北京第一件事就是找我兴师问罪呀?"黎曼华调侃着说,"我当时在外面开会也赶不回来,就让司机把钥匙送到廖律师那儿了,怎么了?"

"那你也该告诉我一声呀,我这一回来还以为你在呢,结果……算了,没事了。"

"我不是怕你路上分心吗？再说这点事也不至于这么着急呀？"

"唉……算了，咱俩也别争了。我刚才闹了点误会，错怪了同事。"

"哦，我还纳闷呢，怎么招呼都不打就直接问责了。那我明天请你吃饭呗。"

"改天吧，我明天得处理一下这次出差的事，估计要忙一阵了。"

看着整洁的房间，柳怀远后悔自己错怪了小苏。于是给苏佳慧发了条短信。"小苏，我刚才错怪你了，跟你道个歉。"

"应该的。"看着苏佳慧简短的回信，柳怀远哭笑不得，到底什么是应该的呀？很明显，小姑娘气儿还没消呢。

2

柳怀远出现在华涛集团五层会议室的时候，戴骏和孟经理都已经等在那里了。戴骏这次穿了一件西装，比上次正式多了。一看到柳怀远走进来，戴骏和孟经理都站起身来，热情地招呼。戴骏绕过会议桌，伸出右手，跟柳怀远紧紧地握着："柳律师，你们的事情我都听说了，辛苦了！"

柳怀远感觉到了戴骏态度的转变，微笑着说："戴总客气了，我们律师什么情况没碰到过，这件事不算什么。"

"柳律师是见过大场面的人，这点事吓不住的。"孟经理随声附和，"听高总说，柳律师当时很有大将风度，他佩服得很。"

戴骏拍着他身边的座椅说："柳律师，坐！您的气度跟我们华涛很配啊，有您这样的律师，我们很有面子啊。"

柳怀远知道戴骏今天这么赞美他，是因为有了他们的调查，让华涛在接下来的收购谈判中掌握了主动，他坦然地看着戴骏，将谈话引入正题："戴总，您过奖了。这是我昨晚整理出的调查情况。主要问题有两点，一是我

舌战

们这次发现渤海对上百名工人负有债务,本金合计大概一百多万元,如果加上利息和滞纳金,将是笔巨款。另外一点是目前渤海公司还有两起知识产权的纠纷案正在审理中,如果败诉,相应赔偿也是要计入债务的。"

"干得漂亮。"听柳怀远介绍完调查情况,戴骏由衷地表示了他的赞赏,"这次发现的问题很关键。"

听到戴骏的夸奖,柳怀远只恨法律服务协议已经签署了,里面的价格已经确定。柳怀远不禁有些懊悔,当初跟华涛谈妥的律师收费太低了。

"这次让你们查到了借条,高总很尴尬吧。"孟经理对柳怀远说着,继而转头得意地对戴骏说:"这么看来,戴总当初选择柳律师是选对了,替华涛挽回不少损失呀。"

"那戴总是不是有奖励给我们律师啊?"柳怀远不失时机地说,想试探一下戴骏的反应。

"这次的调查柳律师功不可没,不过,我们的合作来日方长,不急在这一时一事,今后我们肯定会找机会感谢柳律师的。"戴骏回答得滴水不漏。

"有戴总这句话,至少明年我们的法律顾问应该不成问题了。"柳怀远说。

"有柳律师这么得力的顾问,也是华涛的荣幸啊。"戴骏微笑并不接着。

几个人正聊着,孟经理手机响了。"是高建国。"孟经理接电话柳怀远和戴骏都不再说话。

"渤海那边果然坐不住了,高总说要来北京跟我们进一步谈谈收购的事。"孟经理用手捂着手机低声征询戴骏的意见。

"先不急,晾他们一下。"戴骏授意。

"高总,我们戴总昨天刚去外地考察其他项目,这周恐怕不行了,等他回来咱们再联系行吗?"孟经理编了个理由,敷衍着高建国。

柳怀远回到办公室,已经下午六点多了,他看见苏佳慧还在电脑前忙着。"小苏,还没下班啊?"

第二章 调查中的暗战

"哦,廖律师有份文件让我帮她处理一下。"苏佳慧头也没抬地回答。

"昨天房子漏水的事,多亏了你。我请你吃个饭吧。"柳怀远想起昨天的事,有点尴尬。

"您别客气,那都是我应该做的。"苏佳慧停下手里的活儿看着柳怀远说,"我今天晚上约了朋友,谢谢您。"

"哦,那好,改天吧。"柳怀远点了点头。

看着柳怀远走进办公室,苏佳慧皱着眉头把嘴噘得老高。"少来这套,谁稀罕和你吃饭,少找我点茬儿,比什么都好。"

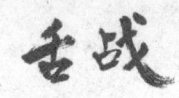

第五节　恨嫁的心

1

黎曼华拉着行李箱走出机场大厅的时候，心里明明知道不会有人来接，却还是忍不住向等候的人群中张望了一眼。那个她熟悉和迷恋的挺拔身影没有出现，尽管这是意料之中的事情，但是她还是感到一丝失望。

黎曼华现在已经是京城知名房地产经纪公司的市场部主管。因为房地产市场的爆炸式发展，公司接到了很多外地项目，所以她需要经常出差，帮助那些二线、三线城市的开发商策划房地产项目的宣传推广。离开北京十几天，每天都是高强度的会议、研讨和调研，坐在出租车上，一股倦意袭来，她拨通了柳怀远的手机，手机里面却传来"来电呼叫转移"的提示音。挂断电话，黎曼华忽然觉得他们两个人就像身边并行的两条车道，方向一致，却永远不会相交在一起。

在家里泡了一个热水澡之后，黎曼华又拨通了柳怀远的电话，从小就非常骄傲的黎曼华在和柳怀远的关系中，却总是处于弱势。她自己也想不明白，为什么每一次都是自己主动嘘寒问暖。这一次，电话中传来柳怀远的声音，"喂，你回来啦。"他的声音是如此迷人，黎曼华的心情明亮起来。

"嗯，今天下午才到家。我一下飞机就给你打电话，你的手机怎么是呼叫转移啊？害得我还胡思乱想半天，以为你出什么事了。"黎曼华有些嗔怪地说。

第二章　调查中的暗战

"我下午给客户做培训,就把手机调成呼叫转移了。你这次出差时间不短啊,好好休息吧。"柳怀远平静又关切地问候。

"好,我马上就睡。明天是周日,你有事吗?这么长时间没见到我,你也不想我?"黎曼华试探地问,不知怎的,在公司里面叱咤风云的她,在柳怀远面前,却一直是小心翼翼的样子。

"我明天没什么事,你过来吧,我们一起吃午饭。"柳怀远答应得很痛快。

"行,我明天午饭前到你家,晚安!"黎曼华对着电话甜蜜地说完这句话,心中油然升起满满的幸福感。

第二天,黎曼华精心打扮了一番,特意选一件浅色真丝连衣裙,V领口开得很低,裙摆恰在膝盖上方一点点,露出了优美的腿型。当她风情万种又不失优雅地出现在柳怀远的面前时,柳怀远刚从厨房出来,身上围着围裙。

"我们在家里吃饭?"黎曼华问。

"你在外面快一个月了,今天就让你尝尝我的手艺。"柳怀远一边接过黎曼华手里的提包,一边说。

"能尝到大律师的手艺,我口福不浅啊。"黎曼华一转身在餐桌前坐下。

柳怀远做了四菜一汤,吃着可口舒服。

"哎呀,选你当男朋友的时候,我还真没想到,还顺带挑了个好厨师。菜真好吃。"黎曼华歪着头看着柳怀远,他是她认为最适合做丈夫的人选,可不知为什么,她觉得自己和他之间好像总隔着什么,让她感觉不踏实。

柳怀远没说话,微笑着,端起碗,慢慢地喝了一口汤。他喜欢现在这种平静的、轻松的氛围,没有钩心斗角和利益权衡,只有真诚的交流和欣赏。

舌战

2

看到柳怀远的情绪不错，黎曼华低头沉吟了一下，字斟句酌地说："最近我们公司接到了好几个房地产开发商的案例，我发现他们其实挺需要法律服务的，但是，身边却没有什么好律师。如果你愿意，是否可以帮一下他们呢？"她一边说，一边观察柳怀远的脸色。

"人家房地产开发商，是挣大钱的，怎么会没有好律师？这是你自己的理解吧。"柳怀远一副心不在焉的样子。

"我打听过了，这些项目公司的法律顾问，都是跟股东有关系的律师。业务水平很一般，跟项目公司也不是一条心。"

"嗯，你说的这种情况倒是有，现在到处都是靠关系、靠脸吃饭的人。"柳怀远慢慢咀嚼着嘴里的菜，对黎曼华的话表示赞同。

"就是啊。"黎曼华赶紧趁热打铁，说："现在有好多律师想做开发商的业务。这次在成都，我就看见当地律师为了争取业务使出各种手段，有的还拜托我们帮忙呢。"

"拜托你们？"柳怀远停下筷子，饶有兴趣地说，"你们就是乙方，要靠人家开发公司挣钱，怎么帮忙？你知道这里面有多少内幕？就凭你们房产经纪公司跟开发商那点关系，能影响股东的决定吗？你知道股东请的律师都是他们最信任的人，要帮他们作核心的决策。唉，现在有些律师把自己搞得像一个拎着包到处推销自己的销售员。"

"拎着包做销售，怎么啦？我就是销售啊，卖房子的。"柳怀远的话触动了黎曼华心中最敏感的神经。

"我不是说你，别误会啊。"柳怀远发现自己失言，赶紧解释，"你应该明白我的意思。我只是非常不喜欢现在有些律师拿案子的方法，拉关系、

第二章 调查中的暗战

送人情、给回扣，把很多精力放在这方面，这不是我的风格，我可不擅长这个。"

"我也没让你像他们那样啊？"黎曼华委屈地说，"就算你帮我一个忙，如果他们需要找律师，我就推荐你，然后你帮忙他们处理一些麻烦就行了。这样他们对我们经纪公司也会态度好点，大家都在这行里，多个朋友，总没有坏处。"

"你这哪是让我帮你的忙啊，分明是你在帮我的忙啊。"柳怀远笑嘻嘻地说。

"算你有良心！"黎曼华粉面含羞，心里有些小得意。

她在来柳怀远这里之前，就打定主意要把自己现在的资源跟柳怀远进行对接。因为随着迈入三十岁的门槛，她越来越觉得职业生涯对于女人来说，是很短暂的。所以，她要利用自己现在的这个职位，为自己争取最大的利益。以后一旦结婚了，她就不打算工作了，这些关系，转给柳怀远还能发挥最大效益。可是，柳怀远的骄傲和清高却是不能碰触的，否则事与愿违。于是，她就上演了这样一出"欲擒故纵"的戏码，让柳怀远的自尊心得到极大满足，痛快地答应了她的要求，事实上，是实现了黎曼华资源对接的目的。

"我帮了你，你怎么报答我呢？"黎曼华掩饰着自己的小得意，歪着头，含情脉脉地看着柳怀远，乌黑的长发披散下来，平添了几分妩媚。

柳怀远没有说话，站起身来，绕过餐桌，把手搭在黎曼华的肩膀上，弯下腰，在黎曼华的耳边轻声说："我现在就报答你，如何？"

黎曼华不好意思地笑了，扭过头，迎着柳怀远的嘴唇吻上去，她的手环绕着柳怀远的脖子。她的连衣裙的拉链被解开，柳怀远的手伸进去，在她丰满的胸前摩挲着，一股无法抑制的燥热笼罩着她，令她几乎开始颤抖。即便是没有那些利益考量，她也觉得柳怀远是合适的伴侣。

黎曼华的行动力很强，接下来的时间，带着柳怀远认识了好几个开发

舌战

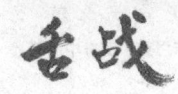

商，柳怀远凭借自己业务能力成功地给开发商留下了深刻的印象，很顺利地拿到了两家单位的法律顾问。业务不断扩大，柳怀远本应很高兴，但在一个接一个的酒局上，看着黎曼华娴熟地举着酒杯不停地张罗着敬酒寒暄，柳怀远觉得很不舒服，尽管他知道黎曼华这样做完全是为了他。

3

加班到晚上九点多，柳怀远开车到小区门口，发现小区大门前一个熟悉的身影正跌跌撞撞地进大门。

"曼华！"柳怀远停下车跑上去，扶住了险些摔倒的黎曼华。

"怀远！"黎曼华两颊绯红，满口酒气，伸出手臂揽住了柳怀远的脖子。

"你怎么喝这么多酒？"柳怀远说着，赶紧扶着黎曼华上车。

黎曼华躺在客厅的沙发上，醉眼蒙眬，嘴边挂着笑意："怀远，告诉你一个好消息。"

"先不说这个，你先醒醒酒。"柳怀远边说边用凉毛巾为她擦了擦脸，"一个女孩子，整天应酬饭局，还喝这么多酒，值得吗？"柳怀远忍不住抱怨起来。

"你说什么啊？我自己也不愿意喝酒啊，可是现在做生意，都是这样啊。"黎曼华为自己辩解，"我要告诉你，那个甄总已经同意让你做他们的律师了，他们项目公司需要一个自己的律师，不能让大股东知道太多事情。明白吗？你不谢谢我，还埋怨我！我图什么啊！"黎曼华推开柳怀远递过来的毛巾，趴在沙发上，眼皮直打架。

柳怀远沉默了，他心里着实不情愿接甄总公司的业务，因为甄总找他是想让他帮助隐瞒一些事情，这对律师是有风险的。可是，看到黎曼华这么卖力地帮他，他又不忍心拒绝她的好意。他默默地帮她擦了擦脸，扶着她在沙发上躺好，为她盖上被子。黎曼华顺从地听任柳怀远的摆布，安静地睡着了。

望着面前沉睡的黎曼华，精致的妆容让柳怀远觉得有几分陌生。三年前，初识黎曼华的时候，她还不太擅长化妆，干净的脸上透着热情、单纯。现在的黎曼华与那时相比漂亮了许多，但他们的交流却越来越少，她每天说的、想的就是如何赚钱，如何找业务。

"你自己不也是这样吗？"一个声音在柳怀远的脑海中响起，"终日奔忙在客户之间，几乎没有一点空余时间。这就是你想要的生活吗？"柳怀远毫无睡意，站在窗前，小区里的灯光逐渐暗下来，四周静谧，和白天相比，就像另外一个世界。他眼前浮现出最初和黎曼华相识的情景。

那是三年前的春天，柳怀远是华涛集团旗下一个房地产开发项目公司的法律顾问。一天早上，他接到项目公司的电话，说是有一个购房的客人在售楼处大闹，要签补充协议，否则就要去建委投诉，请柳怀远到售楼处跟客户谈谈。等柳怀远赶到售楼处的时候，却发现现场很安静，不像有人大闹的样子。前台服务员把柳怀远带到后面的会议室说："黎小姐在跟客人谈，您进去吧。"

柳怀远走进房间的时候，看到一个清秀的女孩，不施粉黛，正在和一对中年夫妻聊天，有说有笑的。

"柳律师吗？"看到柳怀远，女孩站起身来，笑吟吟地问。

"是。"柳怀远有点诧异地回答："我听说有客户想签补充协议。"

"哈哈，不签了，不签了。"中年男子挥着大手，满不在乎地说："小黎，今天咱们就先聊到这，你也不容易。以后有什么事情需要帮忙，你尽管说，我们先走了。"说完，夫妻两个人和和气气地道别，走出了会议室。

"柳律师，麻烦您了。"女孩送走客户走到柳怀远身边，仰着头，用清澈的目光看着他，"我和那两个客户聊了聊，把问题解释清楚了，已经没事了，不好意思，让您白跑了一趟。"

黎曼华光洁的脸庞，双眸忽闪着纯净的光芒，让柳怀远眼前一亮。"你

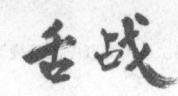

帮我解决了问题，我应该谢你才对。"

黎曼华不好意思地低下头，其实她早就听说过柳怀远，只是没想到他这么年轻，而且这么英俊。

"柳律师，您客气了。"黎曼华高兴地说："您今天中午如果没安排，就在我们的员工餐厅吃午饭吧。我正好有几个问题想请教您呢。"

柳怀远没有拒绝，他跟着黎曼华来到员工餐厅，和她一起吃工作餐。

"你是怎么搞定那两个客户的？"柳怀远刚一坐下来，就开口问，他实在想不出，这个看上去如此瘦弱的女孩，是怎么轻易化解了让许多人头疼的矛盾的。

"也没什么啦。"黎曼华轻松地回答，"无非是将心比心吧。他们花了那么多钱买房子，现在发现问题，跟开发商协商，这也是人家的权利啊。如果我们一直不同意，找各种理由推脱，人家肯定不高兴，闹起来也是正常的。"

柳怀远点点头，他非常赞同黎曼华的观点，在解决问题和处理纠纷的过程中，如果能够换位思考，的确可以化解情绪，有所助益。他没想到，这个女孩竟然有这样的情商和眼界。

"我就是做了一个好的倾听者，让他们把自己的想法说出来，然后，答应他们在收房的时候帮他们解决。谁买房子不是为了住？有谁是为了专门找别扭呢？"黎曼华一副胸有成竹的模样。

"你怎么帮他们解决？你有这样的权限吗？如果做不到，岂不是今后会有大麻烦？"柳怀远的职业敏感促使他继续问。

"我没有这样的权限，但是我知道他们提出的问题不难解决，只要到时候有人盯着就行了。我帮他们想着这件事，到时候不出纰漏就没问题了。做销售，就是做服务，让客户满意，销售目标就实现了。"黎曼华侃侃而谈，她觉得在柳怀远面前一点都没有压力。

"你刚才不是说，想问我几个法律问题吗？你问吧。"柳怀远礼貌地说。

"是的，我工作当中碰到很多法律问题，不知道该怎么解决。不过，我把问题都记在记事本上了，您吃过饭，能到我的办公室来一下吗？记事本在办公室呢。"黎曼华有点怯生生地问。

"当然可以。"柳怀远不假思索地回答。

"还有啊，我觉得您应该抽空给我们销售员做一次法律培训。我们平时和客户打交道，经常碰到法律问题，我们都不知道怎么回答。有的人就瞎说一气，结果弄得双方都不愉快，还产生很多纠纷。"黎曼华的大眼睛看着柳怀远，她不知道自己的提议是否适宜，毕竟这是跟柳怀远第一次见面，她一个小小的销售小组长怎么能跟法律顾问提要求呢。

"你的提议非常好，我也正有此意。只是还没有跟你们经理沟通过，我争取尽快给你们做一次培训。"柳怀远愉快地接受了黎曼华的建议，他感觉得到，这个女孩娇弱的外表下面，是一个强大又好强的内心。

从此以后，黎曼华就成了柳怀远的经常联系人，他们谈论的话题从房屋销售过程中的法律问题，扩展到各自的兴趣爱好，再到个人的思想观点，每一次见面，两个人都是愉悦的……

"喝啊，甄总……"躺在沙发上的黎曼华翻了个身，嘴里嘟囔着，柳怀远被拉回到现实当中，看着眼前这个化着精致妆容的女人，柳怀远忽然很怀念过去那个单纯的黎曼华了。他在脑海中使劲搜索着他们两个曾经的美好，多希望这份美好不会像被海水冲刷的沙滩，虽知曾留痕，却难觅踪迹。

4

第二天，把黎曼华送到单位，柳怀远回到办公室为华涛和通达集团的合作谈判做准备。下班的时候，黎曼华打电话说有个朋友有事咨询一起吃晚饭。柳怀远把车停在黎曼华单位门口，黎曼华和另一位女士一起走出来。"怀远，咱们去'紫天罗'泰餐厅，我已经订好了位置。"黎曼华和朋友坐

舌战

到汽车的后排座。

"怀远,这位就是我的初中同学,罗晓雪,现在是融商地产北京项目公司办公室主任。"黎曼华关上车门笑着对身边的女孩介绍:"柳怀远,我们家大律师。"

"你好!"柳怀远一边开车,一边向后视镜里面望了一眼。

"柳律师好!"罗晓雪也看着后视镜,轻声回应。

黎曼华预定的座位在餐厅靠里面的位置,是一个四人位的半开放单间,他们三个人坐在里面既不显得过于亲密拥挤,又可以兼顾私密,方便说话。

"怀远,最近晓雪的婚姻碰到点麻烦事,想跟你咨询一下。"点过餐后,黎曼华对柳怀远说。

"不好意思,添麻烦了。"罗晓雪冲柳怀远微笑着点点头,"我和我老公结婚三年了,他现在在外边有别人了,我想咨询一下我该怎么办。"说到这,罗晓雪低下头,眼睛有些泛红。

柳怀远不擅长处理婚姻家庭方面的案子,而且他也不喜欢听这些碰到婚姻问题的妇女的哭诉,但是碍于黎曼华的面子,他只得耐心地问:"婚姻的事还是要看双方的态度,律师显然帮不上忙。如果你打算离婚,我倒是可以提供一些法律上的帮助。"

"柳律师,我也不知道该怎么办。我不想离婚,但是我又咽不下这口气。"罗晓雪擦了擦眼角说,"我想让您帮忙跟踪他,拍点照片,录个像什么的,他要是再不收敛,我就离婚。如果是他的错,是不是应该让他净身出户啊?"

"跟踪和拍照录像的做法都是不合法的,律师是不会帮助你做这些事情的。"柳怀远冷静地说。

罗晓雪有些吃惊地抬起头,看着柳怀远说:"那我该怎么办呢,他当初就是售楼处的一个小销售,是我帮他才到公司开发部的,现在他要甩了我,我能怎么办?"

第二章 调查中的暗战

"老实说，离婚的案子我也不擅长，但你现在要作一个决定，是离婚还是维持下去。如果决定离婚了，我们再讨论接下来的财产分割内容，即使男方有错，净身出户的可能也很小，除非是他自己愿意这么做。"尽管黎曼华在下面不停地用手拉他的衣襟，但柳怀远还是坚持用他的理智和专业为罗晓雪分析事情的利弊得失。

"柳律师，我听明白了。那我回去再想想，如果需要帮助的话再找您。"罗晓雪情绪很快缓和了下来，之后话不多，不停地喝着红酒。

三人吃过饭，柳怀远开车把罗晓雪送回了家，和黎曼华驱车返回的时候，已经快十一点了。繁华的京城还没有睡意，二环、三环等主要道路还是车水马龙，一片热闹的夜生活景象。

"怀远，你今天跟晓雪说那些话，显得太冷冰冰了吧，她是我朋友，不是你的客户，你不能像对待客户那样对她。"黎曼华把头靠在座椅靠背上说，"你知道我在帮你争取他们融商地产的项目，罗晓雪是个关键人物。可是，你刚才的话，明显就是不想管这件事嘛，我以后还怎么跟她谈请你当法律顾问的事啊？"

"这也是你的交易吗？这不是假公济私吗？"想到黎曼华最近为了帮自己拉案子经常在各种酒局周旋，柳怀远不知为什么有股莫名的恼火。

黎曼华听了这句话，一下子急了。"柳怀远，你怎么这么说话。人家晓雪碰到麻烦，你帮忙出出主意，牺牲点时间，代理一下，怎么就成假公济私了？"

"我可以帮助她处理这件事。但你不能拿这件事和争取公司业务混为一谈。况且我真的不需要你这么辛苦地帮我拉业务。"

"哦，所以你今天才说了那么多让晓雪难以接受的话，让她断了请你帮忙处理此事的念头。"黎曼华侧过身看着柳怀远。

"我不是故意的，但是，我是实事求是的，都是为了她好，不管她爱听不爱听。"柳怀远又恢复了往日里的平静语调。

舌战

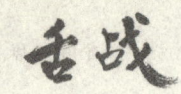

"柳怀远啊,柳怀远,你可真是个稀有动物。"黎曼华有些气愤地说,"现拿业务谁不使点手段啊?再说了,你帮她处理点私事,也是顺带手的,有什么不可以?"

"我刚才说了,我可以帮忙,免费也可以,但是你不能将这件事和争取业务捆绑在一起,这种旁门左道会让我觉得不舒服。"

"柳怀远,你觉得那些是旁门左道,但是却有大把的人靠着这些方法拿到业务,获得收益,你倒是要好好想想,到底是别人错了还是你自己落伍了?"黎曼华的脸上闪过一丝不屑,她从心底里不理解柳怀远的执拗。

"如果非得用你那套方法拿到业务,才算顺应潮流,那我宁愿落伍。"柳怀远在路口停下车,看着前面的红灯说:"我最烦你那套利益交换的理论,好像律师都是生意人,用专业操守交换金钱。可是,我不能因为自己要拿业务,就给晓雪乱支招,那样才是害了她。"

"柳怀远,你可真会说话。利益交换,现在这个社会不都是这样吗?上次甄总那个项目,你怎么同意了?如果你觉得都是利益交换,你别同意啊。"黎曼华反唇相讥。

"甄总的那个项目,我们还没签约,如果他希望我能够帮他掩盖什么,我觉得我们还是不签约的好,我可不想帮别人扛雷!"柳怀远完全不买账,"你可以告诉甄总,如果他想让我帮他隐瞒什么事情,那我做不到。我做他们公司的律师不合适,他们可以换人。"

黎曼华望着柳怀远,瞪大了眼睛,惊讶地说:"这就是你对我帮你联系业务的报答?柳怀远,你真是太伤人了!"

汽车里面安静下来,两个人都不再说话。就这样,一路沉默着,柳怀远把黎曼华送回家。车子刚刚停下来,黎曼华就打开车门,摔门而去,看着柳怀远的车子从自己身边驶过,委屈的泪顺着黎曼华的脸颊淌了下来。

舌战

第三章 ／ 收购案中案

第三章　收购案中案

第一节　意外相逢

1

"小苏,杨智怎么还没到?"柳怀远看了看办公室上方的时钟问。

"哦,他有一个拆迁纠纷的案子,下周要开庭,他今天去找当事人了解一些情况。"

"什么拆迁纠纷的案子?我怎么不知道?"

"哦,这个案子是杨智两年前接手的一个法律援助的案子,一直没做完。"苏佳慧抬头看着柳怀远。

"法律援助的案子做了两年还在做?杨智这脑子啊……"柳怀远摇了摇头。

"当时的法律援助案子已经结了,但是,后来,杨智发现了一些新情况,就主动帮助那个老太太另外起诉了,这个新案子断断续续地审了一年多了,下周又要开庭了,估计是最后一次开庭了。"苏佳慧赶紧替杨智解释。

"这个新案子还是法律援助?没收费?"柳怀远好奇地问。

"是的,他一直在免费给那个老太太提供服务,花了好多心思。"苏佳慧有点感动地说。

"好吧,他真是够闲的。等他回来,就让他到我办公室来一下。"

"好的。"苏佳慧对于柳怀远这种什么事情都和经济挂钩的态度很不屑。

柳怀远回到办公室突然觉得刚才苏佳慧说话时的神情有点不太对劲,他很好奇,为什么苏佳慧对杨智的事情了解得这么多?

舌战

柳怀远正在胡思乱想的时候，耿朝晖进来了。

进得门来，耿朝晖就向柳怀远伸出手，大声地说："怀远，这次华涛的案子你可是露了脸啦。干得不错。"

柳怀远赶紧绕过桌子，迎上去："耿律师，快坐。"

耿朝晖坐在沙发上，舒服地将后背靠在沙发靠垫上对柳怀远说："我今天找你，是有个事情需要你出面。通达集团公司要聘请法律顾问，按照现在的规定，他们这样的央企聘请法律顾问需要对外公开招标，我们所已经投标了，过两天要评标，我想组建一个律师团队参加他们的答辩会。我想我、你、廖律师和周律师一起参加，可以吗？"

"好，耿律师，我一定尽力。"

"我一会儿把相关资料拿给你，抽空看一下，答辩会在下周三，时间来得及。你只要展现你的业绩和专业能力就行了，不用太担心，肯定没问题。"耿朝晖给柳怀远打气。

正在耿朝晖和柳怀远讨论答辩会的时候，廖莹莹风风火火地推门进来，"柳怀远，你可回来啦！"一进门，廖律师就喊起来。"哟，耿律师也在啊。"廖莹莹坐到耿律师旁边对着柳怀远大声说："你的客户是不是都被你惯坏了呀？"

"怎么了？"柳怀远有点摸不着头脑。出差回来快一周了，他这是第一次见到廖莹莹。

"你那家玉展公司的老板简直就是变态，三更半夜地打电话，让我去他们公司开紧急会议。害得我家何律师凌晨两点爬起来开车送我过去，去了以后，差点没把我气死，屁大点事儿，完全可以白天开啊。"

听完廖莹莹的话，柳怀远不好意思地解释："玉展的老板是退伍军人，经常夜间开会，让大家保持战斗的状态。"

"他倒是保持战斗状态了，每次都搞得跟紧急集合似的。我都快得强迫症了，半夜三更的老觉得电话在响。"

"廖律师，这段时间太辛苦你了。玉展的事情确实比较奇葩，以后我自己来吧。"

"柳律师，看来你真的是随叫随到呀！也就是你，一个人吃饱，全家不饿。幸亏那老板是个男的，要不然黎曼华该怀疑老板对你不怀好意了。"廖莹莹口无遮拦地说，弄得柳怀远有点不好意思。

2

通达集团是大型央企，世界五百强之一，下属十几个子公司，其中有两个还是上市公司。公司办公地点就在东四环边的一个写字楼里面。耿朝晖等一行四人按照约定的时间，来到通达集团的办公室。前台接待把他们带到会议室。

他们刚坐定，就从门外走进来四个人，为首的是一位年纪在五十岁开外的男子，杜铭，是法务部的二把手。杜副主任径直走到耿朝晖的对面坐下来，语气和缓地说："耿律师今天带来这么一个强大的团队，看来是志在必得啊。几位稍等会儿，今天的答辩会要由我们新到任的法务部主任来主持。"

听了杜铭的话，耿朝晖笑着点点头，"没关系，杜部长，我们等一会儿。我先给您介绍一下……"

没等耿朝晖介绍，杜铭摆摆手说："不用不用，耿律师，以后可不能乱叫部长啊，我们法务部部长姓方，由公司副总兼任，刚刚上任，等她来了，您再一并介绍吧。方总非常重视这次公开招标总法律顾问，她也是学法律出身的，跟你们律师应该算同行。"

柳怀远听着杜铭的话，心里升起一阵莫名的紧张。来到通达集团之前，他按照工作习惯，已经仔细浏览了它们的网站，没有看到法务部部长的任何信息。也就是说，这位方部长真的是新近才调过来的，网站都没有来得

舌战

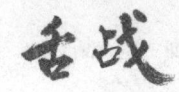

及更新她的个人资料。

正说话间，会议室的门被打开了，走进来一位女士，中等身材，穿着一身质地很好的银灰色裙装，领口配一条亮黄色的丝巾，显得知性大方。

"方总，您这边坐，这个主位给您留着呢。"一看到这位女士，杜铭赶紧站起身伸手示意她坐到会议桌的正中间。

"我刚才接一个电话，来晚了，抱歉让大家久等了。"方总边说，边坐下来。

看着方总坐到会议桌前，柳怀远觉得自己全身的血液都涌到头上，他恨不得马上离开会议室。"怎么会是她？"柳怀远不由自主地低下头去，无法正视这位方总的眼睛。

方总似乎也注意到了柳怀远，她朝这边看的时候停顿了几秒钟，画着精致妆容的脸掠过一丝惊喜。"方总，今天请过来的律师团看上去很强大，让大律师们介绍一下吧。"杜铭谦恭地对方总说，方总将目光收回来，点了点头。

"方总，杜副部长，各位领导，今天我们明敬诚律师事务所组成了专门为贵公司提供法律支持的律师团参加答辩会。现在我来简要介绍一下各位律师的情况。"耿朝晖挺直了身体，右手指向紧挨着他的柳怀远开始介绍。"这位是柳怀远律师，是北京大学法学院研究生，现在正在攻读民商法的在职博士，师从我国民法泰斗梁教授。他在公司并购领域经验丰富，做过很多著名的项目。我左手边的是周栋律师，西南政法大学的高才生，曾经担任助理审判员，离开法院之后，常年从事国企改制的法律服务工作。周律师的旁边是廖莹莹律师，擅长处理各类公司日常法律事务，敬业、细心和高效。"

"柳律师，你来说一说你对于收购项目的心得吧。"

听到耿朝晖叫自己的名字，柳怀远愣了一下，好像才回过神来。他抬起头避开了方总的目光，放缓语速把准备好的发言内容讲完，尽管脑子还处在游离的状态，但从大家专注的态度来看，他知道今天的失态没有被其他人看出来。

整个答辩会过程中，方总的话不多，只是时不时会用余光向柳怀远坐的地方扫一眼。

从答辩会回到办公室，柳怀远的思绪又回到现实。正当他打开电脑，准备工作时，手机响了。话筒里面传来熟悉的声音："怀远，你好！今天见到你，真的很高兴。"柳怀远一下子愣住了，喃喃地说："方灵，我没想到会是你。"

3

傍晚时分，东三环的主路和辅路就像一个大停车场，车灯闪耀，人行道上的人们行色匆匆，不知都要奔向何方。柳怀远没有开车，从办公室步行来到CBD商圈里面的一个咖啡厅，下班高峰刚刚到来，这里的客人还不算太多。他找了一个靠窗的两人位坐下来，高高的火车椅挡住了他的身影，如果不走过来靠近，很难会发现这个座位上有人。望着棕色玻璃外面的街道，柳怀远的眼前又浮现出十年前的景象：

那时他还是在法学院读大四的学生。面临着毕业，同学们都忙碌异常。而他却不慌不忙，因为他的成绩优异，他已经被院里保送读研究生了。那个春天的中午，他来到法学院女生宿舍，看望生病的女友方灵。柳怀远拎着一袋水果轻轻地敲了敲门，里面静悄悄的，没人应答。柳怀远推了推门，房门没锁，宿舍里窗帘拉着，光线很昏暗，在靠窗的那张床的下铺，方灵蜷着腿，坐在床上，乌黑的长发垂下来，挡住了她的脸。"方灵，你好点吗？"柳怀远走到床边坐下。方灵抬起头，一双大眼睛，噙满泪水，无助地看着柳怀远。看到方灵哭了，柳怀远有点手足无措，"你怎么哭了？出什么事情了？"

舌战

方灵一下子勾住柳怀远的脖子，趴在他的肩头哭出了声。柳怀远被吓坏了，用手搂着方灵的腰，他不知如何安慰女友。方灵是他的初恋，比他大四岁，研究生毕业后留校做助教。他们相识于学校的舞会上，方灵小巧玲珑的样子，根本不像比柳怀远大四岁。事实也是这样，在相处中，方灵时时处处都很依赖柳怀远，像个小妹妹。柳怀远轻轻拍着方灵的肩膀，柔声地问："方灵，别哭了，告诉我怎么回事？我来帮你想办法。"方灵抬起头，泪眼婆娑地看着柳怀远，抽泣着说："我妈妈又打电话来了，还是不同意我们在一起，她要我去美国留学，手续都办好了。"

方灵的话扰乱了柳怀远的心绪，他松开搂着方灵的双手，方灵父母的反对一直是横亘在他们之间的一道墙。方灵的父亲是法学界知名学者，母亲是北京中级人民法院的法官，他们希望女儿能够找到门当户对的佳偶。而柳怀远虽然优秀，但却是小地方出身，还比方灵小四岁，所以在柳怀远看来，她的家人反对也算很正常。

"你们就是小孩子过家家，门不当户不对，谈谈恋爱就算了。"柳怀远至今记得方灵妈妈对他说的这句话。

"你妈妈也是为了你好。再说就算去了美国，我们也可以联系。我相信你妈妈早晚会接受我的。"柳怀远望着方灵娟秀的脸庞动情地说。可是，没想到，方灵却哭得更伤心。

"怀远，我，我，我怀孕了。"方灵瞪着一双大眼睛，看着柳怀远，六神无主的样子。

柳怀远僵在那里，脑子里面一片空白。不知过了多久，方灵摇了摇他的胳膊，小声地问："怀远，你说该怎么办啊？我害怕极了。"柳怀远的手变得冰冷，手心里全是汗，他望着方灵期盼的眼睛，心乱如麻，一句话也说不出来。

4

"怀远,抱歉,我迟到了。路上太堵了。"方灵的声音将柳怀远拉回现实。他扭头一看,方灵笑吟吟地站在他的面前。还是那么漂亮,只是没有了以前的纯真,多了成熟和干练。

"你坐吧,想喝什么。"柳怀远伸手示意让方灵坐在他对面的椅子上。他看到方灵的手上没有戴戒指,一副闪闪发光的钻石耳钉是她身上唯一的饰物。

"来杯普洱吧。"方灵坐到柳怀远的对面,抬手捋了捋垂落到前额的一缕头发。那一瞬间,柳怀远似乎又看到十年前的方灵。

"你是评标委员会的成员,今天私下找我,不太合适呀。"柳怀远边说边将服务员送来的茶递到方灵面前。"我没想到你做了通达集团法务部的主任,这几年你发展很好啊。"柳怀远有些悻悻地说。

"是,这样做是有点违规。"方灵看着柳怀远的目光很热切,却恰到好处地保持着分寸和节奏,完全不是当年那个手足无措的女孩了。

"怀远,我们有十年没见了,想不到你一点没变。"方灵的上身向前微倾着,手里慢慢地转动茶杯。

"是啊,十年说起来很长,但好像一眨眼就过去了。"柳怀远若有所思地说。

"你恨我吗?"方灵突然话锋一转问柳怀远。

柳怀远看着她,摇摇头。"我知道你的难处,事情都过去那么多年了,再说还有什么用?"

"怀远,当年我妈妈向学校举报你,做得是太过分了,害得你研究生没读成,只能回老家。"方灵顿了一下,抿了抿嘴继续说,"我当时刚刚做完

舌战

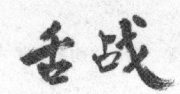

手术，不知道这些情况。等我回学校，你已经走了，连电话都换了。今天，我替我妈妈向你道个歉，也想解释清楚这件事，让我自己心安。"方灵扭过头去，用纸巾轻轻地擦了擦眼角。

柳怀远听了方灵的这番话，心里很乱，他何尝不知道当年的分手是方灵妈妈一手导演的。可是，事已至此，现在也无法改变了。

"事情都过去了，要怪就怪我当年不懂事。"柳怀远轻轻转动手里的咖啡杯，没话找话地问："你现在挺好的？"

"怎么算好呢？嫁了个比我大十岁的部级干部，过着我妈妈希望我过的生活。"方灵摇摇头苦笑着直视着柳怀远。"怀远，你现在也不错，做了那么多大项目。"方灵忽然转换了话题，"我看到你们事务所的标书里面说，你是华涛集团的法律顾问。"

"是的，你看得还挺仔细啊。"柳怀远对于方灵提到这个话题感到有些意外。

"那你肯定知道华涛最近有股权收购的意向了，是渤海制造公司吗？"方灵接下来的问题令柳怀远更加诧异，他隐隐地感觉到方灵今天找到他的目的并不是单纯地叙叙旧。

"华涛集团最近是否有资本运作的意向，他们没有跟我说过。即便是说过，作为他们的律师，我也不能透露任何消息。你们通达集团为什么会对华涛这么感兴趣？你们两个不是一个等量级的呀。"柳怀远警觉地说。

"我就是好奇，随便问问。"方灵没有丝毫难为情，反倒满不在乎地冲柳怀远笑了笑。"你是个好律师，我以后不问了。"

第二节　都是利益

1

晚上七点半，方灵来到她下榻的上海金W酒店的咖啡厅。她要在这里和戴骏见面。

今天的会面是她儿时的伙伴金俐一手安排的。方灵穿着一件飘逸的连衣裙，肩上披着一条"爱马仕"的长丝巾，安静地坐在咖啡厅角落的一张皮沙发上。这是一家装修得并不太时尚的四星级酒店，现在是客流高峰时间，酒店的大堂里面正好有民乐队在演奏民族乐曲，一首《春江花月夜》飘荡在空气中，悠扬动听。

听着音乐，方灵不时向门口看一眼，一个年轻人出现在咖啡厅的门口向里面张望，穿着质地很好的休闲长裤和短袖T恤。方灵拨通了金俐转发给她的戴骏的手机号码，果然，那个年轻人手里的电话响起来，她确定这个人就是戴骏，就向他挥了挥手。

"方总，认识您很荣幸！"戴骏隔着茶几和方灵握手，礼貌地说。

"戴总，久仰，没想到你这么年轻。"方灵由衷地赞叹，然后优雅地坐下来。

"方总过奖了。"戴骏脸上的笑意十分得体，"我听金俐说，您和她是好朋友，而我和她在英国是同学，我们这也算是缘啊。"

"是啊，这次见面多亏她的安排，只是辛苦戴总从北京赶过来。"方灵调整了一下肩上的丝巾，微笑着说。

舌战

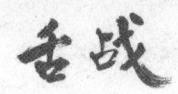

"应该的，您客气了。我追随方总您到上海来，正好表示一下我们华涛的诚意。"戴骏的脸上浮现了一种让人捉摸不透的笑意。"通达集团能够主动向我们华涛伸出橄榄枝，让我们非常荣幸。我很欣赏通达的眼光，也相信通达和华涛的合作，对双方都是有益的。"

方灵听着戴骏的侃侃而谈微笑点头，她今天受命通达集团领导来先期接触华涛集团，主要用意还在于想试探华涛对于跟国企合作的意向如何，她没有想到可以得到戴骏如此明确的反馈，同时，戴骏的举止言谈让她颇为欣赏，她觉得这些是好的征兆。

"戴总真是爽快人，我代表通达集团也表个态。"方灵挺直上身，注视着戴骏说，"通达集团旗下的一些企业和华涛集团曾经有业务关系，对你们印象很好。我们也希望能够和华涛有更深入的合作，在以后的发展中获得共赢。"

"好啊，方总您的话我可记下了。"戴骏笑着说，"我们华涛目前正在进行一些项目合作，也许我们可以尝试着先在这些项目上展开合作。"

戴骏开始将自己的想法一点点透露，试探方灵的反应。而方灵何其聪明，她已经猜到戴骏的真实意图，于是，毫不犹豫地接下话茬儿："这个方案很好，我们可以尝试合力开拓新项目，比如，渤海制造公司。"

戴骏听到方灵的话，虽然不意外，但是还是觉得心头一惊，没有料到方灵如此直率。渤海制造公司的项目是华涛集团现阶段最看重的，而渤海一团乱麻似的的局面不是一时半会能够彻底解决的。如果能够和通达集团合力介入这个项目，那么华涛的压力将会减轻很多。在和方灵见面之前，戴骏就和父亲交流过想法，他们父子俩都觉得这个方案可以一试。

方灵和戴骏的初次见面很愉快，收获很大。她没有想到华涛集团的这个小老板年纪虽轻，但气场不小，谈笑风生，收放自如，她觉得就冲戴骏的气度，华涛集团的未来就不可限量。现在这个阶段跟他们合作，绝对是个最佳时间，通达可以买到物美价廉的好货。

2

金俐对于自己安排戴骏和方灵见面的事情非常得意,她能够隐约了解到通达集团和华涛集团合作的目的到底是什么,只是现在还是初期,不好预测事情的最终走向。不过,她很了解方灵,这个和她一起在大院中长大的姐姐,心高气傲是出了名的。更何况,此事如果运作成功,个人利益也是可观的。这样想着,一个计划开始在她的心里慢慢形成。她翻看着自己的电话通讯录,琢磨着应该找哪些人来联络,在利用各种关系拿到项目方面,她具备旁人难以企及的天赋。

在戴骏从上海返回北京的第二天,他就应金俐之约,来到三里屯的一家音乐主题餐厅。这次会见,其实是戴骏和父亲沟通的结果。金俐背后的关系网,是他们最看重,也是不敢得罪的关键。

戴骏如约走进餐厅。

"戴骏,这里!"金俐在一张餐桌旁冲戴骏招着手,旁边坐着她的丈夫蒋彦。

"你每次选的地方都很有特色,这里的环境我喜欢。"戴骏在金俐对面坐下来,和蒋彦点头示意。

"同学四年,我对你还是有些了解的。"金俐得意地回答。蒋彦一如既往地赔着笑脸坐在餐桌旁,听着金俐叽叽喳喳地和戴骏聊天。他不喜欢这样的场合,但是他知道这是他拿到业务必不可少的环节。有时候,他想,如果他没有跟金俐结婚,他是否能得到那么多大项目?现在的律师,不仅要做业务,还要像销售员一样,会推销自己,包装自己。这个他可不在行。幸亏他娶了金俐,能够帮他撬开那些大公司的大门。

"蒋彦,你做的上市公司业务中,有没有客户可以介绍给戴骏啊?持股

舌战

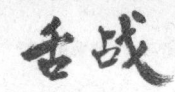

上市公司，比自己 IPO 成本低多了。"金俐用胳膊肘碰了碰蒋彦，轻声问。

"有的有的，如果戴骏有这个意思，我可以帮忙留意一下。"蒋彦赶紧推了推鼻梁上的眼镜。"从收益角度考虑，其实收购上市股权是比较简便易行的方法。但是，如果从公司品牌、形象和建立现代管理制度的角度考虑，进行 IPO 也是一条路，只是所花的时间和成本比较大。"蒋彦一说起业务，就变得神采飞扬了。

戴骏慢慢品着红酒，听着乐队的演奏，轻轻地点头。蒋彦的话他听进去了，在心里暗暗揣摩。这是有关华涛集团未来方向的重点事项，他到现在还没和父亲商量出一个结果，这也是他一方面要收购渤海股权，另外一方面又和通达集团接触，谋求左右逢源的原因。而如果想确定方案，则最好让蒋彦这样的律师介入，全面了解华涛的情况，和财务咨询公司一起讨论可行性方案。

想到这里，戴骏往后一靠，让自己的身体舒舒服服地陷入高背椅中，看着蒋彦，爽快地笑着说："蒋彦，你说得太对了。我和我父亲的分歧就在这里。老人家嘛，需要时间慢慢适应一些新情况。这样吧，我回去之后，再和我父亲商量商量。不管怎样，我都希望能够有机会跟你合作啊。"

说完，他举起酒杯，向蒋彦做了个敬酒的动作。蒋彦赶紧举杯回应，金俐在一旁看着，心里有了底，趁热打铁地说："戴骏，你们公司融资的事情，我也帮你打听了一下。现在，有些小型商业银行为了业绩，在贷款担保方面进行了创新，比较灵活。"她说完，看着戴骏的反应。

戴骏放下酒杯，睁大眼睛，直视着金俐："没想到你金大小姐的能量这么大，今天都是好消息啊，看来以后要多跟你们两口子聚聚，每次都有收获。"戴骏的话正中金俐的下怀，她知道他们离成功只有咫尺之遥了。

第三节　蹊跷离婚案

1

苏佳慧正在忙着复印文件，就见前台小马跑过来说："慧慧，外面有两个女的找柳律师。"

"柳律师今天开庭去了，她们没有预约吧？"苏佳慧一边整理着手里的文件，一边笑着对小马说："我陪你去看下吧。"

跟着小马来到前台接待区，苏佳慧看到长沙发上坐着两位穿着时尚的年轻女士。

"这是柳律师的秘书，你们有什么事情跟她说吧。"小马指着苏佳慧对这两位女士说。其中一位穿暗红色连衣裙的女士抬起头来，向苏佳慧笑着点头，随即笑容凝固在她的脸上。而同时，苏佳慧也愣住了，心中暗暗纳闷："怎么是她？她来干什么？"

这位女士是黎曼华，随她到来的是罗晓雪。"看来我们俩还是很有缘分啊。怀远不在吗？"黎曼华率先打破僵局，脸上的笑容恢复了自然。

"哦，柳律师今天开庭，不在办公室。我是他的秘书，有什么事，您可以跟我说。"苏佳慧恢复了镇静，从黎曼华对柳怀远的称呼判断，两人关系应该很近。

"不麻烦你了，既然他不在，我们下次再来。"黎曼华站起身来，想拉着罗晓雪准备离开。罗晓雪有些着急地说："唉，要不让她跟柳律师说一下，今天晚上见个面呗，我周五就出差了。"

舌战

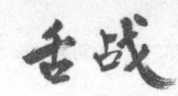

"我约他就行了，走吧。"黎曼华朝苏佳慧微笑着点了点头，说了声再见，拉起罗晓雪离开了事务所。

"你跟这女孩认识啊？"走到电梯间，罗晓雪问。

"见过一面，前一阵她到我们售楼处帮一个买房的客户无理取闹来着。"黎曼华心不在焉地回答。她有些后悔来之前没有提前跟柳怀远打个招呼。自那天两个人吵架之后，他们就没有再联系过。今天一早罗晓雪说想见柳怀远商量离婚的事，她本想借此结束跟柳怀远的这场冷战，没想到却扑了空。不知道为什么，碰到这个苏佳慧，让她心里有些别扭。

"小丫头片子还挺厉害呀，回头让你们家大律师辞了她"。进了电梯，罗晓雪提高了嗓音说。

"我要有那本事就好了。"黎曼华露出一脸苦笑。

"现在就拿不住啊？"

"回头你教教我怎么拿住他。"黎曼华挑起眉毛笑着说。

"得了吧，我连自己的老公还没拿住呢。"罗晓雪自讨没趣地说。

2

黎曼华下午在电话里和柳怀远约好，傍晚在罗晓雪家见面。让柳怀远意外的是，上次还在声讨自己丈夫背叛而要离婚的罗晓雪，这次是为了买房子要和她丈夫办理协议离婚。

当柳怀远带着苏佳慧出现在罗晓雪家时，黎曼华脸色明显有些不悦。

相互简单介绍后，几个人在客厅坐下。

"几位，先喝点茶。"罗晓雪的老公陈然客气地为每个人递上茶，他说话时有点腼腆，一看便知，这个家里平时肯定都是罗晓雪做主的。

"柳律师，今天麻烦您亲自跑一趟，就是想把事情说得清楚一点。您放心，需要多少费用，我们按照规矩付给您，不能因为曼华的关系，让您吃亏啊。"罗晓雪快人快语地说，挨着陈然坐在长沙发旁边的摇椅上。

"没关系，咱们先说事情。"柳怀远看着罗晓雪，说，"曼华说你们签《离婚协议》是为了买房？"

"是的。现在不是限购嘛，我们夫妻名下已经没有购房指标了。可是，曼华向我们推荐了一个项目，很有升值潜力，她说现在很多夫妻为了买房办假离婚，腾出购房指标，买房之后，再复婚。"罗晓雪竹筒倒豆子似的，一股脑说出了自己的计划。

"这么说，这主意是曼华给你出的？"柳怀远说着，眼睛望向坐在沙发另外一边的黎曼华。黎曼华一时不知道柳怀远到底为什么要问这个，不置可否地笑了笑。

"哎哟，这也不是曼华的主意，她只是告诉我有这样的方式。"罗晓雪觉察到了气氛有些尴尬，赶紧打圆场。

"我们有好多客户都是用这种方法才买到房的。"黎曼华突然接过话题说："没有这样的法子，我们的房子卖给谁啊？"

"可是，在法律上，没有假离婚的说法。"柳怀远目光看着陈然耐心地解释着："一旦，你们办理了离婚手续，在法律上，你们就不是夫妻了，就都是单身了。你们知道这意味着什么吗？"

陈然有些疑惑地看了看罗晓雪，罗晓雪很快就假依在他肩上娇嗔地说："不就是一张纸吗？别说现在结婚之后离婚了，就算当初我们没领那张纸，也不会影响我们的感情啊。你说是吧。"

柳怀远望着眼前的这一幕，不敢相信罗晓雪前几天还在向他哭诉自己的老公出轨。他隐约感觉到这件事里有什么玄机。

"晓雪他们也不是小孩子了，这些事情还是分得清的。怀远，晓雪这周五就要出差，你赶紧帮他们草拟一份《离婚协议》吧。"黎曼华显得有点不耐烦，她觉得柳怀远今天没有事先跟自己沟通一下，就带苏佳慧来见罗晓雪非常欠妥。

舌战

"《离婚协议》今晚可是写不出来的。"柳怀远认真地回答,"虽然这份协议只为了民政局办手续时用,但是我也需要把所有相关事宜根据你们的意见考虑清楚,还要满足民政局的要求。"

柳怀远扭过头,指着苏佳慧说:"我通常不接这样的案子,但是因为曼华的关系,所以我愿意帮忙。我今天带着小苏过来一起听听情况,我会尽快帮两位拟好协议,接下来我可能也要出差,有什么问题可以直接联系小苏,她办事非常认真,一定会提供帮助。"

听到柳怀远这么说,苏佳慧赶紧朝大家点点头,轻声说:"今后如果需要帮助,尽管联系我,不必客气。"

"哎呀,还是曼华有面子,一下子请来两位律师帮忙。太感谢了。"罗晓雪打趣地看着黎曼华说。

黎曼华不置可否地笑了笑,瞟了一眼旁边的苏佳慧。而苏佳慧正在极力压制着自己的不快,她着实不太明白柳怀远今天为什么要带自己来这里。"根本就是人家自己人设局呢,我一个外人捣什么乱啊。"苏佳慧简直如坐针毡,根本没心思注意黎曼华飘过来的眼神。

离开罗晓雪家的时候已经快晚上九点了。柳怀远本来要送苏佳慧回家,黎曼华却说:"我今天没开车,车在公司呢。"

"柳律师,我今天要回我表姐家,从这里坐地铁很方便,您送黎小姐回去吧。不用管我啦!"苏佳慧说完,没等柳怀远说话,扭头就走了。

"你今天为什么带着她来啊?"刚一坐上柳怀远的车,黎曼华就开始抱怨,"这么简单的离婚协议,你捎带手就写了,何必让一个不相干的人来搅和。"

"我还想问你呢?罗晓雪到底打的什么主意?"柳怀远终于把憋了半天的话说出来了,"上一次见面还对陈然有那么大的怨恨,甚至扬言要让他净身出户。这才过了不到两个星期,怎么就和好如初呢?"

"这有什么奇怪?小夫妻之间吵吵闹闹的事情经常有,现在人家和好了呗。"黎曼华下意识地躲避着柳怀远的眼神。

柳怀远两眼盯着前方，没有注意到黎曼华的躲闪，但是他的职业敏感告诉他这里有肯定有隐情。"我觉得没这么简单，用这种冒险的方式买房，一旦出现变故，则一切木已成舟，很难挽回。"柳怀远转过头，盯着黎曼华，"你怎么给她出这样的主意？如果这两个人最后离婚弄假成真，这责任你担得起吗？"

黎曼华此刻心里也很忐忑，但她故作镇定地说："我就是给她一个建议，也没强迫他们啊？"

"不管你怎么说，我就是觉得这件事不那么简单。所以，我今天才特意带着小苏一起来的，第一这是我们处理此类业务的惯例，第二我一个男律师单独为罗晓雪代理离婚事宜，频繁见面，容易引起误会。让小苏协助，更方便工作的开展。"柳怀远不动声色地解释着自己的想法，同时他也庆幸自己今天带了苏佳慧一起来，这件事绝对不简单，他还是要小心一点。有了小苏，做个见证也好。

3

两天之后，苏佳慧准备好了为罗晓雪起草的《离婚协议》。正在玉展公司开会的柳怀远打来电话，让她把一些文件资料送到位于南四环的新中都酒店，玉展公司的董事会例会在那里召开。

苏佳慧走向大堂经理值班台，想问问怎么能够上到行政楼层，因为她不是住店客人，没有门禁卡，无法坐电梯上去。在她身边走过一对男女，举止非常亲密，男子搂着女子的肩膀，一边走，还一边低头跟女子亲吻。就在两个人停下等电梯的瞬间，女子侧过头来，朝大堂这边张望，苏佳慧惊讶地差点叫出声来，"罗晓雪！"而身边的男子并不是陈然。

苏佳慧赶紧低下头，生怕自己被罗晓雪看见。"莫非罗晓雪有婚外情？如果是这样，那么她和陈然之间的假离婚，弄不好就成真离婚了。要是这样，那么我今天起草的这份《离婚协议》对于陈然来说，就太不公平了。"

苏佳慧不敢抬头，慢慢背过身，对着电梯间，好像自己做了什么亏心事。电梯来了，男子掏出门禁卡，搭乘电梯上去了。"显然他们是这里的住店客人。"苏佳慧暗自思忖，心里紧张得要命，窥见别人的隐私并不是一件令人轻松的事情。而眼下这次意外发现，与《离婚协议》有着重大关联，"该怎么办呢？要不要告诉柳律师啊？"她一边往行政楼层走，一边思考，"这样的事情，律师介入合适吗？"

电梯把苏佳慧带到行政楼层的大会议室，玉展公司的董事会刚好会议告一段落，柳怀远和董事们正在聊天。看到苏佳慧笑着跟她打招呼，走过来："文件带过来了？"他心情不错，接过苏佳慧手里的资料。

"柳律师，我已经把罗晓雪的《离婚协议》电子版发给您了，您抽空看看，是否有需要修改的地方？"苏佳慧说话的时候，心神不宁，不知道该怎么跟柳怀远说出刚才的新发现。

"好的，我尽量抓紧时间看。"柳怀远翻看着手里的文件，并没有注意苏佳慧踌躇的表情。"内容都是我们提前说过的，应该没什么可以改动的了。"

苏佳慧实在忍受不了刚才看到的那一幕对自己的刺激，鼓足勇气对柳怀远说："柳律师，如果罗晓雪没有如实向咱们说明情况呢？或者说，咱们起草这份协议的前提不是真实的呢？"

"什么意思？"柳怀远的目光从手中的文件转到了苏佳慧的脸上。

"嗯，是这样的。我刚才上来的时候，看到罗晓雪和一个男的一起上楼，他们是这家酒店住客，两个人特别亲密。可是，这个男的不是陈然。我担心如果罗晓雪有婚外情，那么这份协议可能就是一个陷阱，让陈然人财两空。"苏佳慧低声说。

"你确定是罗晓雪?"柳怀远脑子飞快地旋转着,好像开始明白这里面的套路了。

"肯定没错。"苏佳慧斩钉截铁地回答。

"好,我明白了。"柳怀远沉吟着,然后继续说,"你给罗晓雪打电话,就说我这几天忙着开会,那份协议还没有起草好,让她再等两天。其他的什么都不要说,明白吗?"

"明白,您放心吧。我这就给她打电话。"苏佳慧点点头,她觉得心里踏实多了。

4

坐在柳怀远面前的黎曼华低着头,不敢看他的眼睛。从小到大,她没有害怕过任何人,也是凭着这股倔强和好胜的性格,她才从南方的一个小渔村来到北京,并站稳了脚跟。但是,现在,她却无法面对柳怀远的询问,她胆怯地说不出话来。

"你告诉我,你到底知不知道罗晓雪为什么要这份《离婚协议》?是单纯为了买房、拿指标?"柳怀远严肃的表情让黎曼华有点害怕。

"我也搞不懂罗晓雪到底是怎么回事?"黎曼华觉得简直有点无地自容,唯唯诺诺地解释着:"她只告诉我陈然婚内出轨,她特别伤心,想离婚,那天找你也是为了这件事。可是,过了几天,她来找我,说她回去仔细地想了想你说的话,觉得特别有道理。要是就这么离婚了,她从陈然那里得不到什么补偿。于是,她问我有没有什么办法,能够让陈然老老实实地签个协议,将家庭财产都分给自己。所以,我就告诉她'假离婚'这个方法,因为我们好几个客户是这么办的,只要说买房,夫妻两个都默契得很。"黎曼华说着,抬起头,看着柳怀远那双犀利的眼睛。

"你知道你出的这个主意对陈然是多么不公平吗?"柳怀远靠在椅子背

舌战

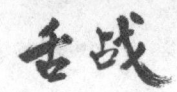

上,有点无可奈何地说:"你既然知道罗晓雪现在这个买房'假离婚'的方案是骗陈然的,那么你就是她的帮凶。你知道吗?如果陈然以后知道这份协议是采用欺骗的手段让他签署的,那么他可以提出异议,有权要求撤销或变更。到时候,就有数不清的麻烦。你想过没有?"

黎曼华确实没想这些,她帮罗晓雪其实也并不是一点私心都没有,作为销售总监,销售房子的压力摆在眼前,想尽办法把房子卖出去,拿到佣金才是她最真实的想法。

"我只是觉得这样的渣男应当付出代价。我只想着如何帮晓雪拿到更多财产,没想那么多。"黎曼华辩解道。

"你对罗晓雪了解多少?"柳怀远看出来黎曼华是真的委屈,语气缓和了下来,"如果罗晓雪也是因为婚外情,骗陈然假戏真做地离婚了,你不会自责吗?"

"你什么意思?"柳怀远这话让黎曼华吃了一惊。

"有些话我不好说,你最好亲自去问问罗晓雪。"柳怀远眉头紧锁。

"晓雪不会那么心机深重吧?"黎曼华有些坐不住了。

5

罗晓雪看着坐在对面的怒气冲冲的黎曼华,自觉理亏,柔声说:"曼华,对不起。我不是故意的。"

黎曼华叹了口气:"我明知道你是真的想离婚,还帮你出主意,骗陈然,也是够糊涂的。"说着,她抬起头盯着罗晓雪严肃地问,"你跟我说实话,陈然出轨的事情是真的吗?"

罗晓雪沉默了几秒钟,踌躇着说:"我也是听说,没抓着什么证据。曼华,这些不重要,现在问题的关键是我和汪宇打算出国,所以,我急

第三章 收购案中案

需钱。"

"什么？"黎曼华惊讶地张大了嘴巴，"难道这是你和那个小子合谋的主意？我就说呢，你哪有这么坏呢？"

"这是什么话？"罗晓雪抢白道，"人不为己，天诛地灭。我们也是没办法。曼华，我的事情，你可千万别跟其他人说啊。特别是你那个律师男朋友，行吗？"

"你以为就你聪明？要不是他看出来，我今天还被你蒙在鼓里呢。"黎曼华气愤地说。

"他怎么看出来了？他会不会告诉陈然？"

"我怎么知道，肯定是你们自己不小心呗。"黎曼华很后悔轻信了罗晓雪。

两人正说着，罗晓雪的手机响了，她把手指放到嘴前示意黎曼华不要出声。

"嗯，我知道了。"罗晓雪挂断电话神情慌张地对黎曼华说："小苏打来的，说柳律师不能代理我的事情了。"

"她没说为什么？"

"肯定是知道了我的事情了，我都不敢问。我现在怎么办？"罗晓雪拉着黎曼华问。

"我也没办法，晓雪，假离婚这事，不管柳怀远告不告诉陈然，我劝你都放弃吧，即使最后你成功了，你心里能踏实吗？"

"我有什么不踏实的？陈然现在的一切还不都是我帮他得到的。"

"随便你吧，反正我现在是帮不了你了。我先走了。"

"曼华，有件事你得帮我，假离婚的真相千万不能让陈然知道，包括我和汪宇的事，你千万让柳律师替我保密。"罗晓雪用近似哀求的眼光看着黎曼华。

舌战

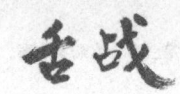

"这件事我可以帮你保密,但假离婚的事就此打住吧,柳怀远说了,这事最后就算真离成了,法律也不一定支持所有财产全归你,男方有权要求变更的。"黎曼华说完站起身,拿起桌上的包离开了咖啡馆。

柳怀远在电话里答应黎曼华,不把罗晓雪的事情告诉陈然。挂断了电话,他将打印好的《离婚协议》递给苏佳慧。"这份协议,你也销毁吧。就当我们不知道这件事,对罗晓雪和陈然都不要说为什么。"

看到苏佳慧诧异的表情,柳怀远接着说:"你看到罗晓雪和情人约会,只是你的一面之词,如果他们不承认,岂不成了咱们诬陷好人?即便是他们默认了,这件事也不光彩,有谁愿意自己的隐私被人知道呢?到头来,还是咱们给自己惹麻烦。所以,现在最好的办法就是装作什么都不知道。以后,跟罗晓雪和陈然他们都再无关联了。"

"可是,陈然对此一无所知,如果罗晓雪再找别的律师起草一份《离婚协议》,他岂不还是会成为受害者?"苏佳慧有点不服气地说。

看着苏佳慧倔强的表情,柳怀远淡然地回答:"我们只保护好我们自己就行了,别的,也管不了那么多。你别忘了,法律规定,我们律师是不能泄露客户的信息的。"

苏佳慧心里觉得这不是最好的解决方案,但她也不想和柳怀远再起冲突,手里拿着那份协议书走出了柳怀远的办公室。

下班的路上,苏佳慧把整件事告诉了杨智。

"你想怎么样?"听完苏佳慧的叙述,杨智问。

"我只是不忍心看陈然被骗,想将这件事解决得彻底一些。"

杨智当然了解苏佳慧的性格。和她接触这么久,他越来越喜欢她的仗义和热心肠。

"严格来讲,我们没有和罗晓雪建立正式的委托代理关系,而你发现的情况也并非罗晓雪告诉我们的信息。所以,你可以采取匿名的方式提醒一下陈然，也算助人为乐了。"

"我怎么没想到呢，杨智你太棒了。"苏佳慧听完这主意，激动地双手揽住了杨智的脖子，在他脸上飞快地亲了一下，杨智环顾了一下四周的行人，脸涨得通红。

舌战

第四章／旋涡之中

第四章 旋涡之中

第一节 有人搅局

1

中午时分，耿朝晖罕见地招呼柳怀远、廖莹莹和周栋一起吃午饭。在办公室楼下的小餐馆，点菜完毕，耿朝晖缓缓地说："今天我请大家一起吃饭，一来是为了聚一聚，平时太忙，大家很少见面，更别说吃饭了。二来是有事情跟你们通报一下。通达集团的招投标结果出来了，我们没有中标。中标的是金康所。"

"金康所的规模比我们大，做的大项目也比我们多，通达选择他们，也是情理之中。陪绑也是意料之中的事啊。"廖莹莹安慰道。

"可是，他们的报价比我们高很多，而且派出的律师团队基本是执业不超过三年的新人。法务部的老杜说，他们公司内部讨论的时候，本来是很中意咱们所的，但最终不知为何选了金康所。"耿朝晖对于这个项目的期望值很高，不明原因地丢了这个项目当然也很气愤。

柳怀远看着耿朝晖的心里很难过，也很忐忑。他不知道通达集团的这个决定是否跟自己有关，方灵在这件事上的决定权到底有多大。不过，现在既然落选了通达集团的法律顾问，他也就不会再以合作单位的名义面对方灵了，其实对他来说，是件好事。他不禁暗暗地松了一口气。

"耿朝晖，您不必太在意。"周栋律师以一副见怪不怪的口气说，"他们国企通常都会选报价比较高的，因为他们不差钱，这些钱如果不花出去，也落不到个人手上。更何况，他们领导的心态是，反正我选的都是最贵的

舌战

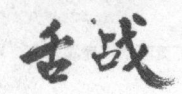

律师事务所了，如果今后出现什么问题，也和我无关，领导们没有责任。他们才不会考虑性价比呢。这点跟民企不一样，对吧？怀远。"经常做国企业务的周律师把国企领导的心态揣摩得很清楚。

"是的，民企老板考虑我们律师的性价比，既要水平高、业务好，还要物美价廉。"柳怀远附和着周律师，其实这也是他的肺腑之言。

"不仅物美价廉，还要随叫随到。看着好看，用着好用。就像那个玉展公司。"看来廖莹莹的确被玉展公司刺激了，又开始拿玉展公司调侃。大家听了她的话，都会心地笑了。

"昨天，老杜给我打电话说，虽然我们落选了他们集团的法律顾问，但是他们帮我们联系了他们下属公司的法律顾问，不用走招投标，直接签约。只是费用压得比较低，我想征求一下你们大家的意见，这个事情接还是不接。"耿朝晖望着他们三个人，用目光探询着他们的看法。

柳怀远、廖莹莹和周栋谁都没有说话，而是面面相觑。他们做律师多年，深知拿下一个项目不容易，有时候做点没有效益的"无用功"也是必须的。只是，这次通达集团的事情虽然是耿朝晖联系的，但是如果真要接下来做，则想必肯定是他们三个人来具体负责。国企机构庞大，人员众多，仅是和各色人等打交道就会耗费很多精力，更别提做业务了。

耿朝晖见大家都不说话，也猜到了七八分，于是，他自己表态了，"我是这样想的，毕竟通达集团的品牌在这里摆着呢，做他们的下属公司的法律顾问也是积累良好业绩。况且，这次老杜是动用他的私人关系帮我们联系的下属公司，所以，我还是想接下来做一年看看。怎么样？"

大家听了耿朝晖的这番话，也只好点头同意。对于这样的既没有丰厚收入，却必须付出百分之百精力去服务的客户，就像鸡肋，食之无味、弃之可惜，尽管它是个著名的大企业。柳怀远虽然同意了耿朝晖的提议，但是他心中却已打定主意，绝对不介入通达集团的任何业务。

第四章 旋涡之中

2

柳怀远正在办公室里忙着准备一个案子的开庭资料，黎曼华打来电话。

"怀远，罗晓雪的事你不是答应我不告诉陈然了吗？"

"我没告诉他呀，协议书我已经销毁了。"柳怀远有点纳闷。

"刚才晓雪告诉我陈然已经找她谈判了，说已经知道了全部内情，这事除了咱俩也没谁知道了啊。"黎曼华语气明显带着不满。

"我既然答应你了，我肯定不会出卖她，况且为客户保守秘密也是律师该做的。"柳怀远边说边在脑子里快速回忆了一下，想着哪里出了差错。

"那会不会是你的秘书告诉陈然的啊？这事也没别人知道了啊。"

"小苏啊，她不太了解这里面的情况，应该不会是她。"其实柳怀远心里已经断定这事八成和苏佳慧脱不了干系，但他自己也不明白为什么会替苏佳慧撒谎，也许这样做可以减少一部分自己的责任吧。

"怀远，我和你说过晓雪跟我有工作上的联系，假离婚的事她已经收手了，没必要再纠着这事不放，现在她……"

"我明白，但这事我真的没告诉陈然，你不相信我吗？"柳怀远有点愠怒。

"我不是不信你，但现在罗晓雪误会是我们把她给卖了，我总得问问给她个解释啊。"

"我已经和你说了，你可以解释了。"

"行了，行了。我跟她解释一下就是了，信不信由她吧，这事真是怪了……"

挂断电话，柳怀远推开办公室的门，对着苏佳慧喊："小苏，你来我办公室一下。"

舌战

苏佳慧正在帮廖莹莹整理资料，瞟了一眼柳怀远那严肃的脸，心里快速回顾了一下自己今天的工作。"没犯什么错呀，怎么又惹着他了？"心里这么嘀咕着，苏佳慧有些心虚地走进了柳怀远的办公室。

"罗晓雪的事是你告诉陈然的？"

被柳怀远这么开门见山地一问，苏佳慧愣了一下。

"我问你话呢？"柳怀远盯着苏佳慧严肃地问。

"我，"苏佳慧回忆了一下当初的事情，有点慌张地回答："我是怕陈然会再次被骗所以……"

苏佳慧低着头不敢看柳怀远的脸。

"所以我就……我就提醒了一下他。"

"你怎么提醒的？"柳怀远强压怒火。

"我给他写了封信，快递到他公司的。"

"你哪儿来的他公司地址？"

"离婚协议里有。"苏佳慧声音越来越小。

"你行啊，这时候脑瓜挺好使的。"柳怀远盯着苏佳慧大声说："你是不是工作上太闲了，没事儿干了？"

"没有，我就是不想让罗晓雪得逞。"

"她得不得逞和你有关系吗？"柳怀远显然生气了。

苏佳慧一时不知道该说什么。她不敢直视柳怀远的眼神，心里又觉得很委屈。

"柳律师，我没听您的话把这事告诉陈然是我不对，但是我认为律师也应该有责任帮助当事人避免损失啊。"苏佳慧强忍了半天，还是决定鼓起勇气把自己的真实想法说出来。

"谁是你的当事人？"柳怀远提高了音量问道。

苏佳慧一下被问得不知如何回答了。

"我问你，你说罗晓雪借假离婚骗陈然的财产，你有什么证据吗？如果

第四章　旋涡之中

她现在告你诬陷，你拿什么打这个官司？帮当事人避免损失，你连当事人是谁都没搞清楚吧？委托我们起草离婚协议的是罗晓雪，我们没权利泄露客户的隐私，你不知道吗？"

被柳怀远这么一数落，苏佳慧有些慌了，她明明觉得自己占理，但却不知道怎么和眼前这个强词夺理的人辩解。

"律师没有道德审判的权利，别人的是非你说了不算！做好你自己分内的事就行了。"柳怀远直视着苏佳慧大声说。

苏佳慧觉得很委屈，又怕和柳怀远再起冲突，一时不知道该怎么办，低着头，脸涨得通红，眼泪不争气地流了下来。

有人敲门。"请进。"柳怀远大声说。

"哎哟，小苏这是又惹柳律师生气啦？"廖莹莹推门进来，看到小苏两眼通红地站在那，疑惑地问。

"哦，没有，工作上的事。"柳怀远站起身来对着廖莹莹问："廖律师有什么事吗？"

"嗨，我来找小苏拿我让她帮我整理的资料，听见你这么大动静就过来看看。"

"廖律师，那份资料我还没整理完呢，下班前肯定能给您。"苏佳慧平复了一下心情对廖莹莹说。

"我没什么事儿了，你先去工作吧。"柳怀远看着苏佳慧说。

"哦。"苏佳慧转身走出了办公室。

"柳律师，您最近脾气有点大呀，看把人家小姑娘吓得。"见苏佳慧关上门，廖莹莹开玩笑地说。

"还不是因为替你干活儿耽误正事儿才挨的说呀。"柳怀远脸上浮现出笑容。

"别呀，这让我多过意不去呀，你直接批评我不就完了。"

"不开玩笑了，你找我有事？"柳怀远问。

舌战

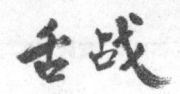

廖莹莹坐在柳怀远对面的椅子上,面带诡异的笑,不说话。

"怎么了?有什么事?"柳怀远不明就里,看着她奇怪的样子,不解地问。

"柳律呀,你知道,我昨天和周律师去通达集团开会了,碰到了那个方总。"廖莹莹一字一句地说,不错眼珠地盯着柳怀远的脸。听了廖莹莹的话,柳怀远把自己的目光转到桌子上的资料上,故作镇静地说:"听说了,情况如何?"

"哎呀,柳怀远你还真能装啊。"廖莹莹终于忍不住了,开始和盘托出,"那个方总原来就是你那个前女友啊?昨天,我去通达集团,那个方总却总是提起你,我就很纳闷,回家一问我们家老何,才搞明白原来方总就是你的……"

"早已经结束了,我和她都十年没见面了。要不是这次投标答辩会,我还不知道她的情况呢。"不等廖莹莹继续说下去,柳怀远打断了她的话。

"你们家老何上学时可是个口风很紧的人啊,怎么娶了你以后就变得开始八卦了呀?"柳怀远看着廖莹莹说。

"嘿,你这是什么话啊,当初我从老何那帮你打听出蒋彦要和你抢案子事儿,你怎么不觉得八卦呀?"廖莹莹抢白着说,"说正事儿,你说是不是因为你们以前的关系,所以通达才没有让我们所中标啊,可能方总想避嫌?"

柳怀远最担心的事情不幸被廖莹莹说出来,心里很是不安,但他很快恢复了平静对廖莹莹说:"我相信通达选择的是适合他们的律师事务所,方灵是一个公私分明的人,我们没有中标,应该和这件事没关系。"

廖莹莹撇撇嘴,不置可否。"我终于明白你为什么坚决不参与通达的业务了。唉,不过,今天看来,你跟那个方灵真的不是一路人,她绝对是走仕途的。没想到,我做业务,还探听出十年前的绯闻,呵呵,有意思。"廖莹莹嘻嘻笑着,她的八卦心理得到了满足,感觉很好。

"这件事我们两个知道就可以了,毕竟是已经过去的事了。"柳怀远苦笑着对廖莹莹说。廖莹莹是个明白人,冲着柳怀远点点头,答应为他保守这个秘密。

可是,有时候却是树欲静而风不止,事情找上门来,躲也躲不掉。

3

华涛集团收购渤海和永盛公司的事情一直没有进一步消息,柳怀远和孟经理通过好几次电话,都没有了解到什么实质性的进展。根据他执业多年的经验,他感到事情肯定有变化。思虑再三,他决定撰写一份《初次尽职调研报告》提交给华涛,然后再见机行事。他花费了两天时间,闷在自己的办公室里,字斟句酌地起草这份报告。

柳怀远将装订好的调研报告装进公文包,来到华涛集团的办公楼,他想把报告当面交给孟经理,并亲自跟他说明自己的想法。柳怀远走进五层会议室的时候,孟经理已经到了,正在和一个年轻人聊天。见到他,孟经理赶紧站起来,热情地走过来跟他握手:"柳律师,好久不见,快坐。"

等到柳怀远落座,正视那个年轻人的时候,不觉得一愣,原来是金康所的蒋彦律师。

"柳律师,好久不见了。"蒋彦的目光和柳怀远碰到一起,赶紧客气地打招呼。

"好久不见,这么巧啊。"柳怀远笑着说,看了孟经理一眼,孟经理尴尬地笑了笑。

这时,戴骏好像一阵风似的走进会议室,他没有和任何人打招呼,就一屁股坐在孟经理身旁的椅子上。"大家都到齐了,这样正好。"戴骏大大咧咧地说。他伸出右手指向蒋彦,对柳怀远说:"柳律师,这位是金康律师事务所的蒋彦律师,现在是我们华涛集团的法律顾问。"

舌战

柳怀远听了，心里有点吃惊，但是从一进门的状况看，他已经猜出了几分，现在听戴骏这么一说，他稍稍定了定神，彬彬有礼地回应："戴总，我认识蒋律师，我们原来是同一家律师事务所的。"现在轮到戴骏吃惊了，他转过头来，看着柳怀远，说："哦，这么巧？这样真是太好了。蒋律师是法律顾问，柳律师是我们收购项目的律师，你们以后肯定会合作得非常好。"

蒋彦站起来，隔着会议桌向柳怀远伸出手，"柳律师和咱们华涛的合作由来已久，我算是新人了，以后还请柳律师多关照。"柳怀远微笑着和蒋彦握了握手。

"蒋律师，太客气了。我只是华涛的项目律师，您要把握全局，总控风险，职责不同，谈不上关照，大家精诚合作而已。"柳怀远的话软中带硬。

"既然两位都是熟人，那接下来怎么分工配合你们就商量着来，我还有事，先告辞了。"戴骏说完起身离开了。

上次的调查为华涛收购渤海提供了有利的帮助，柳怀远本来觉得一举拿下华涛法律顾问是水到渠成的事，没想到却被蒋彦"截和"了，心中自是不快，他临时决定今天不和孟经理谈调研报告的事情了，不能让自己的劳动成果落入不识货的人手中。

当柳怀远提着公文包走出华涛集团的时候，已经快中午了。九月的骄阳还是很毒，照得人有点烦躁。柳怀远用手松了松领带，考虑着是否回单位吃午饭，这时蒋彦追了上来："柳律师，我们一起吃个饭。我请客，千万别拒绝。"

柳怀远看着蒋彦，心里的怒气减了几分。可是，他的骄傲，让他摇摇头，说："我还有事。改天吧！"

"柳律师，今天碰到您，我也没想到。我真的不是故意抢您的客户。"蒋彦比柳怀远矮了半个头，仰着脸，一副真诚的模样。

"现在是市场经济，大家各显神通，你能够取得戴总的信任，成为他们的法律顾问，是你的本事。"柳怀远很想尽快结束对话，让自己的心静一静。

"您要是真没时间，那我们就改天。"

"好的，我们今后会经常见面的，总有吃饭的机会。"柳怀远说完，跟蒋彦握了握手，转身离开了华涛的大楼。

舌战

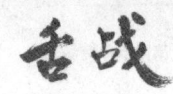

第二节　难逃魔咒

　　柳怀远再次来到华涛集团的会议室，向孟经理当面说明他的调研报告。孟经理听了柳怀远的分析，频频点头。他说："柳律师啊，渤海制造公司的这个项目真是让你费心了。我们小戴总很欣赏你。"正在这时，戴骏和蒋彦一起走进办公室，坐在柳怀远和孟经理对面。"戴总，我正在跟柳律师探讨他的这次渤海制造公司调研报告。您看看。"孟经理说着就把柳怀远面前的调研报告递给戴骏。而戴骏只是稍微点了点头，并没有接孟经理的话茬儿，反而挥着他自己手里的一份文件跟大家说："这是蒋律师写的一份报告，关于我们华涛未来发展方向和公司结构安排的，我觉得很好，大家都可以看一下。"

　　"哦，我看看，先拜读一下。"孟经理赶紧伸手拿过报告，打开来看。这时，柳怀远发现蒋彦的脸色有些异样，放在会议桌上的两只手不自然地慢慢地搓着。戴骏倒还是一如既往的、满不在乎的样子，继续说："蒋律师认为咱们华涛的股权太集中，不利于以后的发展。而且，公司的架构方面太过扁平，虽然决策程序简单，但是却不符合现代公司要求，也需要改进。"

　　柳怀远闻听此言，抬起头看着孟经理，又看看戴骏，他听出来了，这些内容都来自他曾经给华涛提交的那份分析报告，就在几个月前。怎么现在变成蒋彦的工作成果了？

　　想到这里，柳怀远决定不再沉默，他直视着戴骏，不卑不亢地说："戴总说得对，这些内容非常重要，看来蒋律师和我是英雄所见略同啊。"

　　戴骏的脸上掠过一丝惊诧，不解地问："柳律师也这么想？我怎么不

第四章 旋涡之中

知道？"

柳怀远不动声色地说："几个月前，我给咱们华涛提交过一份类似的报告，里面也谈到了这些内容。我还以为戴总看过呢。"说完，他转头看着孟经理。

孟经理见所有人都望着他，他的那张精明的干瘦脸上露出尴尬的神情，清了清喉咙，满脸笑容地说："对的，对的。柳律师已经写过一份类似的报告，只不过戴总那个时候还没回国，所以不知道。"戴骏嗯了一声，又恢复了刚才那副兴奋的状态，望着柳怀远说："既然柳律师也有这个想法，那真是太好了。看来，我们华涛的两名律师志同道合啊。"

蒋彦此时放松了很多，接着戴骏的话茬儿说："柳律师也是资深律师，我们又共事多年，观点相似也是难免的。关键是，我们的想法对于华涛的意义重大，还希望戴总引起重视，尽早规划安排。"蒋彦的话击中要害，把大家的思路引回正题。

"是啊，蒋律师说的对。"戴骏的神色沉静下来，他用探询的目光望着柳怀远，严肃地说："柳律师，你担任华涛的法律顾问八年，现在又负责收购渤海制造公司的项目，你对于我们的情况了如指掌。既然你和蒋律师的意见相同，那么我觉得我们接下来要做的事情，由你出面来谈，非常合适。"

柳怀远见戴骏如此说，有些意外，不过他却发现一向有点玩世不恭的戴骏，正在充满期待地看着自己。于是，他朝戴骏轻轻地点头，等待着戴骏后面的话。"柳律师，为了调整华涛的股权比例，也为了公司以后的发展和变现，我们计划跟通达集团合作，探讨让通达入股华涛的方案。这个项目就由你来代表我们谈。"

柳怀远听到"通达集团"四个字，心里一沉，感觉自己像中了魔咒，怎么也逃不掉。他不想再介入任何和通达集团有关的事情，不想面对方灵。可是，刚刚在事务所耿朝晖那里推掉了通达集团的工作，现在又被戴骏相中，还是要跟通达集团打交道。

舌战

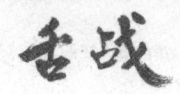

他看了一眼蒋彦，推托说："这样的事情还是让蒋律师出面比较合适吧，毕竟他是华涛的法律顾问啊，我只是个项目律师。"

"我们所刚刚和通达签署了《法律顾问协议》，也是他们的法律顾问，所以在这件事上面，我不能再代表华涛了，违反律师执业纪律的。"蒋彦憨厚的脸上显现出歉意，他说的确实是实情。"大所也有大所的问题，客户太多，难免出现利益冲突。"

蒋彦的话让柳怀远无法再推托，只好回应着："好，既然蒋律师不方便出面，那么，我可以作为华涛的律师，和通达集团来商洽。"

戴骏接着说："渤海制造公司的项目暂时要放一放，他们那边的进展不太乐观。所以，你先不用跟进了，但是这个项目的律师费也不用退，就转为通达集团这件事的律师费吧。"柳怀远此时看出来了，戴骏其实是有备而来，已经把相关的事情都想好了。他没有拒绝的理由，只能点头同意。

"不过，华涛和通达集团的合作谈判，是一个新项目，应该另外收费。这一点戴总不反对吧？"柳怀远坚持这样说，心里默默告诉自己："干多少活，收多少钱。休想白使唤人，你以为嘻嘻哈哈就免单。"

听柳怀远这么说，戴骏有点尴尬地笑了笑。

第四章 旋涡之中

第三节 维权较量

1

星期日苏佳慧接到李嘉电话,让她跟着去收房。

"收房中心"人声鼎沸,收房的客户基本上是拖家带口的,大人办手续,孩子们就在临时搭建的花坛和遮阳伞之间奔跑嬉戏,整个现场显得喜气洋洋。

轮到李嘉办手续的时候,开发商的工作人员拿出一摞表格和费用清单,让她签字。

"大律师,你帮我看看,这些是什么东西。"李嘉把文件推到苏佳慧面前说。

苏佳慧浏览了一下资料,对李嘉和王凯说:"这几份倒没什么特别的。但是,这份《单方承诺》就不一样了。它是让所有业主认可现在的交房现状,并放弃追究他们的法律责任。你明白吗?如果签了字,你们就不能再向他们主张绿化率、配套学校的那些承诺了。显然,他们现在没有做到。"

"啊?这不欺负人吗?"李嘉看着苏佳慧不解地问,"我看前面的那些业主顺利签字了啊,没人提出异议啊?"

"估计好多人没注意到这些,另外现在房价涨得这么快,好不容易买了房,也就没人计较这些了吧。"

"这小区一共也没几棵树啊,不是说绿化率40%以上吗?咱不能忍啊,得跟他们掰扯掰扯。"李嘉看了看苏佳慧,对工作人员说:"这些文件我不

舌战

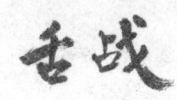

能签。"

"您有什么问题吗?"

"当初说了小区绿化率40%以上,绿化在哪儿呢?"

"对不起,我们的合同里并没有这项。"接待员一副见怪不怪的样子。

"我们签约的时候,跟销售经理有过约定,你请她过来,我们单独谈。"苏佳慧庆幸当初杨智录了音。

"我们是开发商,原来负责销售的是代理公司,他们已经撤走了,如果你有什么事情,可以跟我谈。"接待员也不让步。

"销售经理当时的承诺我们都录了音了,要不,我在这个大厅里面把录音放出来,让大家都听听?"李嘉提高了嗓门,引来一些业主围观。

"那,咱们到后面的会议室单独谈吧。"接待员见形势不妙让步了。

于是,三个人跟着接待员来到收房大厅后面的会议室。

等了一会儿,黎曼华款款地走了进来。

"你们好,有什么问题吗?"黎曼华依然是笑容满面。

"今天我们要谈谈上次签约时,您承诺的事情。"苏佳慧镇定地说。

"我承诺什么了?"黎曼华明知故问。

"需要我们把录音给您放一下吗?"李嘉抢着说。

"录音?"黎曼华显然有备而来,慢条斯理地说,"收房是以双方签署的书面合同为准,我们只是销售代理,最终的解释权还在开发商。如果合同里没有,应该就表示开发商不认可。"

"嘿,你这是不讲理,来浑的,是吧?"李嘉一拍桌子站了起来。苏佳慧赶紧拉着她示意她坐下。

"看来黎总监对自己说过的话是不准备认账了?那好,我们就找能说理的地方去说理,我们还可以把录音放到业主论坛上让业主讨论一下,这到底能不能算证据?"苏佳慧觉得自己的思路从来没像现在这么清晰过。

黎曼华显然不希望她的录音被放到业主论坛,那样只会把事情闹大,

第四章　旋涡之中

让她无法收场。但她知道此刻不能在这个小姑娘面前表现出一丝慌张，她脸上挂着轻松的微笑说道："当时我可能对你们说了些不确定的承诺，但现在开发商这边只能按合同交房，如果几位对这些文件有异议可以不签，您不认可那我们也没办法交房，当然您也可以通过法律途径解决，需要退房或赔偿我们肯定会按法院判决执行。"

黎曼华特意把退房两个字说得很重，如今房价已经涨了近30%，她对购房人的心理还是吃得很透的。

她的话果然起作用了，李嘉最先沉不住气了。"你明知道现在房价涨了让我们退房？退了房我们哪买去啊？"

"现在情况就是这样，开发商只认合同，不签字就收不了房。"黎曼华依旧面带微笑地说，"要不你们几位再回去商量一下，我也把情况跟开发商反映一下，咱们争取找一个折中的方法把问题解决了，作为销售方，我当然也不希望你们最终退房，毕竟这个位置的房子已经买不到了。几位看怎么样？"

"今天不收房也没关系，我们先回去。黎总也回去跟公司商量一下，看看咱们是和平协商一下好呢，还是让我们把录音公布给其他业主，大家一起来解决比较好呢？"苏佳慧注视着黎曼华说。

"OK，有什么情况我们随时联系。"黎曼华微笑着摆出一副送客的样子。

2

回家的路上，李嘉问苏佳慧应该做些什么？

"什么都不用做。"苏佳慧信心满满地说："现在难受的是他们，我们就等着。"

苏佳慧说的没错，这次难受的确实是黎曼华，她没想到苏佳慧这样一个涉世不深的小丫头居然抓住她的把柄不放，而且还知道怎么做才最让她

舌战

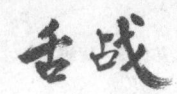

难受。黎曼华坐在办公室里强压怒火拨通了柳怀远的电话。

一上班,柳怀远就把苏佳慧叫到了办公室。

"这件事明摆着是开发商违约。"听明白柳怀远的意思,苏佳慧皱着眉说。

"嗯,我明白。不过,即便是你手里有录音这些证据,如果开发商不让步,你们想要获得赔偿也是需要一个比较长的过程的。现在,他们愿意用入住之后的物业管理费的方式来进行补偿,息事宁人,也不失为一种解决办法,也省去了双方剑拔弩张的争执。"柳怀远犹豫了一下,继续说,"如果可以,就算你帮我一个忙吧,我也会让曼华尽量多为你们争取一些权益。"

话说到这,苏佳慧尽管还是不服,但也只能答应了。"这算什么本事?"她从心里蔑视黎曼华。

回到座位,苏佳慧打电话把结果告诉了李嘉。

"哎,你这是拿我的利益换人情啊?"

"大姐,他把话都说那样了,我还能怎么着啊?想不想让我在这儿混了?"

"行行行,我都听你的,其实不给补偿我该收房也得收房,老王这不停地催我们办事儿呢。"

"好吧,那你就抓紧把自己嫁出去吧。"

舌战

第五章　仗义相助

第一节　被困工地

1

周五的夜晚总是显得闲适而浪漫，熙熙攘攘的后海酒吧烛光摇曳，黎曼华和柳怀远吃过晚饭之后，就来到"蓝调"酒吧听音乐，她今天精心打扮了一番，黑色的低胸毛衣衬托得她更加白皙、妩媚。悠扬的乐曲飘荡在四周，让人迷醉。而紧紧地挨着柳怀远坐着，黎曼华更是觉得特别幸福。

"怀远，这次的事多亏了你，不然我真的很难办了。"

"这么见外？"柳怀远把手搭在黎曼华肩上。

"你那个小秘书还真是够难斗的，很有心机啊。"黎曼华顺势靠在了柳怀远的怀里。

"你说小苏啊，她就是个大大咧咧的孩子，没什么心眼儿。"柳怀远的双眼看着舞台上的歌者，完全沉浸在带着忧伤的音乐中。

"我看她心眼儿可不少，居然拿录音威胁我。"

"谁让你让她拿到把柄呢？"柳怀远微笑着侧头看着黎曼华，轻轻在她额头上吻了一下。黎曼华靠在柳怀远胸前，脸上幸福地开出了一朵花。

台上一首歌唱罢，柳怀远的手机响起来，是苏佳慧打来的。

"柳律师……我和杨智现在被扣在工棚里了，他们不让我们离开。"苏佳慧说着说着声音里开始带着哭腔了。

"小苏，怎么回事，你慢慢说清楚。"柳怀远拿着手机皱着眉头走出了酒吧。

舌战

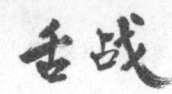

"我和杨智在一起，帮农民工讨薪，可是对方特别不讲理，不仅不给钱，还把我们扣下了不让走。"

听到苏佳慧的话，柳怀远的心里紧张起来，他太清楚这些欠薪的建筑队包工头的行径了。"这两个家伙怎么这么不让人消停呢？"柳怀远强压怒火，用尽量平静的语气问："你们在哪里？他们扣你们，提出什么条件了吗？你们报警了吗？"

"柳律师，他们什么也没说，就是不让我们回家。"苏佳慧的声音有些发颤，"他们不让报警，我们也不知道该怎么办？"苏佳慧说完，电话里出现了嘈杂的噪音。

"小苏，你先别着急，告诉我你们在哪里？另外，你们俩千万不要跟他们对抗，一切都配合他们，明白吗？"柳怀远叮嘱着，很担心他们的处境。

"我们在顺义区王家庄镇的一个建筑工地，工地围挡上面写着'新罗马广场'。"苏佳慧的话音刚落，就有一个男人操着河南口音开始说："你们就是报警也没用，等明天我们领导来了，把事情说清楚了，你们才能回家。"还没等柳怀远反应过来，电话就挂断了。

"出什么事了？"黎曼华也从酒吧里面跟出来，担心地问。

"我的助理和秘书在外面办事，出了点意外情况，我必须赶过去帮他们解决。"柳怀远手里举着电话，边回答，边在飞快地想办法。

"又是那个小苏？"黎曼华的语气里带着嫌弃，"她怎么这么不让人省心啊。这大周末的。"

"事不宜迟，我必须马上赶到顺义。"柳怀远说着，扭头就往停车场走去。"曼华，委屈你自己打车回家吧，别太晚啊。"

望着柳怀远头也不回地快步离开，黎曼华站在原地一脸怅然。

2

柳怀远走到停车场,看了看手表,已经快七点半了。"必须找人帮忙,先稳住那些包工头再说。"这样想着,他在脑子里飞快地筛选着能够帮上忙的人员名单,他想起事务所的耿律师好像在什么政府部门担任法律监督员,他认为让耿律师从这个角度过问这件事,应该是效率比较高的。于是,柳怀远拨通了耿律师的电话。

"怀远啊,你好!"

"耿律师,有个紧急的事情,想请您帮忙。"不等耿律师询问,柳怀远三言两语就把刚才苏佳慧和杨智碰到的情况进行了说明。

"我马上跟警方和政府部门联系,让他们先过去看看,你放心吧,路上小心,不要激化矛盾,把小苏和杨智先带回来再说,咱们随时联系。"耿律师的思路很清晰。

"好,耿律师,谢谢您。"

柳怀远开车找到"新罗马广场"的建筑工地时,已经是晚上九点多了。耿律师联系的顺义建委的工作人员和当地警察早已经赶到,整个工地灯火通明。苏佳慧和杨智一起坐在简易工棚的办公室里,一见到柳怀远走进来,他们两个马上跳起来,像看到了救星。因为劳累和紧张,苏佳慧原本梳得服服帖帖地过肩长发已经有些凌乱,白皙的脸上露出疲惫。

看到苏佳慧和杨智并无大碍,柳怀远心里的一块石头落了地。

"没事了,别紧张。我先跟建委的同志了解一下情况,你和杨律师就在这里等着。"苏佳慧点了点,目送着柳怀远径直走到坐在办公桌后面的两位中年人面前。

"您好,我是柳怀远,和这两位被扣的律师是一个单位的。"柳怀远边

舌战

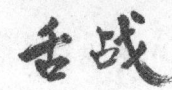

说边伸出手,和那两位同志握了握。"您二位是顺义建委的吧?大晚上的,让你们跑过来一趟,真是给你们添麻烦了。"柳怀远客气地寒暄着,显得非常老练。

"哪里哪里,柳律师,客气了。"其中一位黑脸膛的男子挥舞着大手说:"我们还要感谢你们及时打电话告诉我们这件事呢,要不然,事情闹大了,我们就被动了。"黑脸膛男子说出了实情,一下子拉近了和柳怀远的距离。"不过,你们这两位年轻律师也太冒失了。像这种讨薪的事情,怎么也得和我们主管部门打声招呼啊,就这么黑灯瞎火地过来要,难免不碰钉子。再者说了,常驻工地的都是工人,谁也做不了主,工头不在,你们来了也是白来。"

听着黑脸膛男子的教训,杨智涨红了脸,忍不住辩解道:"我们来之前已经跟他们工头联系了好多次,他说他这两天在工地。"话音未落,站在杨智身边的三个年轻工人随声附和。

"你们是谁?"柳怀远扭头问。

"他们原来是这个工地的工人,工头欠他们十五个人的工钱,他们是工人代表。"杨智回答。"法院的判决已经生效快一年了,执行庭的法官都已经跟工头联系好几次了,可是他们就不肯给钱。"

"杨律师,这个案子已经折腾了快两年了,你也帮这些工人跑了好几趟,确实很辛苦。可是,工头不给钱是因为总包没给他结账,而总包没结账,是因为开发商没有给总包结算。这是个连环问题,需要一个扣一个扣地解。"黑脸膛男子看来对这件事非常熟悉,也认识杨智,他继续说:"我们作为行政主管部门,是不能直接插手经济纠纷的。你们要是讨薪,还是需要和法院联系,通过法律途径来进行。要不然,像今天这样,万一出现危险,后果不堪设想啊。"

"我们是临时知道工头在这里的,联系法院也已经来不及了,还以为他们良心发现,今天能给钱呢。可是,还是被他们骗了。而且,还来这一手,

第五章 仗义相助

想吓唬我啊。"杨智的倔脾气又上来了，忿忿不平地说。

"开发商是谁？"柳怀远好奇地问，他听出来黑脸膛男子的话外之音，猜测到这个开发商的来头肯定不小。

"是邦城开发公司。"黑脸膛男子答道，顺手从兜里掏出一盒烟，"柳律师，来一支？"他把烟盒递过来，问柳怀远。

"谢谢，我不吸烟。这个邦城开发公司是不是通达集团投资的房地产开发公司呀？"柳怀远问。

"是呀，他们公司是我们区里招商引资来的投资商。"黑脸膛男子还想说什么，被身边的一个矮瘦男人拦住了，于是，黑脸膛男子干咳了两声，把后面要说的话咽下去了。

"柳律师，您看，您这两位同事现在都平安无事，我们刚才和派出所的同志也跟工人们都问了话，做了笔录。明天还要他们工头到所里面做笔录，等情况了解清楚了，我们一定严肃处理这件事，不能这样无法无天。"黑脸膛男子身边的矮瘦男人满脸赔笑，跟柳怀远商量："我们主任要求我们务必及时赶到现场，确保两位律师的安全。现在，我们两个已经完成了主任交办的任务，另外，明天我们会找他们工头谈话，争取协助工人们和律师尽快解决欠薪问题。现在时间也不早了，你们还要赶回城里吧？"矮瘦男人很委婉地下了逐客令。

"是呀，我们要赶回城里，谢谢你们的帮助。"柳怀远识趣地回答。

"可是欠薪的事情必须解决，十五个工人的工资，也就二十多万，拖着不给，有点故意啊！"杨智还是不依不饶地。柳怀远瞪了他一眼，用目光制止他继续说下去。

"我们杨律师对工作特别认真负责，他刚才说的事情也希望能够引起咱们主管部门的重视，如果能够协助工人拿回工资，也是一件功德无量的好事。"柳怀远的话绵里藏针，让黑脸膛和矮瘦男人都不好反驳。

"是啊，是啊，我们看出来了，杨律师是个好律师。您放心，我们明天

舌战

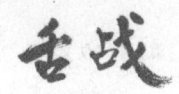

一早就向主任汇报这件事，约谈包工头，督促他尽快解决这件事。"矮瘦男人信誓旦旦地表态。

杨智和苏佳慧坐上柳怀远的车，一同回城。车还没开上高速公路，柳怀远就忍不住冲着杨智发火了："杨智，今天的事情，你做得太欠考虑了。带一个女孩子来这样的地方讨薪，万一出现什么情况，你担待得起吗？"

"柳律师，我确实太冲动了。"杨智像个做错事的孩子，低着头，愧疚地说。

"柳律师，您别着急，是我非要跟杨智来的。"苏佳慧赶紧把责任往自己身上揽。

看着这两个人互相揽责任，柳怀远生出一股无名火，厉声说："怎么哪都有你啊？你能不能不到处添乱啊？"

"我没有……"苏佳慧想辩解，却又找不到任何话语。

"杨智，你代理这样的纠纷，不向事务所汇报，外出不进行备案，违反了所里的规章制度，还弄出这么大动静。现在是没出事，如果真的出事了，让我和耿律师怎么向你们的家人交代？"柳怀远眼睛盯着前方继续说。

苏佳慧和杨智从来没见过柳怀远如此生气，两个人不知该怎么办。

"你们为弱势群体主张权利，帮助他们追讨工资，这些都没错。但是，你们要明确一点，律师是法律人，首先要有保护自己的法律意识。如果将自己置于危险境地，怎么帮助他人？今天你们将自己置于险境，岂不是连带着也影响了那几个工人代表？如果场面失控，他们不也是受害者？"柳怀远的话掷地有声，让杨智和苏佳慧如梦方醒。

"今天的事情耿律师已经知道了，你们明天到所里要向他汇报一下。以后接任何案子都要向所里备案。杨智，即便是你的那些不挣钱的、免费的代理案件，都要备案，不要这么偷偷摸摸地干。"

听了柳怀远的这些话，杨智低下头不再说话。

3

柳怀远把杨智和苏佳慧都送回家的时候，已经是晚上十点半了。他把车子开到自己小区的门口，停下来，犹豫了一下，他通了方灵的电话。

"怀远？"方灵很意外柳怀远这个时间会给自己打电话。

"这么晚了，你有什么事吗？"方灵的反应很快，她已经感到柳怀远这个深夜电话的不同寻常。

"你在哪里？我有件事想跟你沟通一下，请你帮个忙。"柳怀远说。

"我在外面，如果你很着急，可以过来找我，我在西三环北路这边的双鹭酒楼。"方灵也很干脆。

"好，我不会耽误你太长时间，我大概二十分钟之后到。"挂断电话，柳怀远脸上浮现出一丝苦笑，他自己也没想到，他会为了民工讨薪的事大晚上约方灵见面。以他的性格，这种事以前他根本不会过问。那么今天的异样之举，是那两个年轻人的举动重又燃起了他的正义感呢，还是他只想借此机会见一见方灵呢？这个问题，他一路上都没有找到答案。

夜晚的北京环路很好走，柳怀远只用了十五分钟就来到了酒楼的停车场。柳怀远刚一踏进酒楼，就有一个领班迎上来问："您是柳先生吗？"柳怀远点了点头。"方总吩咐过了，请您去'望月'雅间等她，她马上就到。"

没过两分钟，方灵就出现在雅间门口，她步履轻盈地进门，随手把门关上。

"柳大律师，这么晚了，找我一定有急事。"方灵的脸因为喝了酒而有点红晕，她上身穿的米色开衫配着珍珠项链，在灯光下显得有些妩媚。

柳怀远从椅子上站起身来，看到方灵的样子，不知如何开口，愣在那里。只见方灵拉过身边的一把椅子坐下来，用手拢了拢耳边的卷发，她的

舌战

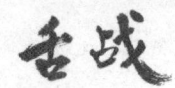

眼睛有些迷离，目不转睛地盯着柳怀远，好像要把他看透一样。

"方灵，你喝多了。"柳怀远没想到自己开口说的竟然是这样一句话，他低下头，慢慢坐到椅子上。

"我没有喝多，你知道我的酒量，今天这点酒不算什么。"方灵把身子调整了一下，让自己舒舒服服地靠在椅背上。"你这么晚找我，让我很意外，也很高兴。看来，你有搞不定的事情，急需我的帮助。"方灵的嘴角边露出一点得意，"说吧，别客气，只要是我能办得到的，我一定尽力。"

看着方灵半是迷醉半是傲骄的样子，柳怀远反倒平静下来，他调整了一下自己的思绪，开门见山地说："我要说的事情你肯定能帮上忙。"方灵用手托着腮，认真地听完柳怀远关于今晚发生在顺义工地的事情的叙述，然后，点点头，幽幽地回答："我知道那个项目是邦城公司开发的，而且邦城是通达集团的子公司，怎么啦？"

柳怀远听到方灵的这句反问，心里一沉，多年的工作经验告诉他，今晚找方灵来谈这件事，不是一件轻松的会面。方灵仕途沉浮多年，早已经精通利害权衡之术，如今就凭着他们当年的那点情分，让方灵插手下级公司的事情，似乎于方灵无甚好处，怎么能说服她出手相助呢？柳怀远有点后悔来之前没有将这件事想得太清楚，没有想好该如何说服方灵。

"你是通达集团的副总裁，你当然知道这里面的关系。我来这里，第一是想告诉你，你们下面的子公司存在拖欠工人工资的情况，而且情况还比较恶劣。第二，我认为你作为副总裁是可以过问一下这件事的，最好可以尽快帮工人解决工资问题，不要再拖延了，否则以后可能会出更大的问题。"柳怀远边说边注意观察方灵的表情，想判断一下自己的这些话对她的作用。

"你是律师，你应该知道邦城和通达是各自独立的企业法人，独立承担各自的法律义务。我是通达的副总裁，但我不是邦城的领导。"方灵的醉意似乎丝毫没有影响她的判断力，明显不想插手这件事。

"你说的没错，但是如果是公事公办的话，我今晚就不来了。正因为有

第五章 仗义相助

这些冠冕堂皇的隔火墙,我才来这里找你帮忙。"柳怀远特意强调了帮忙两个字。

"哦,对了,你是找我帮忙的,我怎么忘了?"方灵得意地笑着,站起身来,挨近柳怀远,在他身边坐下来,她的目光火辣辣地看着他,一只手伸过来,摆弄着柳怀远放在餐桌上的汽车钥匙。"你想让我过问这件事,给邦城公司的领导施加一点压力,让他们尽快付钱给工人,对吗?"

柳怀远可以感到方灵呼吸的气息,带着点淡淡的酒香,方灵的目光热烈得让柳怀远不敢直视,只能望向别处,轻轻地点头,说:"是的,毕竟邦城公司的负责人是你们通达任命的,你们对邦城肯定有影响力。"

"是吗?"方灵又往柳怀远身边凑了凑,他们两个挨得是那么近,方灵露在西装裙外面的膝盖已经抵着柳怀远的腿了,柳怀远心里一惊,赶紧挪了挪自己的腿。只听方灵继续说:"那我对你有影响力吗?"

"方灵,咱们在谈工作,不扯别的,好吗?"柳怀远觉得自己如果站起身来就走,今晚就算白来了。所以,他只好耐着性子,一本正经地说。

"我也是在谈工作。"方灵索性跷起二郎腿,把柳怀远的汽车钥匙拿起来,在手里摆弄着。"我可以帮你跟邦城公司的老总谈谈,估计他会给我这个面子。但是,我想知道你怎么回报我呢?"方灵单刀直入地问,眼睛却看着自己手里的车钥匙。

"你想要什么回报?"

方灵笑了笑,脸上的红晕消退了很多,显得理智起来。"我明天就找邦城公司的老总谈谈这件事,下面子公司的一些做法是有点过分,是该好好整治一下了。"

"谢谢。"柳怀远的谢意发自内心。但他没想到方灵答应得这么痛快。

"以后通达集团有些项目可能还需要柳律师你帮忙呢,到时候可别忘了回报我啊。"方灵的大眼睛里面闪着狡黠的光,让柳怀远心头一惊。他马上意识到,今晚方灵之所以这么痛快地答应帮他这个忙,原来是有其他的

舌战

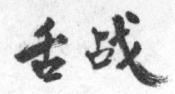

打算。

　　"这个女人真是不简单啊。我还是小心一点为好。"柳怀远望着方灵的脸，心中打定主意，今后在华涛和通达的项目合作中，他作为华涛的律师要对这位方总多多提防才是。

第二节　新的发现

周一上班，苏佳慧时时处处小心翼翼的，生怕哪里出点疏漏又惹着柳怀远。好在柳怀远一直在忙着收购案的事，在所里的时间不多。接下来的几天，两人相安无事。

这天快到下班的时候，柳怀远接到华涛集团孟经理的电话。"柳律师，今天我们收到了渤海制造公司的《律师函》。"孟经理的语气有点急切，不太像他平时的作风。

"怎么回事？您慢慢说。"

"我们跟渤海制造公司的并购项目暂时停下来了，这个您知道。那个高总倒也没说什么。可是，刚才，我们公司收到他们发过来《律师函》，说我们未经允许泄露了他们公司商业秘密，要我们承担法律责任。"孟经理三言两语介绍了事情的梗概，然后停下来，等着柳怀远的意见。

柳怀远的心里反倒踏实下来，他料到迟早会有这么一天——这是他当时在梅花镇的时候就猜测到的。沉吟了一下，他说："孟经理，您先别着急。这是高建国在投石问路，您不必太着急。"他抬手看了一下手表，接着说，"现在快下班了，您就踏实地下班回家，明天我去华涛集团见您，咱们当面谈。"孟经理听出来柳怀远的气定神闲，也缓和了口气，说："好的好的，柳律师，听您这么说，我就踏实了。那咱们明天早上九点会议室见！"

挂断电话，柳怀远向办公室门外喊了一声："杨智。"

"他出去了。"苏佳慧听到喊声，边说边站起身走到办公室对柳怀远说。

"又做公益去了？"柳怀远没等苏佳慧回答继续说，"你通知一下他，

舌战

明天上午直接去华涛集团。"

"他明天一早要去二中院送证据材料。"苏佳慧说。

"哦，这样啊。那算了，我明天自己去华涛集团吧。你把我们在梅花镇整理的资料清单复印一份给我。"柳怀远若有所思地说。

"好的。柳律师，我明天没什么事，如果您需要帮手，我可以跟您一起去。"苏佳慧试探地问柳怀远。这次她是真心想帮上柳怀远的忙，因为不管怎么说，被扣工地一事，多亏了柳怀远，他们才顺利回来。

"好啊，正好资料都是你整理的。"苏佳慧没想到柳怀远欣然接受了她的请求。

第二天早上八点五十分，柳怀远来到华涛集团的大楼门口，他远远地就看到苏佳慧穿着一身可体的浅褐色西服套装，站在门口等他。她的发型、妆容透露着一种职业女性的干练。柳怀远冲苏佳慧点点头，而苏佳慧心领神会地、羞涩地笑了一下，然后就很默契地跟着柳怀远走进了华涛集团的大楼。

两人来到华涛会议室的时候，孟经理已经等在那里。"柳律师，您看，这就是那份《律师函》。"孟经理还没等柳怀远坐稳，就拿出一份文件，递给他。柳怀远接过文件，仔细地看着，其中的内容很简单，无外乎是说华涛集团在和渤海制造公司洽商收购项目时，接触了公司的机密文件，侵害了公司的商业秘密，要求华涛集团承担相应的法律责任。

"柳律师，您看这个事情该怎么处理啊？"孟经理望着柳怀远，一脸诚恳地问。

"我记得咱们华涛和渤海当初没有签署过《保密协议》，对吧？"柳怀远把手中的文件放在桌子上，慢悠悠地说。

"对呀，我们当初接触的时候，谈得很不错。临到您去尽职调查的时候，我们说签署《保密协议》。可是，他们说，没关系，让律师直接过去看资料就行了。所以，我们也没坚持。"孟经理有些懊恼地回答，"现在的问题是，

第五章 仗义相助

因为没有签《保密协议》，所以你们律师到底都看了他们什么文件，现在没有一个确切的说法，凭着他们乱讲，我们也扯不清。"孟经理喝了一口茶，努力压着心中的不安。

柳怀远听完孟经理的话，转头对苏佳慧说："小苏，把昨天我让你整理的资料拿出来。"苏佳慧赶紧打开随身带的文件夹，取出一叠文件，递给柳怀远。接过文件，柳怀远不紧不慢地翻看着，从其中抽出几页纸，放在桌子上，对孟经理说："我当时在梅花镇的时候，也跟他们提过《保密协议》的事情，他们给我的答复跟您刚才说得一样。不过，我在他们厂子里面的时候，让高总的助理赖秘书，给我签署了一份《文件清单》，里面清楚记录了我们看过的所有文件资料，并且有赖秘书的签字和他们渤海的公章，确认我们查看这些文件是他们同意的。"孟经理拿起桌子上的几页纸，皱着眉头凝神仔细看，忽然笑起来，说："哎呀，柳律师，您真未雨绸缪啊！有了这份清单，我们就不怕他们胡搅蛮缠了。"

柳怀远淡淡地一笑，慢慢地饮了一口茶水。苏佳慧坐在一旁，心里不得不佩服柳怀远工作的缜密。

"孟经理，您知道高总为什么给你们华涛发这份《律师函》吗？"柳怀远出其不意地一问，把孟经理问住了。他有些茫然地看着柳怀远，一时语塞。"难道是因为我们暂停了收购项目？他们要探探我们的虚实？"孟经理猜测着。

"是的。"柳怀远点点头，"在渤海跟华涛的接触中，华涛始终占据主动，这是因为出价比较高，所以渤海方面也就忍了。现在项目停摆，前途未卜，高建国需要刺激华涛一下，看看反应。"

孟经理点头表示赞同柳怀远的看法。

"柳律师，您知道，我们小戴总的想法和老戴总有点不一样。现在，您不是已经知道我们要和通达集团合作的事情了吗？可能最近几天，您就要代表我们跟通达集团的人员接触了。所以啊，您看，现在这个渤海制造公

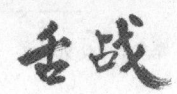

司的事情怎么处理比较好呢？"孟经理的上身向前倾着，认真地向柳怀远讨教。他心中很明白两个戴总的意见分歧在哪里，他希望自己在两个戴总之间能够找到平衡点，谁也不得罪。因此，他需要多听听中立的柳怀远的意见，然后再见机行事。

柳怀远知道孟经理的心思，于是，他就没有保留地将自己的想法和盘托出，让孟经理心安。"我觉得即便是投石问路，这个高建国做得也有点过分，《律师函》不能随便发，这是个很严肃的事情。不过，这也从另外一方面反映出来，他的心情很急切，如果华涛还想继续渤海的项目，那么可以跟他们接触一下，让他们放心。如果想就此放弃渤海的项目，那么可以给他们发一封正式的函，用书面的形式澄清一下就可以了。"

"华涛应该还会继续渤海的项目，只是方式和步骤有变化了。我们希望您能帮我拿出一个切实可行的方案，顺利推进此事。既不能完全顺着高建国他们的意思办，也不能让事情黄了，项目最后必须成功。"孟经理眼里露出期待和信任的目光。

柳怀远微微点点头，他很理解孟经理的处境和心情。他从自己的公文包里面拿出一份文件，递给孟经理，说："孟经理，这是我起草的一份有关渤海制造公司收购项目的分析意见，供你参考。里面已经考虑到你们的资金安排问题了，对于你们现在面临的局面肯定有帮助。另外，渤海和永盛的生产线价值很大，但是因为高建国他们的眼界和能力存在局限性，所以没有受到重视，但是如果将其纳入华涛的旗下，会让它们发挥出成倍的效益。这一点，我相信您和戴总他们也一定想到了。"孟经理接过那几页纸看了看，这正是他想要的东西。

"柳律师，这真是及时雨啊。您真是费了很多心思。"孟经理拿着报告由衷地说。

"柳律师特意找到有关的商会和行业协会了解这方面的数据，里面引用的数字都是这两年最新的，很有说服力。"一直没说话的苏佳慧不失时机地说。这让柳怀远觉得今天带她来是对了。

孟经理笑着看了看小苏，然后对柳怀远说："我先把报告好好研究一下，然后跟老戴总和小戴总他们进行一下汇报。过几天，柳律师你们也需要开始跟通达的接触了，前期的一些原则性内容，小戴总已经谈妥了，你们主要是去谈操作细节。柳律师，拜托了。"孟经理双手抱拳，很诚恳的样子。

走出华涛集团大楼的时候已经是午饭时分，苏佳慧小心翼翼地问："柳律师，我刚才插嘴不会不合适吧？"

"恰到好处。"柳怀远满意地说，"中午我请你吃饭。"

两个人来到位于市中心的一家鲁菜馆。

"柳律师也爱吃鲁菜啊？"

"我是山东人。"

"真的啊，那我们还是老乡呢。"

二人边吃边聊，苏佳慧忽然觉得这个看起来很严肃，总找自己毛病的上司也有很随和的一面，她松了一口气说："您为了华涛的这个收购项目费了那么多心血，虽然客户今天看到的只是一份几页纸的报告，但是他们不知道您为了写这份报告看了多少资料、收集了多少数据、做了多少分析研究。"

"隔行如隔山，这个也很正常。很多客户不理解我们工作的性质，不奇怪。"柳怀远徐徐地说，"我们律师是专业人士，提供的是法律服务，是无形的产品，成本也是无形的，那就是时间。而客户们是做生意的，习惯于做成本收益的分析，他们的成本是看得见、摸得着的，对于无形的时间成本的计算，他们没有概念，甚至，在商人看来，最没有成本的就是时间。因此，我们律师不可能成为商人，一定要立足于专业人士的角色定位，否则，混淆了这个界限，就会弄得不伦不类，难以获得客户真正的尊重。"

苏佳慧点点头，她发现眼前的柳怀远和以前不太一样了。

舌战

第六章 ／ 各为其主

第六章 各为其主

第一节 唇枪舌剑

1

柳怀远和杨智坐在通达集团的会议室的时候，不禁暗暗思忖："一个企业的对外投资谈判，按理说应该是投资部负责，法务部只是作为辅助。怎么通达集团的投资谈判却是法务部主导呢？"他翻看着孟经理提前交给他的资料和以前会谈的往来函件，心里有些紧张，不知道今天是否会再次见到方灵，见到方灵的时候，他该以何种态度面对。

会议室的门被推开了，进来的是老杜和三个陌生人，老杜清了清嗓子说："欢迎柳律师和杨律师代表华涛集团来我们通达，就两家公司的合作事项进行深入的探讨。这三位是我们投资部的人员。"看来杜铭是法务部派出来的唯一代表，柳怀远偷偷地松了口气，也打消了刚才的疑虑。

"柳律师，华涛的戴总已经跟我们集团的投资部和法务部的领导谈了好几轮了，基本确定了合作方向和框架性的意向。现在我们一起来谈谈具体的操作事宜。"老杜言简意赅地介绍了今天见面的目的。

双方正在就合作细节进行谈判时，方灵神采奕奕地推门出现在了会议室门口，她穿着一套可体的浅灰色西服套装，剪裁精致的长裤衬得她的身材格外修长苗条。通达集团的几个人一见到方灵来了，赶紧都站起身来，弄得柳怀远和杨智也只好起身相迎。"坐，坐，大家别客气，我来晚了，因为集团总部有个会，实在走不开。你们继续。"方灵一边往里走，一边笑着和大家致歉，然后很自然地坐在金副总为她让的空座上，正对着柳怀远。

舌战

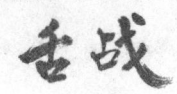

"我们刚才正谈到由我们通达来起草有关收购的法律文本,您来得正好,帮我们把握一下方向。"老杜殷勤地向方灵介绍情况。

"哦,你们都谈到起草法律文本了,进展很快啊。"方灵放下手里的记事本,环视着会议室里面的每一个人。"那你们都确定什么具体内容了?收购份额、收购价格、收购期限、债权债务承担原则?"方灵提出的问题像一把利剑,把通达集团的几个人都问蒙了,谁也无法回答。

柳怀远看出来方灵来者不善,这下反倒激起了他的斗志,他喜欢这种棋逢对手的较量,于是,他接着方灵的话说:"我们刚才只是确定了法律文本由谁来起草,至于方总刚才谈到的内容,我们还没有涉及。况且,这些内容不是我们法律人士能够做主的,应该由双方的领导来定夺。"他看着方灵的脸,一副恭敬的样子。

"是这样啊。"方灵稍微低了一下头,把鬓角的几丝头发捋到耳朵后面,慢悠悠地说,"我们通达集团现在的对外投资项目都是投资部和法务部配合完成的,因为我们特别重视法律风险的防控,所以每一个项目一开始,就有法务部的介入。"方灵直视着柳怀远,继续说:"我参与了通达和华涛的全部商务会谈的过程,对于其中的商业条件非常了解。正因如此,由我们法务部起草法律文本才更专业、更有效率。我想,柳律师不会不同意吧?"方灵说完之后,朝着柳怀远温柔地笑了笑,给她的那种盛气凌人的样子竟平添了几分妩媚。

"我当然没意见。"柳怀远赶紧回应方灵的发问,"只是,我现在想明确一下华涛和通达进行合作的目的是获得双方共赢,而不是被通达控制。戴总给我的信息是通达收购华涛的 25% 股权,通达选派一名董事进入董事会,但是华涛的管理权、经营权、人事权等都不会变。当然,这些只是基本原则,协议文本还要结合你们通达的付款方式、付款时间和业务整合情况来进行调整。"柳怀远一步不让,他要让华涛的这些要求从一开始就进入通达的考虑范围,否则以后再扭转他们的想法就非常困难了,也许会导致谈判

第六章　各为其主

的破裂。

方灵听了点点头，她了解柳怀远，知道他做事的认真态度，即便没有那层特殊的关系，她也必须承认柳怀远是个好律师，是个值得尊敬的对手。

然而这个节骨眼上，柳怀远的认真却让她感到为难。几天以前，集团总部领导已经跟她谈过，现在银行提供给通达的信贷额度有八亿，华涛的收购项目要帮助集团把这部分钱花出去，否则，下一个年度，集团可能就得不到这么多的信贷额度了。所以她今天谈判的目的就是要尽量省去中间的一些不必要的环节，节省时间，尽快签署《股权收购协议》。而经验老到的柳怀远深知通达的形势，他知道现在作为国企的通达手里有大笔的信贷资金，如果不尽快使用，那么他们明年的指标就会受影响，在这一点上，华涛则没有这样的压力，进退自如。因此，他要做的就是抓住对方的这一弱点，拖延时间，为华涛谋取最大利益。于是，在这个不见硝烟的战场上，两人展开了唇枪舌剑的心理大战。

"柳律师，您说得没错。我们和戴总见过好几次面，谈得很愉快。我们选择收购项目也是很慎重的，之所以选择华涛合作，是看中华涛的潜力和业务的关联性，之前两家公司也有业务往来，所以希望双方能够尽快推进项目合作，减少一些繁文缛节的事情。我们是国企嘛，绝对不会做损人利己的事情，没必要啊。"方灵身上国企的优越感让柳怀远心里有点不舒服。

"方总这么说，那我们就放心了。那就烦请通达的各位专家尽快拿出成型的法律文本。另外，通达集团的尽职调查何时进行，需要华涛方面怎么配合呢？"

"柳律师，我们想让双方对法律文本的主要条款达成一致，基本上确认了合作意向之后，再进行尽职调查，这样更有效率。"方灵抛出了她的打算。"我相信华涛不会骗我们，虚抬价格，尽职调查不会导致颠覆性的结果。"

"如果方总想这么安排，也没有什么问题，华涛会积极配合的。至于尽职调查之后会有什么结果，到时候肯定是见仁见智的。不过，在这之前

舌战

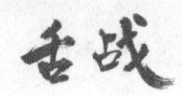

我们会签署《保密协议》和《意向书》的,把这些相关问题提前约定清楚,省得到时候扯不清,麻烦。"柳怀远以他多年的并购项目经验,规划出了工作路径。

方灵想加快整件事情的进展,可柳怀远偏偏不为所动,步步为营地跟她说起《保密协议》和《意向书》。他应该知道作为国企的通达,签署这两份协议的时间和批准程序丝毫不比签署一份正式《股权收购协议》更简便省事。

"柳律师您刚才说的是通常的做法。不过,凡事都有例外。我们和戴总谈得不错,主要的内容都确认了,所以有些程序可以简化。是否签署《保密协议》和《意向书》,我们再商量。毕竟签署协议是两家的事情,一家说了,也不算。"方灵注视着柳怀远的眼睛,想判断出柳怀远的毫不退让是他的性格使然,还是他已经看出了通达的软肋,故意为之。

"是啊,协议是两家来签。那我们就等通达的法律文本了,并且做好迎接你们尽职调查的准备工作。"柳怀远避开了方灵的目光,不紧不慢地说。十年未见方灵,没想到她竟成长为一名厉害的谈判专家,谈判桌上的交锋已经让他忘记了原来的方灵,只感觉自己面对的是一个老辣的对手。

分手时,方灵将柳怀远和杨智送到会议室门口,她伸出右手跟柳怀远握着,一双明亮的眼睛直视着柳怀远,毫不避讳,她微笑着,由衷地感叹道:"柳律师,很高兴和你见面。希望我们今后的合作能够愉快!"柳怀远感觉到方灵的手温暖又有力,恰到好处地传递了和自己身份相符的礼貌和权威。他其实很愿意看到方灵作为法律人士所显露出来的专业和敬业,而不是她的国企法务部老总的身份带来的威严。柳怀远冲方灵点点头,回应道:"我也希望今后华涛和通达的合作一切顺利。"

第六章 各为其主

2

柳怀远和杨智回到华涛集团的时候已经快下午六点钟了，孟经理和戴骏都在会议室里等他们。一见到柳怀远一行人，孟经理就招呼他们落座，而戴骏则单刀直入地询问会谈情况。柳怀远将自己和杨智两个人的记事本放在一起，稍微整理了一下思路说："戴总，孟经理，我们今天和通达的会谈是在法务部方总的主导下进行的，主要明确了三点内容，第一，通达收购华涛25%股权，第二，通达只委派一名董事进入董事会，第三，法律文本由他们起草，交我们华涛来讨论。"说完，柳怀远看着戴骏和孟经理，想了解他们的反应。

"柳律师，这些都是我跟通达领导见面时确定的内容，没问题，都是我同意。你们律师和他们的法务部将文本确定下来就可以了。今天辛苦您了。"戴骏说着他做出要起身离开的架势。柳怀远见此情形，知道自己的预测是正确的，他必须将他准备良久的话说出来了，现在是最好的时机，对于他的这些话，戴骏今天肯定听得进去。

"戴总，您稍等。我有几个问题想跟您沟通一下，否则，我们无法和通达洽商和确定法律文本。"柳怀远的话脱口而出，让戴骏又坐回到座位上。

柳怀远稍微定了下神，将自己的计划结合刚才的会谈和盘托出。"通达集团收购华涛的股权，这个是大方向，目前看来对于我们华涛非常有利。但是，我想跟您澄清一下，通达集团到底收购华涛的哪个公司？我们集团下属有五个公司，和通达有业务关联性的有三个，我们必须选择一个最合适的，而不能让他们收购集团公司。"柳怀远的话一出口，戴骏和孟经理的表情都异常严肃起来，显然他们之前没有认真考虑过这个问题。

舌战

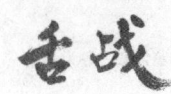

"另外，通达收购股权的方式是直接收购，还是增资扩股？这两种方式带来的后果也不太一样，我们需要考虑清楚。"柳怀远稍微停顿了一下，喝了口茶，接着说，"股权收购之后，我们获得的大笔现金是否已经有用途了？如果只是趴在账上，很快就贬值了，得不偿失。还有，我们接下来的对外投资项目是以哪个公司的名义来进行？如果是以这个被收购的公司来进行，那么我们所投资的新公司的间接股东就是通达，对于这样的局面，华涛应该有了解，应有提前的安排。"

杨智手里的笔在飞快地舞动，他极力地记下柳怀远说的每一个字。之前，他曾经和柳怀远探讨过这方面的问题，但是当今天柳怀远将这些问题抛给华涛的时候，他发现柳怀远的思维更缜密，连同他的语气和表情都增加了这些问题的分量。

戴骏仔细地聆听柳怀远的话，他没有打断，也没有回答。在他和通达领导的几番接触中，他想得最多的是如何获得现金和通达的品牌效应，而柳怀远刚才提出的问题恰恰是他认为最没有价值的，因为他觉得华涛是他的，怎么用都可以，差别不大。但是，现在，他忽然发现要想实现他的初衷，获得他预想的效果，他绕不过柳怀远提出的这些问题。有那么一瞬间，他有些气馁，觉得自己太自以为是，觉得自己让那个方总给忽悠了。戴骏沉吟着，眼睛看着面前的柳怀远，他发现柳怀远就像一架机器，一架进行高速逻辑判断的机器，可以将纷繁复杂的表象归纳整理成一个个有条理的小主题，然后沿着这些小主题的逻辑性进行推导，最后得出结论，并提供解决方案。他第一次感觉到律师的专业和经验是多么的有价值，可以帮助企业指引方向，甚至悬崖勒马。

柳怀远一连串的提问告一段落，戴骏说话了，他一改以往那种成竹在胸的做派和语气，而是不紧不慢地用商量的口吻说："柳律师刚才的话我在之前和通达的接触中确实没有在这些方面考虑太多，毕竟这不是我的专业。不过，既然我们已经进入谈判商业合同的阶段了，那么刚才的那些问题就必须重视起来。柳律师的提醒非常好，我认为集团下面的华佳电子科技公司最适合跟通达集团进行股权收购，因为它们两家有业务往来由来已久，而且华佳新上的设备和流水线亟待获得更多订单，所以一旦华佳成为通达的子公司，那么华佳从通达获得更多订单就没有问题了，这些新设备和流水线就可以开足马力进行生产了。"戴骏说完，直视着柳怀远，希望得到他的反馈。

柳怀远微微点了点头，接着戴骏的话说："戴总说得对。华佳是我们集团的子公司，生产的产品正是通达现在集中力量开发的太阳能蓄电池的关键零部件。更为重要的是，通达和哈工大有战略合作协议，哈工大蓄电池的技术专利和研发在民用领域要首先提供给通达集团。一旦华佳和通达成为一家人，那么通达很有可能将这些技术专利和研发成果提供给华佳来制造生产，那么这对华佳来说，意义非凡。"

"柳律师怎么了解这么多技术方面的信息啊？"戴骏从心里佩服柳怀远。

"柳律师做了我们华涛这么多年的法律顾问，对我们的情况很了解。"孟经理在一旁笑吟吟地解释。

"是呀，我对华涛集团很有感情，法律工作要和公司业务相结合，目的是达成交易，保护企业，促进发展。"柳怀远看到戴骏和孟经理的态度，受到了鼓舞，继续说道："华涛虽然以房地产业起家，但是没有留恋房地产的巨额利润，而是进入节能和智能家居生产方向上来，我认为是明智的。因为作为民营企业，在如此高的地价竞争中，总体实力还是偏弱的，所以与其将资金沉淀在周期越来越长的房地产开发上，还不如及时转型，进入技术密集型的领域，加快资金周转，并尽快获得属于自己的技术专利成果。因此我们现在没有受困于目前银行银根收紧的影响，总体上比较平稳。"

"柳律师的建议非常好。虽然我们是民企，通达是国企，但是在这件事上，我们是平等的，另外我们还要特别注意不能让通达牵着鼻子走，防止

舌战

他们步步为营，吃掉我们。我看那个方总不简单，我们千万不能掉以轻心。"戴骏心悦诚服地点着头。

自认识戴骏以来，柳怀远还是第一次和戴骏之间形成如此一致的看法，他赞许地看着戴骏，发现戴骏也直视着他，两个人的目光相遇的一刹那，都有一种相见恨晚的感觉。

"戴总，华佳跟通达合作之后，其业务和经营情况可能会有较大提升，而且如果华佳收购渤海，那么整个生产链就完整了，具备非常强的竞争力，为以后上市奠定了很好的基础。但是，日后用哪个公司来上市，是否将通达和渤海都剥离出去，需要我们现在就要设计好方案，避免到时候出现纠纷和利益纠缠。"柳怀远又抛出他深思熟虑的另外一个想法，给戴骏提了一个醒。这何尝不是戴骏最关心的问题。

"柳律师，这个问题提得好啊。这也是我最近比较关注的。我想找个时间，让您和蒋律师一起来讨论一下，我们要多听听你们律师的不同意见。"戴骏用期待的目光看着柳怀远。他没有注意到柳怀远脸上掠过的一丝失望和不满。

"哦？难道蒋律师有不同意见？"柳怀远缓缓地说："他是华涛的法律顾问，其实这个问题他更有发言权。我只是基于以前对于华涛的了解，提一点参考意见罢了。不过，兼听则明，戴总多听听各方意见，也是对的。"

"好！今天听柳律师一席话，我受益匪浅。"戴骏似乎听出了柳怀远的话外之音，转换了话题，一挥右手，说，"华涛和通达的合作项目就按照柳律师的意思跟通达沟通着，我们一定要保证拿到通达的现金、品牌效应和订单。但是同时，我们还要注意不能让通达介入太多，在收购之后的公司董事会和表决权设计上面要多动脑筋，华佳还是要我们自己说了算。"

以前他从来没有和柳怀远进行过深入的交流，如今一番畅谈，让他觉得如沐春风。"看来父亲看中的人，确实不错，是个人才。"戴骏不禁在心里暗暗佩服。此时，他忽然想到蒋彦，都是律师，而蒋彦却没有给他这样

第六章 各为其主

的印象，每次见面，蒋彦都好像是金俐的陪衬，毫无个性的陪笑和一味的点头称是，使蒋彦的样子在戴骏的眼里总是很模糊。"罢了，看在金俐的面子上，蒋彦也算中规中矩。"戴骏心里笑着，给蒋彦下了这样的判断，也为自己找个台阶。

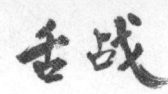

第二节　潜在危机

1

蒋彦独自坐在自己的办公室里，面对着电脑屏幕，脑子里一片空白。窗外夜幕降临，落地窗上映着二环路上的点点灯光，好似天上的繁星，忽隐忽现，令蒋彦感到自己周围的一切那么不真实。办公桌上的手机忽然响起来，蒋彦不用看也知道是金俐的来电，这已经是她打来的第六个电话了，可是蒋彦就是不想接。今天他不想回家去了，他不想吵架，不想再见到金俐，只想自己静一静。

这是他结婚以来，第一次跟金俐冷战，第一次如此激烈地反抗金俐的意志。在平时的生活中，金俐的任性和强势并没有给蒋彦带来太多困扰，他觉得作为男人，忍让一下妻子的坏脾气是天经地义的。可是，这一次，金俐要做的事情却触碰了蒋彦的底线，他的心里无比挣扎难过。

望着映在落地窗上的夕阳余晖，蒋彦却不禁想起小雅来。小雅是蒋彦的第一个女友，也是他心中永远无法愈合的伤口。当时，他刚刚入职金康律师事务所，还是柳怀远手下的一个小助理。小雅是行政秘书，因为经常出差，订机票，所以蒋彦和小雅接触的机会比较多，慢慢地，两个人就形影不离了。当时的小雅是一个涉世不深的女孩，她的单纯善良给了蒋彦许多安慰。那个时候，蒋彦仅仅是律师助理，工资并不高。夏天，他们两个在"哈根达斯"冰激凌店外品评各色冰激凌一番之后，就去"麦当劳"，买一个甜筒解解馋，两个人舔着同一个甜筒，嬉笑着，但是心里却也很满足。

第六章 各为其主

在初入律师事务所的那一年，蒋彦工作忙碌，每天陷在各种业务中，加班是常事。每当顶着漫天星斗回家的时候，蒋彦的身边总有小雅的陪伴。两个人边走边聊天，不知不觉就忘掉了一天的劳累。这一年是蒋彦一生当中最辛苦，也最甜蜜的一年。

可是，当他面对客户和其他竞争对手的时候，他发现如果仅凭着他的业务能力和流汗苦干，要想迅速成长起来，拿到更多客户，简直比登天还难。每当他倍感压力和挫折的时候，他只能从小雅那里得到温柔的抚慰，却无法从小雅那里得到切实的帮助。有时候，他会责怪自己太贪婪，既想要小雅的温存体贴，也想要事业上的扶持。但是，自责之后，他不得不接受现实，再一次硬着头皮去迎接那些竞争和苛责。渐渐地，小雅的安慰再也无法平复他内心的焦虑，有的时候，他甚至躲开小雅，不想见她，不想向她袒露自己的软弱和无助。

终于有一天，他的生活中出现了金俐，一个有深厚背景的千金小姐。蒋彦已经记不清当时是谁主动示好的，总之，他跟金俐在一起的时候，产生了从未有过的安全感。虽然金俐任性、骄傲还有点强势，但是，这些跟每天在业务竞争中经常处于不利地位相比，又算得了什么？"如果我连客户的刁难和轻视都能忍受，那么对于一个女孩的撒娇和任性又有什么不能忍受呢？"蒋彦这样告诉自己。于是，他成了金俐身边鞍前马后的追随者，从不对金俐的想法和要求提出异议。在他和金俐的相处过程中，他几乎已经忘记了小雅的存在，他不愿再去大排档吃饭，而是更愿意跟着金俐出入高档餐厅。他不再吃"麦当劳"甜筒，而是会和金俐一起享受定制的冰激凌蛋糕。直到有一天，小雅从事务所离职了，他的初恋就这样悄无声息地结束了，在他心里留下了一个无法触碰的伤口。

舌战

2

"咚咚咚",办公室外响起敲门声,金俐随即出现在门口。

"我可以进来吗?"金俐怯生生地问,两只手交叉着放在身体前面,一双亮晶晶的眼睛左顾右盼地往里面看,就像一个受气的小媳妇。

"请进。"蒋彦客气地说着,在椅子上调整了一下姿势,在心里深深地叹了一口气。

"你还没吃饭吧?"金俐快步走到蒋彦的办公桌前,一边慢慢坐下来,一边关切地问。"我刚才在你们大厦一层的快餐店叫了外卖,他们一会儿就送上来。"金俐讨好地说。

蒋彦没有回答,他没有胃口。可是,他知道这是金俐结婚以来姿态最低的一次,以前他们两个吵架,都是以蒋彦低头道歉结束。这次的冲突却和以往不同,蒋彦觉得金俐的举动已经触动了他做人的底线,让他难以接受和容忍。

外卖很快送来了,每个菜都是蒋彦喜欢的,金俐站起身,在蒋彦的办公桌旁忙碌着,把菜都码好,放在蒋彦的面前,很是殷勤。蒋彦仍然坐在椅子上,眼睛望着面前金俐。

"吃点吧,都是你爱吃的。"金俐赔着笑脸说。

"我不想吃,要吃你吃吧。"蒋彦面无表情地回答。

"还没消气哪?"金俐笑嘻嘻地问,嘴里咬着筷子头,"你怎么那么死心眼?让别人家的事情,弄得咱们夫妻两人反目,值得吗?"

"这不是死心眼的问题。"蒋彦提高了嗓门,"你自己经营公司,赚钱,我没意见,也会尽力帮衬你。可是,你不能为了赚钱就给朋友出馊主意,还拉上我。如果让别人知道了,我这个律师以后还怎么做?我们这行可是最讲口碑的。"

"我哪里出馊主意了。"金俐辩解道,"我给华涛设计的融资方案是为他们着想的,再说了,是否采纳我的方案,也要由华涛自己拿主意。"

"你给华涛设计这个成本高、风险大的方案是你的事,但你别想拉上我,为你游说,出具法律意见。"蒋彦忍不住从转椅上站起身来,眼睛直视着金俐大声说,"你别以为我不知道你和方灵之间的那点秘密,你就是利用戴骏的信任,两边赚钱。而方灵在背后布的那个更大的棋局,对于戴骏来说很有威胁,一旦成为现实,你也是帮凶,难辞其咎。到那时候,我们该怎么面对戴骏和华涛啊?"

金俐坐在那里,完全愣住了。她没有想到蒋彦会是这样的反应,前两天,他们吵架,她以为蒋彦是不愿意帮他向戴骏游说,现在,她才明白,原来蒋彦把事情看得清清楚楚,他已经知道金俐和方灵之间的密约。想到这里,金俐迅速地在心里调整了战术,沉吟了一下,缓缓地说:"既然你看得那么明白,那么,我要告诉你,这就是商场,就这么残酷。方灵给我开的价码高,足以吸引我给她鞍前马后。不过,话又说回来,这个方案对于华涛来说未必一无是处,风险评估还是要让他们自己来做,我绝不勉强。"

"你可真是天生做生意的料。你的思维方式,我完全不理解。但这件事我绝不参与。"蒋彦气愤地说,"本来上次你让我去争华涛法律顾问的事情,我就觉得别扭。我曾经是柳怀远的助理,当时得到了他的很多帮助。现在,我取代他,成了华涛集团的法律顾问,让我心里很愧疚。我跟他是同行,我能理解他的心情。"

蒋彦的话让金俐的心抖了一下,眼前的蒋彦仿佛是个陌生人。以前,只要金俐帮他去争取业务,蒋彦都言听计从,从来没有表示过不满。可是,这次,蒋彦的反应让她有点意外。"你可以不帮我出法律意见书,但是,你不能主动去告诉戴骏这里面的事情。我已经收了方灵的定金,五十万元呢。"

舌战

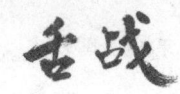

金俐目不转睛地盯着蒋彦。

"唉！"蒋彦深深地叹了口气，把脸转向落地窗。"我就猜到会是这样。实在不行，我就辞去华涛法律顾问的工作，让柳怀远去做，他是个好人，好律师。有他为华涛把关，我也放心。这样，我自己也解脱了。"说完，他转过身来，心情平静了一些，脸色也缓和了。"你先回去吧，我想自己静一静，想想这些年的经历，我现在觉得我已经不是原来的我了，而我们好像也和原来不一样了。"

蒋彦说的这最后一句话，让金俐浑身冰冷，她愣在那里，不知如何是好。但是，金俐很快平静下，她太了解蒋彦了，她知道蒋彦最想要什么，而他想要的东西只有她金俐能给他。

金俐不再理会蒋彦，不声不响地吃着饭。蒋彦见她没有反应，扭过头，不解地看着金俐，搞不清楚她的葫芦里面到底卖的什么药。

"你说够了没有？"金俐放下筷子，用纸巾擦擦嘴，不慌不忙地抬头看着蒋彦，她心里非常清楚该如何应对目前的局面，虽然蒋彦的反应有点大，出乎她的预料，但是，她却知道蒋彦的软肋在哪里，她一定能够制服他。

"你以为你不做就没人做了？"

"我既然已经知道，就不能装傻。"蒋彦坐下来，看着金俐，刚才的爆发已经让他心中的怒气消除了大半。

"你根本不用装，你是真傻！"金俐没好气地说："戴骏就是学金融的，华涛里面的财务也不是吃素的，他们都会对我的方案进行论证，是否采用，最后还是他们自己拿主意。你担心什么？"

"我只是觉得你瞒着戴骏跟方灵有那么一个交易，不太好。我怎么好意思装得跟没事人似的。"蒋彦的语气缓和下来，想跟金俐好好谈谈。

"我谈我的生意，你做你的律师，你就当不知道这里面的事情，如果戴骏问到你，你别添乱就行了。"金俐很清楚，在这个方案的论证过程中，她

第六章　各为其主

非常需要蒋彦的配合。

"什么叫别添乱？就是让我说那些违心的话？帮你骗戴骏？"蒋彦的情绪又有点激动。

"什么叫违心的话？"金俐也有点急了，她忽然忍受不了蒋彦今天的固执了。"你帮你老婆点忙，就叫违心了？蒋彦，你别忘了，我这么做，也是为了咱们两个人。你以为，我愿意求你帮忙。要不是那个柳怀远也在华涛，我根本不会找你帮我美言的。我自己就能搞定。"金俐瞪着眼睛生气地说。

"原来你是害怕柳怀远。"蒋彦笑了，感到一阵轻松。"原来你也有的怕。"

"不管怎么样，你也在华涛，总可以制衡一下的。咱们两个是拴在一起的蚂蚱，如果吃瓜落，谁也跑不了。"

蒋彦叹了一口气，金俐的话击中了他，自他们结婚以来，他们两个就已经成为利益共同体，金俐像个搭桥铺路的先锋，而他自己就是那个稳扎稳打的步兵，攻克下一个个堡垒，然后两个人一起分享胜利的果实。而这次，也和往常一样，尽管他百般不情愿，到头来，他还是要服从金俐的安排，用自己的专业来帮助她完成一次商业运作，即便他知道这里面有诸多法律风险和不规范的地方，也只能置若罔闻，装聋作哑了。

3

华涛集团的办公室里面，戴骏、孟经理、蒋彦和柳怀远正在开会。像往常一样，戴骏主导着会议的进程，他手里拿着金俐给他提供的《华涛集团融资发展规划建议书》，兴致勃勃。

"对于这份融资建议书，大家怎么看？"戴骏客气地说，他知道面前的这几个人都是他执行这份建议书过程中绕不开的，必须要听到他们的心里话。

舌战

而坐在他面前的这三个人却各怀心事。孟经理一脸严肃，他很清楚戴骏对于这个计划是志在必得，但是，多年商场上的打拼也告诉他，切忌冒进。今天看到戴骏的心情不错，他沉思了一下，鼓起勇气，率先开口了。"虽然我们华涛成长得很快，最近几年转型也算成功，在新能源领域的订单越来越多。但是，我们毕竟是民营企业，底子比较薄，技术力量也薄弱，现在的产品技术基本上都是买断别人的，买断期限多则五年，少则只有两年，现金流虽好，但是银行贷款方面没有优势，比较困难。"他抬眼看了戴骏一眼，发现戴骏的表情没有变化，于是放下心来，继续说："本来我们手里的资金挺充裕，现在经济不景气，资产价格都在下降，我们必须做好过冬的准备。而现在这个融资建议书虽然挺高级，但是，是不是步子迈得太快了，我担心我们华涛选择在这个时机开始资本运作，有点冒险。当然，这只是我个人的一点小建议，最后还是戴总拍板。"

孟经理一口气说了这么多，禁不住仔细观察了一下戴骏的表情，发现他脸色平静，没有像以往，一听到不同意见就激动起来。这让孟经理暗暗松了一口气，端起桌子上的茶杯，轻轻地抿了一口茶。

戴骏冲孟经理点点头，然后扭头望向柳怀远和蒋彦。他们两个相互看了一下，蒋彦抬了抬手，示意柳怀远自己先说。

"戴总啊，刚才孟经理的话特别中肯，我非常同意。"当他的目光和戴骏相遇时，他的心里不禁紧张了一下，偷偷地咽了下口水，硬着头皮继续表态："孟经理从华涛商业运营的角度来阐述了他对于这份融资建议书的看法，而我特别关注这个方案可能带来的法律风险。当然，在我们设计出来具体的商业模式之前，法律风险还不明确，我只是提醒大家一下。到时候，咱们可以再议。"

蒋彦的话确实是滴水不漏，谁也无法挑出任何毛病。但是，柳怀远还是觉得作为华涛集团的法律顾问，在这么重要的问题上避重就轻，不置可否，似乎有点逃避的嫌疑。

好像是猜透了柳怀远的心思似的，蒋彦抿了口茶，又开口了："因为这份建议书是我太太的公司出具的，我不方便发表太多意见。所以，还请戴总理解，希望柳律师能够多费心，给华涛出出主意。"说完这番话，蒋彦就不再出声了，他开始静候柳怀远出场。他今天的这个以退为进的举动，是他思忖再三的结果，因为他非常了解柳怀远，他知道柳怀远作为华涛和渤海收购项目的律师，按理说，是不应该来参加这个会的。对此，不仅他，柳怀远也是心知肚明的。正是基于这种关系，柳怀远其实是没有资格对这份建议书说三道四的。即便是戴骏首肯，希望柳怀远发表意见，那么，凭着柳怀远的脾气，他也不会说太多。因为柳怀远失去华涛集团法律顾问的工作，一直是他心中的痛，他的骄傲让他对这方面的事情退避三舍，以免让人误会他觊觎此位置。

果然，柳怀远听到蒋彦的话之后，有点踌躇。本来他就不想参加这个会，但被孟经理几个电话催促，只好参加。现在，其他三个人盯着他，等着他说点什么。沉思了片刻，柳怀远还是决定将自己的想法和盘托出，不管戴骏和蒋彦爱听不爱听。

"既然蒋律师如此客气，那么我就说说我的看法，虽然我不是华涛集团的法律顾问，但是，我和华涛合作多年，对于华涛还是比较了解的。本来，我们用华佳公司的名义和通达进行股权转让，产生合作，可以引进资金和技术，拓展销量，对于我们华涛来说，有百利而无一害。而如果采纳这个建议书的方案，那么我们引进的资金实际上又投入给了通达集团，而且技术还掌握在他们手里，咱们没有一点主动权。通达虽然可以为我们上马新项目提供担保，让我们获得银行贷款，但是担保是有成本的，可能导致我们的资金成本过高，还要向他们提供反担保，毕竟上马这个新项目的时机还不成熟，相关的可行性报告和调查都没有结果呢，我个人觉得，华涛不必按照这个建议书的时间表来操作，我们还需要稳妥一些，慢

舌战

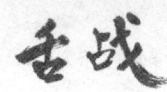

慢来。"

蒋彦听柳怀远说完这番话,觉得嘴里有点发干,额头也渗出了汗珠。"柳怀远太厉害了,简直是直击要害。"蒋彦不禁在心里暗暗称赞。"可是,我现在不能反击,否则就太明显了,前功尽弃。"蒋彦这么想着,不动声色地坐在那里,好像柳怀远说的事情和他无关。

看到蒋彦一声不吭,柳怀远反倒有点不好意思,赶紧解释着:"这是我的一家之言,蒋律师夫人的建议书的专业性还是非常高的。"

戴骏破例没有打断他们的发言,而是在他们说话的时候,不时地点着头,并且在记事本上记录着什么。

"大家都说得很好,我也来说两句。"戴骏的目光从记事本上移开,望着会议室中的所有人。

"你们几个人都从你们的角度谈了看法,现在我要说的是,如果我们推演一下这个方案的结果,就会发现最大的受益者是通达集团。"戴骏此言一出,蒋彦首先心头一颤,他不由自主地低下头,怀疑戴骏是否已经了解了金俐和方灵的秘密交易,他如坐针毡。

戴骏继续不紧不慢地说:"也许这份建议书的出发点确实是为华涛着想,但是按照这个方案执行下来的后果却是南辕北辙,最后通达在华涛可以呼风唤雨,我们失去了主动权,并且还会为此投入了很多资金。华涛每走一步,都脱离不了通达的协助,太被动了。我想蒋律师也应该有同感的。"戴骏收住话头,看着身边的蒋彦,此时的蒋彦不知说什么才好,恨不得找个地缝钻进去。

"不过呢,"戴骏话锋一转,笑着说,"这份建议书中的亮点还是很多的,给了我很多启发。蒋律师,您的夫人可是女中豪杰啊,我很愿意跟她继续谈谈这个建议书的内容。既然通达集团想利用我们扩张,那么我们就配合他们。这说明我们有价值,我想看看能否做到双赢。蒋律师,我们华涛可是举贤不避亲啊,您不必想那么多。"

第六章　各为其主

蒋彦听戴骏这么说,一颗心慢慢放松下来,尴尬地笑了笑,勉强挤出几个字:"戴总过奖,过奖。"而说这句话的同时,他却无法确定戴骏的表态是否是真心实意的。

舌战

第七章／声东击西

第七章　声东击西

第一节　新的诱惑

1

高建国已经记不清自己是第几次来北京了，北京给他的印象并不太好：天气干燥多变，环境嘈杂，交通拥堵，物价水平高。可是，他知道要是论做生意，北京确实是一块宝地，人多钱多机会多。因此，当他意外地搭上通达集团这个关系之后，他就决定马上到北京来一趟，不管迎接他的是深渊还是坦途。

坐在北京饭店的大堂里，俊男靓女、金发碧眼的外国人在他的眼前穿梭，高建国的眼睛有些不够使。方灵款款地走到他的面前时，高建国赶紧站起身，向方灵伸出手，有点紧张地说："方总吗？久仰久仰。"

方灵穿着一身宝石蓝的套装，衬托得她的肤色格外白皙。她微笑着和高建国握手，落落大方地回答："高总，早到了吧？一路上还顺利吧。"

"还好还好，就是路上有点堵，好在司机认识路，没耽误。"高建国边说边坐下来，两只眼睛盯着方灵，他没有想到堂堂通达集团的副总裁竟然是一个漂亮女人。

方灵为高建国点好乌龙茶，等服务员将茶水斟满茶杯后退下，方灵才抬起头正视高建国。

"高总，您今天能来北京，跟我见面，我们感到十分荣幸。"

"方总，您客气了。"高建国赶紧接过话茬儿，礼貌地回应着，"我们早知道通达集团的大名，但是因为跟你们集团不是一个等量级的，以前从来

舌战

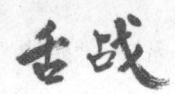

没有想过能跟你们有机会对话。其实，今天能够见面，说荣幸的应该是我们。"高建国不愧是见过世面的人，他在方灵面前的分寸把握十分到位。

"那我们就不说客气话了，高总。"方灵微低着头，慢慢转动面前的茶杯，"这次通过中间人，约您到北京来，主要是想谈谈和你们合作的事情，具体来说，就是看看通达有无可能入股永盛公司。"

虽然高建国来京之前，对见面的目的有些预测，但是当他听到方灵这么直白地讲出这个目的时，心里还是有些意外。这件事情是他从来没有仔细考虑过的，如今摆在面前，他不得不好好想一想了。

"方总，您知道，我以前从来没想过这个方案，有点意外。"高建国的手心有点出汗，诚恳地说。

"我知道，你们一直在跟华涛集团谈收购，好像已经好几个月了。"方灵端起茶杯，轻轻地抿了一口茶。"但是，好像进展很慢，不太顺利吗？"方灵知道她的这个问题一抛出，就击中了高建国的要害。

果然，听了方灵的话，高建国感觉自己的脸有些发烧，渤海、永盛和华涛之间的收购一直没什么进展，华涛咬住改制手续不全的问题不放，就是不肯签约。而华涛不签约，高建国就拿不到资金，他原来的资金安排计划全被打乱了。最近，银行一直在催他偿还贷款，而货款又迟迟收不回来，他可谓腹背受敌。尽管如此，他还是故作轻松地说："我们和华涛之间又有了新的计划，正在协商中。"

"哦？新计划？那新计划进展如何呀？"方灵挑了挑眉毛，丝毫不让步，"高总肯定知道机会稍纵即逝的道理。一项收购谈了快半年都没结果，那么当时预测的情况早已经改变了，还能不能继续下去，很难讲。高总，您说是不是这个道理呀？"

高建国嘿嘿笑了一下，不慌不忙地说："方总，真是高人啊，一语中的。您说得没错，我们和华涛现在其实都在重新考量收购的事情，很多情况都变了，需要调整。"

第七章 声东击西

看到高建国就范，方灵微笑着不再追问了。跟渤海和永盛合作仅仅是通达的一个备选方案，而对于渤海和永盛来说，则是千载难逢的好机会。她要看看高建国的真实反应是什么，以便她从中判断出对方合作的诚意。

果然，看到方灵沉默着，高建国决定主动表态，他心里很明白自己和通达集团的巨大差距，另外通达集团的国资背景，也会使收购更顺利一些，对于这一点他特别有信心。他伸出手，为方灵斟满一杯茶，恭敬地说："方总，我们渤海和永盛很珍惜跟通达合作的机会，如果通达觉得合适，我们愿意随时配合你们进行后面的工作。"

"高总，真是爽快人。"方灵面带微笑，一双明眸看着高建国。"那高总您今天的表态，是否可以代表永盛呢？我们只想收购永盛。"方灵单刀直入地说明了自己的立场。

"可以代表，没问题。"高建国赶紧回答，"不过，渤海也有一条流水线啊，通达不考虑吗？"高建国疑虑地问。

"我们对你们的情况还是有点了解的，"方灵不紧不慢地回答，"渤海的流水线是贷款购买的，现在还抵押在银行。另外，它的产能也有限，不管是对您，还是对我们来说，都是鸡肋。我们暂时不考虑。"

高建国听闻此言，不禁在心里暗暗佩服方灵，他知道方灵的这些表态都是有诚意的表现，否则谁会花时间去考察一家乡镇民营企业，还主动了解那么多细节。"好，方总，您说的我非常理解。不过，我还是希望通达能够通盘考虑渤海和永盛，两家公司有业务关联，处于产业上下游，如果通达全部收归己有，那么将是事半功倍的好事。"高建国极力地解释，希望能够给渤海寻找一条好的出路。

方灵并没有反驳高建国，而是轻轻地点着头，她知道她已经掌控了局面。出发之前，她和投资部的老总碰过头，商量出来这个只收购永盛的方案。这并不代表他们不想收购渤海，恰恰相反，他们的真实想法是将两个公司都收入囊中。现在的做法可谓"欲擒故纵"，到时候，高建国很可能将

舌战

渤海拱手相送，让通达集团捡个大漏儿。

方灵离开北京饭店的时候，心情非常愉快，她知道一切正在朝着自己预期的方向进行着。

2

高建国预订的套房在北京饭店的10层，送走方灵，回到房间的高建国有了新想法。他拨通了赖秘书的电话，他这次来北京，只有赖秘书一个人知道。

"高总，事情进展得如何？"

"比我想象的顺利。小赖，这次我们得多用点心，一定要把通达集团搞定，不能再弄得像华涛集团那样了。咱们得争取主动。"

"您说得对，高总。"赖秘书附和着，"通达是国企，实力更雄厚。而且，他们在政府方面的资源比咱们更多，他们接手，会比华涛接手更容易些。这样，咱们就可以真正脱身了，不必总缠在这里了。"

赖秘书的话说到了高建国的心坎上。他虽然在乎股权转让的价款高低，但是他更在乎的还是能否真正脱离渤海和永盛的日常工作，换一种活法。

晚上，高建国躺在床上，闭着眼睛把白天和方灵见面的过程在脑子里过了一遍，他知道自己的想法最终能不能实现，方灵是关键。

怎么才能拿下方灵呢？高建国在脑子里盘算着下一步的公关和策略。"一个漂亮的成功女人，她最需要的是什么呢？"想着想着，高建国的脑子里升腾出一个有点邪恶的想法，在黑暗中，他不出声地笑了。

第二天，高建国估算好方灵上班的时间，拨通了她的手机。却没想到，电话被呼转到方灵秘书的座机上，高建国愣了一下，随即就镇定下来，有条不紊地说："我是高建国，正和通达集团谈合作。请问方总现在可以接电话吗？"

第七章　声东击西

电话那头的秘书的声音特别柔美，彬彬有礼地说："抱歉，高先生，方总现在开会，不方便接电话。您有事可以留言。"

"哦，是这样，我有一些资料想给方总快递过去。麻烦你告诉我一下办公室的地址。"

将两罐包装精致的明前茶交给快递小哥之后，高建国拨通了华涛集团孟经理的电话，他现在必须稳住华涛，以免鸡飞蛋打。

北京西单附近胡同里面的四合院虽然保存得不太多，但是能够保存下来的几乎都被装修一新，雕梁画栋，用作私家菜馆或者茶楼。孟经理和高建国就在一家四合院茶馆的西厢房茶室碰了面，房间正中是一个罗汉榻，铺着大红团花的锦缎软垫，屋子里面弥漫着铁观音的清香。

"老孟，你们不够意思啊，这么长时间都不搭理我们，怎么回事啊？"高建国开门见山地说，没有任何客套。

"哎呀，高总，别误会啊。"孟经理将斟好的茶放在高建国的面前，笑眯眯地解释着，"你知道，我们戴总那可是个海归啊，什么事情都讲究个程序，流程的，和我们过去一拍脑袋就决定了不一样。"

"什么流程？华涛还不是姓戴的自己的买卖，如果戴总想做，有什么不能做的？还需要谁批准啊？"高建国并不客气。

"虽然华涛是戴总一手打造的，但是也有大家的功劳。好比我，我也是有发言权的。所以，戴总要作什么决定，也不完全是一言堂。"

"行了，你就说到底怎么回事吧？我们都等了这么长时间了。"高建国端起茶杯一饮而尽，"老孟，我可是看在咱们的交情上，信守承诺，等了你们那么长时间。如果你们把我甩了，那可就把我坑了。我的损失很大啊。"

"知道知道，我们的戴总也在催这件事。关键是你们的改制手续不全，法律上的事情，我也帮不了你呀。"孟经理再次为高建国斟满茶水。

"哦，改制手续啊？还是这个事啊。你们那个律师也太较劲了，我都答应帮你们补办了。而且，老孟，你知道，在村里，只要你让农民们能拿到钱，

舌战

有能力盖房子、娶媳妇，谁还关心什么法律手续？"高建国满不在乎地说。"你让那个律师过来，我跟他说，有时候，有些事情不能死抱着法律条文办，要是那样，什么事情也别干了。"

"是是，可现在戴总也不干啊。他是个喝过洋墨水的人，和咱们的思维不一样。"

"老孟，我今天找你来，已经算仁至义尽了。如果你们还不给我回话，那别怪我高建国不讲信用。"高建国挥舞着肉乎乎的大手，显得很义愤。

"好，我今天回去就跟戴总汇报这件事，一定尽快给你一个答复，不能就这么拖着。"

站在胡同口，孟经理目送着高建国钻进一辆出租车离开，随即拨通了戴骏的号码："喂，戴总，他走了。他的情绪很激动，要求我们赶紧给他最后的决定，我想他可能等不及了。"

戴骏没有马上回应他，而是问了另外一个问题："高建国哪天到的北京？"孟经理听了，一愣，他没有想到这件事，"他什么时候到的北京？"不由自主地，他反问了一句。戴骏沉吟了一下，缓缓地回答："他三天前就到北京了，今天才约见你，可见他并不是太着急，他很有可能是在跟你演戏。"

孟经理挂断和戴骏的电话，心里不禁有些慌乱，他没想到高建国会跟他演戏，而他这个老江湖居然没有看出来，反倒是让戴骏捅破了窗户纸。而高建国跟他演戏的目的是什么呢？他一时想不明白，忽然感觉自己老了，这个世道已经不是他叱咤风云的年代了，他遇到的对手和游戏的规则都变了，他不知道自己还能不能应对。而如果不能应对，他的未来会怎样呢？想到这里，他有点伤感。

第二节　奇怪的考察

1

中午时分，苏佳慧独自一个人在座位上百无聊赖地浏览购物网站，电脑右下角的 QQ 小企鹅闪动起来，是出差在外地的杨智给她发信息。"柳律师今天上午让我赶紧结束这边的工作，马上赶往梅花镇，渤海的收购要提速了。"

"你直接从西安去梅花镇吗？那你随身带了渤海收购的资料吗？"苏佳慧在键盘上飞快地打字。

"你真聪明，一下子猜到我要跟你说什么了。"杨智在那一边调侃着，"我预定了明天上午的飞机，在北京转机，然后直飞梅花镇。你能够在我转机的时候，把渤海收购的资料交给我吗？"

"好的，没问题，你告诉我航班号，我明天把资料给你。"听了杨智的安排，苏佳慧默默点头，她佩服杨智的工作态度，很认真，不惜力。

苏佳慧忙着和杨智沟通时，柳怀远和孟经理已经赶到首都机场候机楼了，对于这次紧急安排的梅花镇之行，柳怀远有些诧异，按理说，即便是华涛集团和渤海公司的收购项目提速，也不至于这么着急啊？昨晚，孟经理跟柳怀远通话时，就告诉他已经为他买好了机票，一早就出发。柳怀远被搞得措手不及，连文件资料都没有时间取，只能安排杨智在北京转机时，让苏佳慧转交。

坐在候机楼大厅里，看着孟经理躲在一旁不停地讲电话，柳怀远心里

舌战

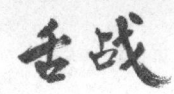

升腾起一丝不安。"难道这里面还有什么无法告人的秘密？"凭着多年的律师执业经验，柳怀远暗暗提醒自己多加小心。

飞机准时到达了杭州，柳怀远和孟经理被渤海制造公司派来的人用专车接到了杭州新落成的万豪酒店，一进酒店大堂，柳怀远就看到高建国满面春风地迎出来，伸出胖乎乎的大手跟柳怀远寒暄着："柳律师啊，辛苦啦！这次着急请你们来，实在是不得已啊。"他一边说着，一边示意身边的人帮助柳怀远和孟经理拿箱子。

"今天，你们就住在这里，有什么事情，咱们明天再谈。"高建国说着就带着他们向酒店前台方向走。

"什么？今天住在这里？"柳怀远更诧异了，"那我们明天去梅花镇吗？"

"哎呀，柳律师真是对工作认真负责啊。"高建国打着哈哈说，"不是所有事情都需要在梅花镇谈才行，在杭州照样可以谈嘛。你们远道而来，今天就在这里休息一下，我们明天开始谈，相关人员和资料，我们都带过来了。至于是否去梅花镇，看我们谈的情况而定。"

听了高建国的话，柳怀远扭头看了看孟经理，他不置可否地站在那里，只是微笑。

高建国为柳怀远和孟经理各自安排了一个单人房间，而孟经理入住后，却一反常态地没有和柳怀远摽在一起，钻进自己的房间就没有出来。晚饭时间，孟经理给柳怀远发了一个短信，说自己太累，不想吃东西。看完孟经理的短信，柳怀远觉得自己出发时的怀疑是对的，这里面肯定有事，他必须谨慎行事。想到此，他给杨智发了短信，让他直接飞梅花镇，其间不要跟华涛集团的任何人联系，到达梅花镇之后就到渤海制造公司去，随时汇报发现的情况。发完短信，柳怀远忽然感到莫名的失落，他不知道华涛集团的葫芦里面到底卖的什么药。他就像一只浮萍，被整个事态推着往前走，他只能凭着自己的感觉和能力顺势而为，根本无法掌控任何主动。

第二天的会谈，就在万豪酒店的行政楼层的会议室里面召开。高建国

第七章 声东击西

带着赖秘书和另外两个副总准时出现在会议室,这在柳怀远跟高建国打交道的过程中,是非常罕见的。

高建国见柳怀远和孟经理都已经落座,大声说:"今天,我代表渤海制造公司和永盛公司欢迎华涛集团的孟经理和柳律师。不容易啊,咱们这个项目谈了这么久,现在终于要有结果了。我们就在这里把我们以前没有解决的问题弄清楚,关于债务问题,关于转让价格问题,关于公司管理权问题,争取通过这次会议就确定下来,尽快签署协议。"

听到高建国的话,孟经理对柳怀远说:"柳律师,下面的工作就看您的了,那些需要澄清和解决的问题,就都靠您把关了,趁着高总和赖秘书都在,您尽管问。"

柳怀远点点头,拿出早已经准备好的工作计划,开始和高建国与赖秘书一一核对曾经存疑的问题。大概过了十几分钟,孟经理走到高建国的身边,和他耳语几句,随后,高建国冲柳怀远笑了笑说:"柳律师,我和孟经理有点其他事情要谈,您和赖秘书先忙着,如果有不清楚的,就到隔壁房间找我。"说完,他就和孟经理一起走出了会议室。

一整天的工作颇有成效,顺利得让柳怀远有点不敢相信。赖秘书不仅将原来的债务问题解释得很清楚,而且还确认了债务的数额和还款期限,让原来最困扰柳怀远的问题变得清晰起来。另外,高建国和赖秘书同意了华涛集团提出的收购价格,付款方式和管理权方案,而这些内容是原来阻碍这次交易的重大障碍。看着高建国的满脸笑意和孟经理的一反常态,柳怀远却有些惴惴不安。"华涛集团提出的收购价格并没有原来的高啊,为什么高建国这么痛快就答应了?会不会背后还有其他交易?而这些交易无法拿到台面上、让律师过目呢?"

舌战

2

杨智赶到梅花镇的时候，已经是傍晚时分了。他拎着公文包、背着双肩包走出长途汽车站。夕阳的余晖染红了天际，给车站的小广场洒下金色的光芒。车站里面乱哄哄的人群好像一下子被吸铁石吸走似的，忽然都不见了，看看天色，杨智决定先找地方住下，这样就可以不惊动渤海制造公司。于他拦了一辆出租车，直奔上次和柳怀远一起下榻的南国大酒店。

第二天，明媚的阳光从酒店窗帘缝中钻进来，照在杨智的床头。经过了一天的车船劳顿，他真是有点累了，闭着眼忍着阳光的撩拨，不想起床。

杨智将自己定位在一个普通的外乡人，而非身负使命的律师，信步走到渤海制造公司的大门外。他发现这里比上次来的时候更加萧条，门卫室里面只有一个保安，在无精打采地玩手机。以前货车穿梭的场面也不见了，厂区内静悄悄的。他装作若无其事的样子，溜达着往里面走，保安只顾低头玩手机，竟然没有发现他。杨智凭着上次的记忆，走到装配有流水线的厂房大门前。他听不到机器的轰鸣声，也看不到工人们忙碌的身影，原来堆放在厂房走道上的成品堆也不见踪影，整个厂区毫无生气。这时，他听到身后有人说话，就赶紧走到大门旁，靠着一辆停放在那里的中巴车的车门上，好像在等人的样子。保安队长和几个中年人从办公楼那边快步走过来，他们好像正在争论什么事情，保安队长的脸有点发红，声调很高。"你们这样做不行！没有高总的书面签字，你们什么也不能拉走！"说着他们就来到中巴车旁，一个中年人说："老李，你不要傻了，这个厂子已经卖了，连高建国都不要它了，你还较什么真啊！"中年人边说边指挥其他几个人进厂房去，没想到，保安队长一个箭步冲上前去，挡住他们的去路，高声说着："这个厂子不是他高建国一个人的，就算拖欠你们的工程款，你们也

第七章　声东击西

不能拉走机器设备。没有高建国的批条，什么东西也拉不走！"几个工人闻声赶来，站在队长的身后，虎视眈眈地看着那几个中年人。

"好啦，好啦！"带头的中年人的语气缓和了许多，"我知道你们这是为自己看摊呢，我们去找高建国开条子，我也是为了给手下人发工资的，大家都不容易的！"说完，他朝另外几个人一努嘴，转身就走到中巴车旁边。杨智见此情形，赶紧闪开，那几个人匆忙上车，一溜烟地开走了。

"你是干什么的？"等到中巴车没影了，保安队长发现了杨智，没好气地质问他。

"哦，我是城南材料厂的，想找黄工，问问材料款的事。"杨智的脑子飞快地旋转，努力回想着和渤海制造公司有业务往来的单位名称，以便自己的身份不被识破。果然，他的好记性帮了他。保安队长舒了一口气说："黄工已经辞职了，你要问材料款的事情，只能等赖秘书回来了。他不在镇上，出差了。"

"他什么时候回来？"杨智趁热打铁地问。

"那我就不知道了。"保安队长边说边在那几个工人的簇拥下往厂房里面走。杨智还不死心，紧走几步，追上他们，讨好地说："李队长，刚才那些人是干什么的？为什么那么凶啊？"

保安队长回头警觉地打量了一下杨智，问道："你来过厂里吗？我怎么看你面熟呢？"

杨智的心一沉，继而又平静下来，不慌不忙地回答："我找过黄工几次，也许咱们见过。"

"唉，也许吧。谁能想到我们渤海制造公司成了破鼓众人锤了。现在谁都想从我们这里拿到点好处。"保安队长忽然转过头看着杨智说，"我告诉你，这个厂子是大家的，谁也别想从这里捞好处。不管黄工以前怎么答应你，只要你们想从这里捞好处，就别怪我老李不客气，就是赖秘书我也不怕。"保安队长的话让杨智感到非常惊讶。

舌战

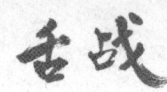

　　看着保安队长渐渐走远了，杨智就转身向办公楼走去，这是他曾经奋斗好几个夜晚的地方。现在，这个办公楼已变得无人看守，随便出入，楼梯和扶手上都蒙着一层灰尘。杨智慢慢走上楼梯，向二楼张望，走廊上空无一人，每个房间都上了锁。忽然从三楼传来脚步声，平小姐带着几个工人从上面走下来。杨智赶紧背过身去，装作要离开的样子。平小姐的声音从身后传来："你们不要闹了，不要听外面的人瞎嚷嚷。高总有一个很大的计划，不是你们听到的那个样子的，只会比原来的好，放心就好了。"杨智偷偷地扭头，看到平小姐和那几个工人脚步匆匆地走下楼去，根本没有注意到他。"什么叫'只会比原来的好'？难道还有一个新的？"杨智暗自琢磨，想不明白平小姐的话和今天看到的一切到底都代表了什么。

3

　　柳怀远到底没有去成梅花镇，高建国和孟经理一起寻找各种理由回避这件事，弄得好像柳怀远故意刁难他们似的。没办法，他只好不再坚持。

　　杨智从梅花镇发来的消息更让柳怀远摸不着头脑，他把杨智告诉他的情况反复思考了好几遍，不论按哪种方式推导，得出的结论都不是一个正常的状况。"难道这里有什么不可告人的桌面下交易？"柳怀远在房间里面踱步，仔细地分析每一个细节。"渤海制造公司的债务问题虽然已经说清楚了，但是对于华涛集团来说，其收购的负担一点没有减轻，为什么就这么轻易地开出收购价呢？这个价格和原来谈的几乎没有差别，那么他们等了那么长时间又是为什么呢？还有，渤海制造公司原来不同意放弃管理权，高建国坚持要继续掌握话语权，可是，现在呢？他不仅接受了原来的价格，而且痛快地放弃了对于渤海的控股权，还愿意协助华涛处理遗留问题。这样的让步也太奇怪了。除非是华涛集团给了他额外的好处，否则就凭高建国的为人，绝对不可能这么轻易放弃。"

第七章　声东击西

他隐约听到高建国和孟经理谈话间提到了"方总",难道这件事和通达集团有关?

在杭州待了三天之后,柳怀远和赖秘书已经把收购渤海制造公司的相关重大问题都捋清楚了。第四天上午,赖秘书邀请柳怀远到酒店会议室去再谈一谈,高建国和孟经理已经端坐在会议室里了。

"柳律师,辛苦了!快坐、快坐!"孟经理恢复了对柳怀远的热络劲儿。"柳律师,咱们这次的任务完成得很好,明天就可以回北京了。"

"哦,我们就不去梅花镇实地看看了吗?"柳怀远问。

没等孟经理回答,高建国扯着大嗓门说:"哎呀,柳律师,您真是多虑了。我在这,赖秘书在这,公司的资料都在这里,您到梅花镇看什么呀?梅花镇的情况孟经理都了解,这次,我们主要是确定收购需要的法律问题,希望柳律师多多协助,尽快确认合同文本,以便我们和华涛早日签约啊!"

"是呀,柳律师,这次高总很配合,咱们回去之后可以开始草拟合同文本了,然后提交董事会审查,您的法律意见书也要早日提供。这样可以快一些。"孟经理声附和着。

"好啊,那我们这次的杭州之行就圆满结束了。"柳怀远笑眯眯地说。

"是的是的,我们就带着这几天的工作成果回去,我跟戴总汇报一下,您就开始起草合同文本和法律意见书,尽快交给董事会讨论。"孟经理一副成竹在胸的架势。

"没问题,我肯定会尽力的,高总,孟经理,庆功宴可别忘了邀请我啊。"柳怀远随和地表态。

就在柳怀远在会议室里跟赖秘书核对资料和商讨文件的时候,杨智则按照他的安排,在梅花镇上到处走访,他不仅到渤海制造公司的厂区探查,还来到镇上的国资办、体改办、工商所等单位调查,他把得到的所有信息都记录下来。在柳怀远和孟经理搭乘飞机返回北京的同时,杨智也完成了在梅花镇的实地考察工作,准备乘坐高铁回北京。

舌战

第八章／意外出局

第八章 意外出局

第一节 蒙在鼓里

1

柳怀远一回到办公室就开始准备收购协议和法律意见书，杨智带回来的消息让他很吃惊。按理说，如果高建国真的准备和华涛集团一起管理经营渤海制造公司，那么他不应该任由债权人拉走货物，搞得厂里的工人人心惶惶的。柳怀远百思不得其解，唯一能够确认的是，这里面肯定有其他交易，而这些桌面下的交易是他们不愿意让律师看到的。不管怎样，合同文本和法律意见书还是必须的，华涛集团的董事会还是需要这些文件来作最后的决定的。

从杭州出差回来的第三天，柳怀远就把股权收购文本和法律意见书提交给了孟经理。本以为他会很快收到华涛集团的反馈意见，可是一个星期过去了，却没有人和他联系。

又过了三天，柳怀远终于接到孟经理打来的电话，让他第二天一早到华涛集团去开会，有关收购渤海制造公司的事情。

上午，柳怀远准时出现在华涛集团的会议室。可是，当他刚一走进会议室的门口，就看到了令他意外的一幕——蒋彦和戴骏并肩坐在会议桌的最前面，正在谈笑风生地说着什么事情。蒋彦的胖脸上洋溢着轻松的微笑，好像比以前更发福了，额头闪着亮光。华涛公司各部门经理基本都到场了。

看到柳怀远，蒋彦赶紧从椅子上站起身来，热情地打招呼："柳律师来啦。"而戴骏仍然坐在椅子上，他仰着脑袋，冲柳怀远点点头，指着对面的

舌战

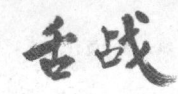

一把椅子说:"柳律师,辛苦了。快坐。"

坐在戴骏和蒋彦的对面,柳怀远看着眼前的种种,心里有些别扭。"蒋彦为什么在这里?"他不由得暗自琢磨,"难道真有桌下交易?而这个交易跟蒋彦有关系?今天他的出现就是交易成功的标志?"想到这里,他的脑海里面又闪现出杨智告诉他的渤海制造公司的反常情况,这些情况倒是和"桌下交易"的猜测很合拍。

柳怀远微低着头,摆弄着手里的一支钢笔,他决定今天少说话,看看戴骏的葫芦里面到底卖的什么药。孟经理走进了会议室,他很自然地坐在柳怀远身边,让刚才有些不自然的气氛变得缓和了许多。他微笑着跟每个人打招呼,然后开始主持会议。柳怀远看到孟经理手里拿的文件不仅有他前几天提交的报告,还有一份淡蓝色的文件夹,很厚,柳怀远看不清上面的字,但是他断定今天的会议肯定与此有关。

"戴总好,两位律师好,还有各位同事好!"孟经理不像一个讨论项目收购方案的正式会议,倒像一个庆功会。"咱们华涛集团和渤海制造公司的收购项目,在戴总的英明指导下,在全体同事的积极配合下,经过柳律师和蒋律师的努力工作,今天终于尘埃落定,取得了圆满的结果。"孟经理说着,转头向戴骏和蒋彦那边看了看。其他公司人员也都向那个方向望过去,轻轻地点头。柳怀远见此情形,心里很不是滋味。直到现在,他才终于明白了蒋彦的身份一直是在暗地里为华涛出谋划策的大军师,运筹帷幄。而他柳怀远只不过是他们整个棋局中的一个小棋子,是冲锋陷阵在前,并可以随时丢弃的兵卒。他这样想着,没有注意孟经理又絮絮叨叨地说了些什么。等他集中精力再次聆听时,只听见蒋彦接过孟经理的话头,开始踌躇满志地宣布:"我们华涛集团和通达集团的项目合作意向已经达成,接下来就进入实质性文本起草阶段。我将带领我的团队,协助华涛和通达沟通交流,尽快确定文本并签署,让华涛早一天进入环保领域,开始污水处理的项目。"他的话音刚落,戴骏就带头鼓起掌来,而此时的柳怀远则完全如坠

第八章 意外出局

云雾之中。

"难道不是我一直代表华涛和通达公司谈判吗？难道不是还没有确定最后的合同文本吗？难道不是华涛用华佳公司的名义和通达合作吗？怎么现在变成这样的结果？为什么这些消息，我都不知道呢？"柳怀远的胸口像堵着一块大石头，他真想抬起脚就走，他觉得孟经理今天请他来参加这样一个会，是在羞辱他。"我做了无用功也就罢了，还要为蒋彦庆功？这不是故意要我难堪吗？"柳怀远越想越生气，可是他不能发作，那样的话，他就彻底失败了，他不能让蒋彦得逞。

会议结束后，柳怀远一个人走到电梯口，他看见孟经理在会议室门口不停地向他这边张望，但他决定不理会他，也不再过问这件事，他倒要看看老孟能憋到什么时候，看看他什么时候找自己把这件事解释清楚。

这样的等待并没有持续太久，大概一周之后，柳怀远就接到了孟经理的电话，在一阵嘻嘻哈哈的寒暄之后，孟经理正式邀请他参加华涛集团和通达集团的项目合作签约仪式。等到孟经理的话音一落，柳怀远就抛出了酝酿心中多日的愤懑："孟经理，咱们两个合作这么多年了，您能不能告诉我为什么华涛最后和通达达成合作的事情没有告诉我？我代表华涛跟通达谈了这么久，最后的结果却是绕过我，您觉得这样合适吗？你们让我一个劲地到渤海去调查、写报告？你们这不是要我吗？"柳怀远越说越气愤，声调提高很多，有些发颤。他做律师这么多年，从来没有感到像现在这样窝囊，他不怕苦、不怕累，但是他受不了被欺骗、被愚弄。

电话那头的孟经理一声不吭，沉默了几秒钟之后，他缓缓地说："我也有不得已的理由，你别问了，我真不是故意不告诉你，等到时机到了，你就会知道了。"柳怀远没有说话，很想一下子挂断电话，但是，他知道这样做太没风度。"我的事情很多，签约仪式那天，我就不去了。你转告戴总，我感谢他的邀请。"柳怀远忍着怒气，尽量心平气和地说。

"柳律师，"孟经理有点着急地在电话里央求，"这次请你参加仪式的不

舌战

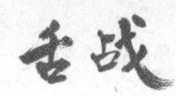

是小戴总,是老戴总,他希望你能去,你明白他的意思吗?现在这个关键时刻,你不出席,以后这个天下可就真成人家的了。"

尽管柳怀远还不完全明白孟经理这番话的意思,但他知道如果他再闹情绪,就有点不懂事了。于是,他轻轻地叹了口气,缓缓地说:"好吧,既然是老戴总邀请我,我就去一下,您也别为难。但是,我今后是否跟华涛合作,我还没想好。"

柳怀远挂断和孟经理的电话之后,反倒有一种轻松的感觉,既然现在的华涛让他觉得像个鸡肋,那么将其弃之也未尝不可。想明白这一点,他心里堵着的一块大石头忽然消失了,连呼吸都畅快了许多。

2

华涛集团和通达集团的项目合作签约仪式在东四环的一家五星级酒店举行。酒店三层共有四个宴会厅,华涛集团租下了其中最大的一个,可以容纳三百多人就餐。

柳怀远穿着蓝色西装,比通知上要求到达的时间晚了半小时来到宴会厅,因为他不想看到戴骏和蒋彦,还有方灵。他只想在签到簿上写上自己的名字,然后四处转转,就提前撤了。

宴会厅门口的签到台旁,站立着两名美丽的女孩子,她们穿着丝质的旗袍,高挽发髻,笑容可掬地示意柳怀远签名。柳怀远俯身在签名簿上签字,用余光看到签名簿第一页的最上方,果真有方灵的名字。柳怀远不禁黯然:"今晚注定是方灵的主场,而我只是一个看客。"

宴会厅装修得极其奢华,羊毛地毯踏上去软绵绵的,柳怀远进去的时候,恰逢方灵讲话结束,她身着朱红色西服套装,讲台上方的灯光洒下来,照得她神采奕奕。伴随她鞠躬下台,观众席上响起热烈的掌声,大家都仰着头尽力望向讲台,想要把这个优雅又聪明有才干的方总看得更清楚。柳

第八章　意外出局

怀远找到离门口最近的一个座位坐下来，随着众人鼓掌，眼睛却在人群中四处逡巡。这时，金俐身穿一条宝石蓝色拖地长裙，走上台去，用欢快的语气说："刚才，我们优雅美丽的方总和年轻帅气的戴总为我们展望了两个公司合作的美好前景，那么下面就让我们用最热烈的掌声欢迎两个公司的代表，在大家的见证下签署正式合作协议。"人群中又响起掌声，同时宴会厅里奏响《喜洋洋》的民乐。讲台旁边的长桌铺着墨绿色的桌布，上面早已经摆放好了两个精致的文件夹。身材高挑的礼仪小姐引领着华涛集团的戴骏和通达集团投资部的金总走上讲台，示意他们坐在长桌后面。所有人都翘首望着讲台上面，有节奏的跟随民乐声鼓掌。戴骏和金总签完字，交换文件夹的时候，还礼节性地拥抱了一下，台下响起一阵欢呼，将整个签约仪式推向最高潮。这时，金俐适时地出现在讲台一侧，拿着麦克风宣布："祝贺签约成功！预祝两个公司合作成功！接下来，宴会开始，请大家尽兴！"

柳怀远没有在人群中找到老戴总，他也没有胃口吃饭，于是缓步走出宴会厅。柳怀远沿着中厅的长廊漫无目的地散步，他的脑子里面是空白的，不知道自己为什么会在这里，又为什么非常想赶紧离开这里。就这样像梦游一样，他来到另外一个宴会厅的门口。这个宴会厅里面空无一人，却灯火通明，整齐地排列着十几排折叠椅，好像是有会议刚刚结束。柳怀远信步走进去，看到墙上悬挂着老北京风光照，就不由自主地驻足欣赏起来。也不知过了多久，他一回头，发现方灵站在他的身后，正在笑眯眯地看着他。

"你怎么不到那边去？里面很热闹。"方灵笑吟吟地问，朱红色的套裙衬着她格外白皙的皮肤，根本不像快四十岁的人。

柳怀远眨眨眼睛，一时没有反应过来，只是冲着方灵笑了笑。

"你为华涛工作了那么多年，今天的成绩里面也有你的功劳啊。你怎么不进去表示一下啊？"方灵还是不合时宜地继续她的话题，没有注意到柳

舌战

怀远情绪的低落。

"我们做律师的,只是提供辅助的服务工作,今天这样的场合,应该是你和戴骏最出彩的时候。"柳怀远苦笑着转过身去,继续看照片。

方灵站在原地,望着眼前这个男人,他的背影显得有些落寞,方灵知道他今天落寞的样子,她是逃不了干系的。想到这里,方灵的心就像针扎一样疼,有一种喘不过气来的感觉。她有点头晕,用手扶着一把椅子的后背,勉强支撑着。

柳怀远听到方灵短促的呼吸声,回头一看,发现她脸色发白,就赶紧走过去扶着她的胳膊,让她慢慢坐下来,"你怎么啦?哪里不舒服?"柳怀远俯身关切地询问方灵,还很自然地摸了摸她的额头,确定她是否发烧。

"我没事。"方灵看着柳怀远,情不自禁地握住了他的手。"怀远,你不要怪我,我也是身不由己。"方灵说着,眼泪就悄悄地流下来,让柳怀远不知所措。

"方灵,你怎么了?"柳怀远把自己的手从方灵手里用力抽出来,他担心被别人看到。他实在不明白方灵为什么如此失态。

这时,一个相貌俊秀的年轻人走进来,着急地对跟方灵说:"方总,我们高总有急事要和您商量。"方灵从椅子上站起来,看了一眼满脸疑问的柳怀远,低头随年轻人走了出去。

第二节　水落石出

1

柳怀远如期收到华涛集团支付的律师费，孟经理特意打来电话，请他一起吃晚饭。柳怀远本想拒绝，但是他的心中对于华涛集团和渤海制造公司收购项目的最终结果始终有个疑问，好奇心促使他答应赴约。

孟经理约他见面的地方就在他的办公室附近，是一家名满京城的京味餐厅。孟经理的热情一如既往，他和柳怀远在小包间里面推杯换盏，却一直不提收购项目的情况。酒过三巡，柳怀远终于忍不住了，他直截了当地说："孟经理，咱们认识这么长时间了，我一直把您当长辈。可是，华涛收购渤海制造公司的事情，您可跟我见外了，到现在，您都不透露一点消息给我，让我心里纳闷啊。"孟经理的脸上露出不太自然的笑容，轻轻放下手里的酒杯，清了清嗓子。

"怀远啊，我就知道你早晚要问我这个事情。只是，我真的不知道从何说起啊。"此时，孟经理的瘦削的脸显得格外苍老，柳怀远这才意识大半年以来，孟经理也和他一样奔波忙碌着，承受了太多的压力和辛苦。看着孟经理有些疲惫的面容，柳怀远的心里对孟经理的埋怨少了一些，他静静地坐在那里，等待孟经理继续说下去。

"华涛刚开始是真心想收购渤海的，他们的那条生产线非常先进，放在高建国那里简直糟践了。"孟经理说着，抿了一口酒，脸上泛起一点点红晕，"可是，你知道，戴骏回国后，情况就变了。他一心想弄大手笔，嫌我们原来的方案太保守。加上他那个同学金俐，给他出了好多主意，所以，我们就跟通达集团接上头了。"孟经理一边说着，自顾自地端起酒杯喝了一大口。

"当时我们和蒋彦一起讨论金俐的那份融资建议书时，你也在场，大家都是开诚布公的。可是，后来情况起了变化。通达集团介入之后，华涛的步调就变了。他们不仅要收购我们华涛，也看中了渤海。当时，我们和渤海正卡在债务问题和管理权分配问题上，僵持着。"孟经理再次停下来，沉吟了一下，继续说："通达是国企，对外投资需要国资委审批。但是，如果在限额之内，就只是备案就可以了。他们想走捷径，就想把渤海的收购价格压下来，但是高建国不是省油的灯，如果他知道是通达集团看中他，那他肯定会抬高价格，狮子大开口。所以，我们就……"孟经理停下来，望着柳怀远。

"所以，你们就让我继续跟渤海周旋，好像你们真的要收购他们似的，探听他们的底牌，压低价格，然后告诉通达，让他们能够在后面的收购中用最低代价拿到渤海。对吗？"柳怀远睁大了双眼，问道。

"是的，这是戴骏的主意。他说你耿直、专业、工作认真。如果告诉你真相，你肯定做不来的。但是，如果让你蒙在鼓里，那么你肯定会让高建国信以为真，拿到我们最想要的东西。"孟经理这时忽然微微笑了一下，"你果然不负众望，让高建国按照我们的思路行动了。"

"我不过就是你们的一颗棋子。"柳怀远长叹一声，靠着椅背上，"过了河的卒，只能向前。"他端起桌上的酒杯，将里面的酒一饮而尽。"蒋彦又是怎么回事？难道华涛采纳了蒋彦他老婆提出的整合方案？"柳怀远的头脑没有因为酒精而变得迟钝，他又想起了另外一件事。

"是的，戴骏一直很喜欢这个方案，虽然老戴总和你都表示反对，董事会里面也有人提不同意见，但是，他最后还是说服了大家，实施了这个方案。既然方案是他老婆提的，那么他作为法律顾问来推进这件事，也在情理之中。而且，蒋彦请辞法律顾问的行为，就是以退为进，做给你看的，

第八章　意外出局

并非真心实意。"孟经理撇着嘴，一副不屑的样子。

柳怀远点了点头，他知道蒋彦和金俐的关系，他也了解金俐和戴骏的关系，在这个交易中，人情和关系占了上风，他的专业一文不值。他举起酒杯，和孟经理碰了一下，辛辣的白酒顺着喉咙一股脑流下去，让他感觉痛快淋漓。

不知过了多长时间，孟经理慢慢俯下身，趴在桌子上，手里转动着酒杯，双眼迷离，口齿不清地嘟囔着："你知道啊，那个金俐可不是一般人，你知道他们在这个项目里赚了多少钱，先是什么项目咨询费，后面又是什么法律顾问费，合着华涛的钱，全跑到他们家去了。戴骏啊，这个傻孩子，还把他们当个宝啊！"孟经理边说边拍打着桌子，呜咽着。

柳怀远的脸也因为酒精而发红，他靠在椅背上，眼睛看着天花板，孟经理的话就像锤子一样，在击打着他的心，一阵阵地疼，他想起了前几天方灵在他面前的失态。原来这一切，皆在她的掌控之下，她自始至终都知道他柳怀远只是一颗棋子，她用他这颗棋子，帮助她的公司获得利益，帮助她自己获得工作成绩。而同时，她方灵还对他示好，还和他叙旧，这些只不过是她的调味剂。她只是想从柳怀远那里得到谅解，缓解她自己内心的愧疚和空虚。

走出餐厅，已经是深夜了。东四环仍然是灯火通明，车水马龙，寒夜的冷风迎面吹来，打在柳怀远红通通的脸上，让他感觉很舒爽。他解开大衣的纽扣，让自己火热的身体浸入冬夜的晚风中，他想象自己就是一块火炭，他要融化四周的冰冷，他要温暖身边的草木。柳怀远漫无目的地在街上走着，周围的一切竟让他有些陌生，他不知道自己身在何处，又能去哪儿？他掏出手机拨通了方灵的电话，电话接通了，他又不知道该说些什么。

"怀远？"方灵的声音透着关切。

"方灵，你，……"柳怀远只说出来这几个字，一种不可名状的凄凉和愤懑涌上心头，他的眼泪竟然夺眶而出。

舌战

"怀远，你说话啊？"听筒里传来男人压抑的呜咽声，方灵有些慌了。"怀远，你怎么了？告诉我你在哪儿，我去找你……"

2

柳怀远睁开眼的时候已经是第二天早晨，躺在宾馆的床上，他努力地回忆着昨晚发生了什么，脑子却一片空白，他只依稀地记得方灵开车找到了他，把他带到了这家宾馆，之后的记忆就断片了……

柳怀远拍了拍依旧疼痛欲裂的脑袋，努力地使自己镇定，感觉到自己是一丝不挂地躺在被窝里，他一下子惊醒了。

"方灵。"柳怀远叫了两声，房间里并没人应答。柳怀远顾不上穿好衣服，拿起了手机。

"怎么样？酒醒了？好点儿了吗？"没等柳怀远开口，方灵先说话了。

"不好意思，昨天喝得断片了，我……"

"你酒醒了就打个车回家吧，账我已经结过了。"方灵打断柳怀远的话。

"方灵，我们昨晚……"

"昨晚你喝多了，我送你去的宾馆，然后我就回家了，放心吧，你没失身。"电话里传来方灵冷冷的声音。

"我不是那个意思。"柳怀远一时竟不知道要说什么了。

"我还有个会，就这样吧。"方灵挂断了电话。

柳怀远昏昏沉沉地回到家，浑身依旧绵软无力了，他闭上眼很快就进入了梦乡，在梦里，不时闪过和方灵缠绵在一起的画面，他惊醒着坐起身，却分不清那是现实还是梦境。

头痛欲裂的柳怀远挣扎着起身，却虚弱得倒下去。又躺了一会儿，他再次支撑起上身，拿起床头柜上的手机，屏幕上显示的时间已经是十一点三十分了。他给苏佳慧发了一条微信，告诉她自己病了，不去办公室了，有什么事随时联系。然后，他就一头栽倒床上，昏沉沉地再次睡过去。

醒一会儿，睡一会儿，不知道过了多长时间，柳怀远听到敲门声。他努力从床上爬起来，穿上丝绒的长睡袍，晃晃悠悠地挪到门边。

"谁啊？"

"是我们，柳律师。我跟小苏来看您了。"杨智的声音。

柳怀远打开门，苏佳慧和杨智拎着大包小包出现在面前。

"柳律师，您脸色怎么这么难看？有没有看医生啊？吃什么药了吗？"苏佳慧放下手里提的东西问。

"您想吃点什么？我给您去买。"杨智站在一边，不知道该干些什么。

"帮我倒杯水吧，厨房的保温壶里有，我想喝水。"柳怀远有气无力地说。

"好的。"杨智说着，就走出卧室，去厨房倒水。保温杯里面一滴水也没有，他打开冰箱，也是空的。"小苏，你过来一下。"杨智有点不知所措。

苏佳慧走到厨房，看了看说："还好我们带了东西。你下楼去买点退烧和治感冒的药，我烧点水喝，一会儿再熬点粥就成了。"

柳怀远听到杨智出门的声音，苏佳慧在厨房烧水的声音，感觉清冷的房间里有了生气。

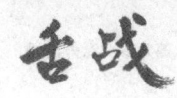

第三节　情关难过

1

柳怀远在床上躺了三天，不知为什么他这次病得这么严重，连起床的精神都没有。他把手机调成呼叫转移，直接转到办公室，谁的电话也不接。苏佳慧和杨智一下班就会到他这里来，给他做饭、向他汇报工作。

今天精神好多了，柳怀远从床上爬起来，想到浴室去冲个澡，刚走到浴室门口，门铃响了。看看墙上的挂钟，这个钟点单位应该刚下班。

柳怀远打开门，黎曼华拖着行李箱出现在了门口。

"你回来了？"柳怀远有点意外。

看到柳怀远，黎曼华吃了一惊，一头乱蓬蓬的头发，脸色苍白，胡子拉碴，穿着一件没系扣子的长睡袍。

"还没好啊？"黎曼华把行李箱放到一边，脱下羊绒外套挂在衣架上。

"已经好多了。"柳怀远关上门，慢慢走到沙发旁，坐下来，他还是有些虚弱。

黎曼华伸出手放在柳怀远的额头上，"摸着不烧了，快上床去躺着吧。我给你倒点热水喝。"她拉着柳怀远的手，想让他回卧室休息。

"躺了一天了，想坐会儿。"柳怀远觉得此刻的黎曼华很美。

"我给你叫个粥吧。"黎曼华拿起手机准备叫外卖。

此刻手机刚好响了，里面传来一个大嗓门的声音："曼华啊，你今天晚上可一定要来啊，薛总说见不到你就不开饭，我们的项目可全靠你了。我

第八章　意外出局

只给了你三个小时的假，你要是想和你的男朋友干点什么，这三个小时也够了。哈哈哈！"

挂断电话，黎曼华尴尬地看着柳怀远，他的脸上闪过一丝不快，黎曼华赶紧解释。"我们公司的张总，快退休了的一个老头，总爱开玩笑。"

"你去忙吧，不用管我，我已经没事儿了。"柳怀远脸上挤出一丝微笑。

"你想吃什么，我叫外卖。"

"不用了，我想吃自己叫吧。"柳怀远站起身，向卧室走去，"我现在想躺一会儿。"

"今天的饭局是早定好的。"柳怀远突然的冷淡让黎曼华有点委屈。

"要不我请个假留下来陪你吧。"黎曼华试探着问。

"我好多了，你不用请假，那么多人等着你呢。"柳怀远边说边躺到了床上。

黎曼华有些懊恼地走进厨房倒了杯水，端着水走出厨房，门铃响了，黎曼华把水杯放在桌上去开门，吃惊地看到苏佳慧提着大包小包站在门口。

"小苏？你这是……"黎曼华疑惑地问。

"噢，柳律师病了，您不在，所以这几天我和杨智每天过来给他做饭，顺便汇报一下所里的工作。"苏佳慧先愣了一下，很快缓过神儿来。

"这几天都是你照顾怀远？"黎曼华站在门口并没有让苏佳慧进来的意思。

"哦，还有杨智，他今天有事，所以没一起来。"苏佳慧有些尴尬地说，心里直怪杨智，偏偏今天有事儿不能来。

"小苏啊，赶快进来吧。"柳怀远从卧室走出来，黎曼华闪开身让苏佳慧进来。

见到柳怀远，苏佳慧轻松了许多，她一边把东西放进厨房一边问："您今天吃药了吗？还烧不烧？"

"我今天不烧了，吃了消炎药，没吃退烧药。"

舌战

"哦，那就好，您今天胃口怎么样，我给您做点菜粥吧。"

黎曼华看着苏佳慧熟练地在厨房忙碌，又看看站在门口穿着睡袍的柳怀远，心里的醋瓶被打翻了。她一把抓起柳怀远把他推到卧室，关上了门，满脸怒气地质问："什么意思？"

"什么什么意思？"看到黎曼华一脸的愤怒，柳怀远竟有一丝得意。

"这些天她每天来照顾你，你怎么不告诉我？"

"你也没给我机会说呀。"

"我刚才要给你叫外卖，你都没说。"黎曼华气得提高了音量，"你不用我叫，是等着她来给你做吗？"

"你冷静点儿，我……"看到黎曼华真急了，柳怀远突然觉得这事有些不好解释了。

"你这是吃醋吗？"柳怀远想缓和一下气氛，笑着问。

"吃她的醋？我犯不上！"

"你小点声。"

"我凭什么小声呀，我是主人还是她是啊？"黎曼华声音有些发颤。

"你不在北京，人家照顾我难道还有错啊？"看到黎曼华越来越无礼，柳怀远有些生气，他很少见黎曼华有这么不懂事的时候。

"她照顾你，那我现在是不是该让位啊？"

"你别这么胡搅蛮缠好不好？"

"行，我胡搅蛮缠，她通情达理，是吧？那我现在就走。"说完，黎曼华开门冲到客厅拿起大衣准备离开。

苏佳慧尴尬地站在厨房门口不知如何是好。

"黎小姐，您真的误会了，我……"

"这不关你事儿。"黎曼华看都没看苏佳慧一眼，穿好大衣，拽过行李箱打开房门走了出去。关上房门的一刹那，她有些后悔了，她自己也不知道哪来的这股无名火，以她对柳怀远的了解，她知道这两个人不会有什么事，但柳怀远今天的态度让她压抑不住内心的怒火，她受不了的是柳怀远对她不冷不热的态度。

黎曼华放慢了脚步，她希望柳怀远能追出来，只要他说句软话，她今天就是不去饭局也会留下来陪他，但是柳怀远没有追出来，像每次他们吵架一样，任凭她离开，柳怀远都不会有所表示。想到此，黎曼华失望地重新加快了步子，一低头，眼泪冲了出来。

柳怀远始终没有走出卧室，他觉得有些对不住苏佳慧，毕竟人家好心好意来照顾自己，却无故受了委屈，他不知道怎么面对眼前的残局。

"小苏啊，你今天先回去吧，我已经好了。"隔着房门，柳怀远有气无力地说。

房门外束手无策的苏佳慧懊恼地在原地打转，她虽然从心里看不上黎曼华，但是让柳怀远这么难堪，她还是很自责。

"柳律师，那我先走了。"苏佳慧像做错了事的孩子轻声说，接着逃也似的离开了柳怀远的住处。

2

柳怀远重新出现在办公室里面，已经是一周之后了。他刚刚端坐在办公桌旁，就见廖莹莹走了进来，一屁股坐在他对面的椅子上。

"听说你生病了？好点没？"廖莹莹大大咧咧地问，圆圆的脸更胖了。

"好了，谢谢。"柳怀远一边打开电脑，一边回答，"这几天辛苦你了，听说玉展公司的事情挺多，让你费心了。"

"这都不算事。"廖莹莹一挥手，满不在乎地说。

柳怀远忽然觉察到了廖莹莹的变化，恍然大悟地指着廖莹莹的肚子说："你这是……"

廖莹莹笑嘻嘻地站起来，对柳怀远说："你这眼力可真不咋地呀。"

舌战

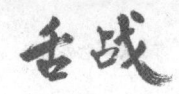

"恭喜啊，这下你们家何律师该高兴了。"

"可不是，现在我算明白了，什么事业啊，工作啊，对于女人来说，都是过眼云烟。家庭和孩子才是最重要的。自从我怀孕，我家老何每天的应酬都少了，每次产检都亲自陪着，还买了好多书，提前开始学习如何育儿。说实在的，我其实没指望他能够帮我，但是现在这个状态，真的很好。如果一个孩子能够让我们夫妻感情更好，生活更有意思，那么何乐而不为呢？人生就是一场体验，干吗不给自己更丰富的体验呢？"

廖莹莹像个哲学家似的，滔滔不绝，她的圆脸因为怀孕而更加圆了一些，本来就不太苗条的身材也因为怀孕而彻底变成上下一样粗。可是，她整个人却由内而外地散发出来令人愉快的幸福感，这让她太过普通的模样增添了些许魅力，柳怀远不禁被她母性的力量所吸引，有点出神。

"你也赶紧抓紧吧，老大不小了，别耽误了下一代。"廖莹莹说完豪爽地大笑起来。

送走了廖莹莹，柳怀远发现自己有点心不在焉。廖莹莹的话一直回响在他的耳边，他想到黎曼华不止一次和自己说过，渴望有一个和睦的家，而他的回应却总是回避躲闪，也许是他的态度导致了黎曼华的变化？想到这些，柳怀远眼前泛现出刚认识黎曼华时那张纯净的无忧无虑的脸，以及他们几天前在家中的那一次争吵。

柳怀远拨通了黎曼华的电话，约她晚上一起吃饭。黎曼华在电话中半天不语。柳怀远有点奇怪："曼华，你在听吗？"

"我在听。"电话中黎曼华的声音竟有些哽咽。

"你怎么了？"

"我，没事，我只是有些意外，这是你第一次吵架后主动给我打电话。"

"是吗？"柳怀远愣了一下，心里突然涌出一丝愧疚。

"那就晚上见，我挂了。"

匆匆挂了电话，黎曼华的眼泪夺眶而出，她也恨自己没出息，只是一

第八章　意外出局

个简单的电话，甚至没有一句道歉的话，就能让她无条件地原谅了柳怀远对她所有的冷漠。她想起张爱玲的一句话："遇见你我变得很低很低，一直低到尘埃里。但心里是喜欢的，从尘埃里开出花来。"此刻，她觉得她就是那个在尘埃里开出花的女人。

其实黎曼华自那次吵架之后一直没有主动向柳怀远示好，一是因为有些生气，还有一个原因是她在老家的父亲遇到了麻烦事。

黎曼华母亲在她十几岁时就去世了，几年前父亲再婚后，黎曼华就很少回老家看他了。一是工作比较忙，另外她也不愿意见到别的女人取代母亲的位置。前段时间父亲打来电话说继母腿摔伤了，手术后落下后遗症，行动很不方便，老两口在家没人照顾。

黎曼华给父亲寄去了五千元钱让他请个保姆。今后显然继母没法继续照顾父亲了，看来以后得长期请保姆照顾两个人。一想到自己要花钱去照顾一个与自己无关的女人，黎曼华就觉得不舒服。

思前想后，她想出了一个一劳永逸的解决办法：让父亲和那个女人离婚，把房子卖了住养老院，剩下的钱还可以存银行吃利息。她之所以这么想还有一个担心，父亲身体越来越差，她担心父亲一旦先走了，房子岂不是一大半都要归那个女人了。

她把所有的利害翻来覆去地跟父亲说了许多次，老人虽然不愿意，但又担心惹恼了女儿，自己也许真会无人送终，也就勉强答应了。

可前两天帮她找律师的同学打来电话，说是继母死活不同意离婚，说来说去都是一句话：我和老黎感情不错，干吗离婚？

今天接到柳怀远的电话，黎曼华想正好晚上吃饭时可以跟他商量商量。

3

黎曼华精心打扮一番准时赴约。几天没见到柳怀远，她没想到坐在

舌战

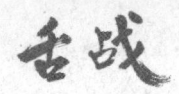

他对面自己竟然还有些心慌。柳怀远今天也是格外体贴，让她多少有些不适应。

吃完饭，黎曼华小心翼翼地向柳怀远提到自己父亲要离婚的事情，她故意隐瞒了继母摔伤需要人照顾的情节，只说是父亲和继母感情不好，得不到关照，想离婚。

"看来再婚的夫妻的确是问题多啊。"柳怀远感慨地说。

"可现在我继母说什么也不肯离婚，怎么办呢？"

看着黎曼华求助的眼神，柳怀远的心情有点复杂。他不喜欢插手别人婚姻家庭方面的事情，但事关黎曼华的父亲，他又不能不管。斟酌良久，柳怀远说："如果没有特别恶劣的情况，而且有一方坚决不同意离婚，那么第一次离婚诉讼肯定要被法院驳回的。"

"现在看来，我继母肯定不会同意协议离婚的。如果离婚诉讼第一次不成功，那么就还要等半年，再提起。真是麻烦。"黎曼华说话的时候，神色有点萎靡，她做事一向是雷厉风行的，从来没想到离婚要拖这么长时间。

"是的。"柳怀远回答，"但是，我觉得如果你父亲和继母没有什么大矛盾，为什么一定要离婚呢？两个老人在一起，彼此照应，也是个伴，有什么不好吗？"

"我继母现在身体不好了，她不仅照顾不了我爸，而且还需要我爸照顾。两个人的退休金连请保姆都不够，还做伴呢？还不够每天吵架呢。"黎曼华选择性地向柳怀远披露了一些情况。

"唉，这倒确实是个问题。不过，是否解决了资金问题，就能不离婚呢？他们两个之间到底是感情问题，还是金钱问题？"柳怀远的思考更进了一步，让黎曼华有点后悔跟他谈这个话题了。

"你觉得感情好的夫妻，能够为一点钱就大吵大闹吗？"黎曼华轻描淡写地说。

"这倒是。不过，你爸这么大年纪了，你又不在身边，如果钱可以缓解

210

第八章 意外出局

他们的关系,你倒是应该劝和不劝离啊。"柳怀远仍然是以往那种息事宁人的态度。

"继母从来没管过我,我也没义务照顾她啊。"黎曼华苦笑着说。

"离婚的主意不会是你出的吧?"柳怀远突然觉察到了什么。

"我只想帮助我爸解决问题。"黎曼华不置可否。

"你觉得你爸的问题通过离婚就能解决?"

"不然我还能做什么?总不能辞职回家去照顾他吧。"黎曼华有些伤感地说,"到现在我自己还不是一个人打拼,想安定都安定不下来。"

柳怀远看着黎曼华低头不再说话,当然知道她要表达的意思,只是他现在还承诺不了她想要的,只能怜惜地伸出手抚摸了一下她的头。

黎曼华不是怨天尤人的人,几天后,她就跟公司请了假,回老家把父亲接到北京,安顿在姑妈家。既然继母说和父亲的感情好,不愿意离婚,那么现在两个人分居了,还有什么证据能够支持继母的说法呢?不管柳怀远怎么说,不管父亲的真实想法是什么,她黎曼华想做的事情,谁也拦不住。

4

柳怀远自从上次喝醉酒生病以后,经常会感觉很疲惫,有时在办公室看着电脑就突然睡着了,他和廖莹莹聊起来这事儿,廖莹莹坚持让他去医院做个检查。"钱什么时候都能挣,身体要是垮了,你就连花钱都没机会了。"柳怀远觉得廖莹莹难得说一句这么有哲理的话。

柳怀远接下来的十几天都没有来单位上班,这让苏佳慧和杨智觉得很奇怪,每次打电话询问,他都说在外面谈业务。

"估计是华涛的事对他打击不小,也好,让他冷静几天吧。"周一吃午饭时廖莹莹对耿朝晖说。

舌战

柳怀远再次出现在律师事务所时，整个人清瘦了不少。廖莹莹有些吃惊地问："我上次让你去医院检查你去了没有啊？我有个朋友在医院，要不你去找他查一下吧，怎么突然就瘦了。"

"嗨，你说完第二天我去查了，什么毛病都没有。这几天在谈一个大活儿，也没好好吃饭，累的，过一阵就好了。"柳怀远笑呵呵地回答。

华涛的事逐渐风平浪静了，柳怀远也恢复了正常的作息。

星期一一早，方灵的一个电话打破了这种表面的平静。

"怀远，你今天晚上能抽出一点时间吗？我想和你聊聊。"方灵的声音听上去非常阴郁，直觉告诉柳怀远肯定有什么不寻常的事情发生了。

傍晚，柳怀远走进那家约好的咖啡厅，看到方灵缩在角落的一张小圆桌旁，无精打采地望着手里的咖啡杯。

"不好意思，我来晚了。"柳怀远落座之后低声说。

"你能来，我已经很安慰了。"方灵一双大眼睛布满血丝，头发随意地搭在肩头，整个人显得苍老了许多。

"你还好吧？"柳怀远关切地问。

"我也不知道自己好不好，每天就是混日子。"方灵有点玩世不恭地笑着，转动着手里的咖啡杯，"我找你来，不是为了说工作上的事情。"她抬起一双朦胧的泪眼，出神地看着柳怀远。

"出什么事了？"柳怀远忍不住直截了当地问。

"我怀孕了。"方灵的话让柳怀远吓了一跳。

"那不是好事吗？"柳怀远试探地说。

"孩子不是老李的。"方灵目不转睛地盯着柳怀远。

柳怀远脑袋嗡的一声，一时不知该说些什么。

"你不想知道孩子是谁的吗？"

"方灵，是不是那天，我……"柳怀远有些语无伦次地说。

"又不是你的，你紧张什么呀？"方灵苦笑着把眼睛从柳怀远的脸上

第八章　意外出局

挪开。

"那，这孩子……"

"是高建国的。"方灵淡然地说。

"你，怎么会？"

"我怎么不会？"方灵挑衅地注视着柳怀远说，"你了解多少？你知道我需要什么？"

"为什么？"柳怀远和方灵对视着问。

"吓着你了？"看着柳怀远一脸的惊愕，方灵笑了。

"因为他知道我需要什么？因为他知道我能给他他想要的。所以，他最终赢了。"

"这就是通达收购渤海的原因？"柳怀远脸上的愤怒显而易见。

方灵不置可否地笑着，一行泪顺着她的脸颊滑了下来。

"我这辈子是没有儿孙命，总是在不该怀孕的时候怀孕。"

柳怀远心里一阵刺痛。

"你相信报应吗？当初，我妈因为我意外怀孕，让你身败名裂。现在又意外怀孕，只是这回身败名裂的该轮到我了。"方灵用手抵着额头苦笑着。

"你打算生下这个孩子？"柳怀远觉得自己已经不认识眼前的方灵了。

"嗯。"方灵语气坚定。

"你疯了吗？这种事你不说谁能知道？"柳怀远压低了声音急切地说。

"我当初打掉了我们的孩子，我后悔了十年，你知道吗？"方灵用手抹去脸上的泪说。

"这是我做母亲的最后一次机会了，我想按自己的想法活一次。"说这些话的时候，方灵眼睛里面闪着兴奋的光。

"这会毁了你，比十年前彻底得多。"柳怀远觉得他必须把她拉回现实。

"我决定了，这个孩子我一定要生下来。"方灵脸上的表情异常坚定，柳怀远知道他劝不了她。

舌战

"这件事你没跟高建国商量？"

"这事和他没关系，孩子的事我不会告诉他。"方灵意味深长地看着柳怀远，眼里射出炽烈的光，让柳怀远不敢直视。

"方灵，这孩子真是高建国的吗？"

"怎么？不是他的还能是你的？"方灵迎着柳怀远的目光，大胆而炽烈，"如果是你的，该有多好。"

柳怀远懊悔自己今天不该赴约，他真想站起身离开，让方灵自己在这里发疯。但是，看着她这样无助，他又不忍心独自走开。他一言不发地坐在那里，等着方灵自己平静下来。

几分钟后，方灵恢复了理智。

"抱歉，我失态了。我现在心里好受多了。"她整理一下头发，用纸巾擦干净眼泪。

"把想说的话都说出来了，痛快！你放心，我会好好生活，当一个好妈妈。"

柳怀远静静地看着方灵，没再劝她，他相信方灵经历了这十几年的磨砺，可以能够面对眼前的巨变。

"我尊重你的决定，如果你今后需要我帮什么忙，尽管说。"

"谢谢你，怀远，我就知道你会帮我的。"方灵一下抓住柳怀远放在桌上的手，紧紧地握着，"你放心，为了这个孩子，我什么都不怕。"

舌战

第九章／重拾初心

第九章 重拾初心

第一节 锦旗背后

柳怀远一走进事务所就感到和平日不同的气氛，几乎每个人喜气洋洋的，连打扫卫生的阿姨都显得很精神。苏佳慧难得一见的看到柳怀远就兴高采烈地跑过来，满脸笑容地汇报着喜讯，"柳律师，今天中午耿律师请客，全所会餐。"

听到这个消息，柳怀远有些诧异，问："会餐？为什么？"

"今天有人给杨智送锦旗了。"苏佳慧边说，边跟着柳怀远走进他的办公室。

"哦？"这个消息确实让柳怀远有些意外。

"今天早上，杨智那个法律援助案子的老太太来咱们事务所了，给杨智送了一面大锦旗。"苏佳慧一边为柳怀远沏茶，一边继续说着。

中午时分，事务所的同事们在楼下的川菜馆聚餐。耿律师坐在主桌上，杨智和柳怀远被邀请坐在他的两边。

"来，大家先敬杨律师一杯吧。"耿律师举起酒杯一饮而尽。之后他拍拍杨智的肩膀说："杨律师，您先把这件事的情况跟大家说说吧。"

杨智看到耿律师和柳怀远都望着自己，觉得实在推托不过去，只好沉吟了一下，慢慢地说："这个案子其实不复杂，只是老百姓不懂法律，又无人帮助，才导致事情越弄越麻烦。"

耿律师示意大家安静下来，于是杨智把他帮张秀英打官司的事简单介绍了一下。

初次见到张秀英时，杨智还是个刚刚获得律师执业资格一年多的小律

舌战

师。那天，他在律师协会的法律援助中心值班，张阿姨来咨询，老人已经快七十岁了，原来住在农村，后来招工到城里，结婚后户口迁出了。家里房子拆迁，张阿姨的弟弟拿走了全部拆迁补偿款，甚至都没跟她提过一句。张阿姨说家里宅基地上新建和翻建的房子，她都出钱出力了。因为那时，她父母年纪大，弟弟又年轻，没有力量建房。张阿姨老伴去世多年，儿子此前出了车祸，现在要靠药物维持生命。她说"我就是想拿到我该得的那一部分"。

接下来，杨智被指定为张阿姨的法律援助律师，帮助她向法院提起诉讼，争取自己应得的拆迁补偿款。可是，临到紧要关头，张阿姨却退缩了，她不愿意和自己的弟弟对簿公堂。

"我当时就跟张阿姨说，您放心，拆迁补偿款我一定帮您争取，不管用多长时间，我都会帮助您，免费的。"杨智自己也没想到，为了当初的一句承诺，他和张秀英一起艰难地走过了两年多的时间。

"一审胜诉，对方上诉了，前几天二审刚开完庭，现在正在等判决呢。"杨智说完，大家都鼓起了掌，倒让杨智有些不好意思了。

"送锦旗的那个阿姨说了，她不是因为案子胜诉了，才送锦旗的。不管结果如何，她都感谢杨律师的帮助。"前台小马像个新闻发言人。

"现在社会上对律师的评价不高，总是觉得我们唯利是图，只为富人代言。但是，律师的整体还是好的，我们应该做社会的良心，像杨律师这样，利用自己的专业知识，为弱势群体争取合法权益的行为，值得大家学习。来，咱们再敬杨律师一杯。"耿律师举起酒杯激动地说。

被耿律师这么一表扬，杨智更加不好意思了，黑灿灿的脸泛起红晕，他站起身来端着酒杯说："耿律师过奖了。我只是做了我应该做的。我在这个过程中也是收获很多的。"杨智一口气说完，也把酒喝光，然后一屁股坐下来。他真心希望张秀英的权利能够得到保护。

第二节　父亲的希望

　　有关杨智的话题在事务所慢慢平静下来，而柳怀远的心中却久久不能平静。他打开抽屉，取出一个透明文件袋，里面装的是十几年前，他准备离家来北京发展的时候，父亲送给他的一件礼物：父亲当年考取北京大学法律系的《录取通知书》。这是一张已经泛黄的普通纸张，上面用楷体字简单地书写着一句话："欢迎柳君智同学成为我校法律系一九六二级学生。"柳怀远用右手摩挲着这张纸，眼前仿佛又出现了父亲那不苟言笑的脸，耳边又响起了父亲那带着山东德州口音的普通话："小远，爸爸我没有赶上好时代，没有实现自己的法律梦想。你现在要好好努力，多为社会做有益的事情，不辜负这个时代。"

　　柳怀远从小就听爸爸讲他自己的故事：成长在山东德州的柳君智出身于一个普通人家，父亲是做小生意的，虽然读书不多，但是却通情达理，疼爱儿女。柳君智聪明好学，颇得父亲的喜爱。经过寒窗苦读，他终于在1962年秋天，以优异的成绩考取了著名的北京大学法律系。从事法律工作，匡扶社会正义，是柳君智自幼的理想。离开家乡去北京上学的时候，父母和兄弟姐妹一起送他到火车站，他们骄傲和殷切的目光让柳君智深感肩负的家庭和社会责任的重大，立志要努力学习，回报家庭，服务社会。

　　可是，谁也没想到，柳君智还没有毕业，国内的情势就发生了天翻地覆的变化。法律系被取缔，他和同学们面临着重新分配专业的命运。也许是山东人个性耿直的缘故，柳君智毅然退学，返回家乡，当了一名普通的中学老师。在三十多年的执教生涯中，柳君智一直用他自己的方式在他的

舌战

学生中普及法律的思想，让公平、正义和正直善良扎根在年少学子的心中。柳怀远从小就在父亲的熏陶下成长，也在父亲的班里做过学生。差不多每天的语文课上，父亲都会利用十分钟左右的时间，给学生们讲一个有关法律理念或者法律先贤的故事。那些关于公平、正义和正直的思想在柳怀远幼小的心灵中深深地扎下了根。

那一年，他因为方灵的事情而躲避回家，不敢出门，甚至曾经想放弃法律专业，也在家乡找个老师的工作。父亲没有责怪他，在一个月朗风清的晚上，摆上白酒和家乡小菜，和他聊天。就是在那个晚上，父亲拿出这张《录取通知书》，对他说："人生当中遇到大起大落，也是难免。但是，作为一个理性的人，你一定要知道，哪些起落是你个人无法掌控的，你只能逆来顺受。哪些是你可以改变的，你必须坚强起来去抗争的。我们那一代人，碰到的遗憾和不幸，和国家遭遇的浩劫相比，是微不足道的。我当时只想学习法律，不想干别的，我觉得我当时的选择是对的，从来没有后悔过。我在学校里面，偷偷地给孩子们讲一些最基本的法律理念，看到他们幼小的心灵中生发出追求公平正义的萌芽，我很欣慰。而你和我不一样，你现在碰到的问题可以通过自己的努力来改变。"

父亲那苍白清癯的脸在皎洁的月光下显得格外严肃，他抿了一小口白酒，徐徐地说："大丈夫立于天地之间，应知自己的天命和职责，为了一个女人而放弃自己，乃大错。在方灵这件事上，你虽有错，但已经付出代价，即便是在我们那个时代，也不过如此吧。没必要搭上自己的一辈子。"

柳怀远瞪大了眼睛看着父亲，他没想到一直以来都平和待人、严于律己的父亲，竟然说出这样的话来，这让柳怀远感到父亲身体里隐藏着的不为人知的一股豪气。

柳怀远终于鼓足勇气，决定回到北京，发展自己的律师事业的时候，父亲把这张泛黄的《录取通知书》送给他，作为礼物。柳君智说："小远，爸爸我没有拿到法律系的毕业证书，这是我一生的遗憾。但是，你已经从法律系毕业，还要到北京去做律师，我很欣慰。这个礼物就代替我到北京去陪伴你，希望你能利用法律知识来帮助国家和社会实现公平正义，也希望你不要忘了家乡，有朝一日，你的能力强大了，能够回来帮老家的人们做点事情。"

父亲青筋暴露的双手抓着柳怀远的手，温暖而有力。柳怀远此时从父亲的身上感到法律不是一项职业，而是一个事业，虽然父亲从来没有专门从事过和法律沾边的工作，但是他的一生都在法律事业中。

柳怀远看着眼前的这张《录取通知书》心中五味杂陈，到北京发展已经十多个年头了，他却觉得自己离父亲的要求越来越远。每天纠缠着他的业务，就像迷雾一样遮蔽着他的头脑和心智，他有时候甚至不知道自己在干什么，究竟是为了什么。

杨智的事让他又想起了父亲的叮嘱，他在每天的繁忙中，开始找寻久违的初心，那份将法律视为事业的坚持。

舌战

第十章／两败俱伤

第十章 两败俱伤

第一节 僵持冷战

1

李嘉的房子又出问题了,当初和开发商签署过一份《车位协议》,约定入住后能够优先选车位,可是,现在开发商说车位数量不足,想要车位,必须通过竞拍,结果竞拍价格要每个月六百多元,远远超过周边小区的价格。

李嘉让苏佳慧帮着拿主意。考虑到录音证据里面牵扯到黎曼华,考虑再三苏佳慧决定和柳怀远商量一下。

听了苏佳慧介绍的情况,柳怀远皱着眉头思考了片刻问:"我不知道我下面这个要求是不是合理,但我希望你考虑一下。"柳怀远停顿了一下继续说,"你们打这个维权官司我不反对,但是关于黎曼华的那个录音能不能考虑不要提供呢?毕竟她只是个销售,开发商会违约,她事先并不知情,让她背锅有点不公平。"

"可是那个证据对于我们很重要。"苏佳慧有点为难地说。

"你觉得凭那个录音就稳操胜券吗?"柳怀远摇摇头笑着说:"这种未经对方同意的单方面录音是不能作为独立的证据的,而且一旦对方申请电子录音技术鉴定,耗时耗资不说,最终,如果没有其他证据支持,对案件也起不到关键作用。"

柳怀远说完,没等苏佳慧回答,起身打开文件柜,从里面拿出两个厚厚的卷宗,递给苏佳慧。"这是我原来处理过的类似纠纷的资料,你先看看,

舌战

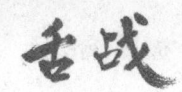

应该会有帮助。这个事我出面不太方便，让杨智带着你一起做吧。你现在是实习律师，正好可以借着这个机会锻炼一下。"

"谢谢柳律师。"苏佳慧接过柳怀远递过来的卷宗由衷地感谢。

这两天，苏佳慧认真地研究了柳怀远给她的资料，对于她现在要处理的小区停车位纠纷很有参考价值。

柳怀远回到办公室已经快晚上八点了，看见苏佳慧仍在办公桌前忙着。

"还没走啊？"柳怀远冲她点点头问。

"嗯，柳律师，我晚上跟一个业主代表约好了去取资料，马上得走了。"

"什么业主代表？"柳怀远好奇地问，"怎么约你这么晚取资料？"柳怀远的职业敏感让他考虑问题总是复杂些。

"我也不认识这个人，是李嘉和其他几个业主在网上找到的。"苏佳慧一边收拾文件，一边回答，"他们说这个人是著名的业主维权人士，曾经帮助很多小区的业主维权。"

"这么晚了你一个人去？"

"啊，杨智有个同学聚会，他说一会儿去那接我。"苏佳慧有点不好意思地说。

柳怀远看了看手表，已经快九点了。"我送你过去吧。"

"不用了，柳律师，我一个人没问题。"

"走吧，我现在也没什么事。"

按照手机导航的引领，他们顺利找到约定见面的地方，是一栋商住混用的大厦。柳怀远把车子停在路边，要陪着苏佳慧一起上去。可是，却被苏佳慧拦住了："柳律师，您不用陪我上去，就是取个文件。这边也不好停车，您回去吧，一会儿杨智就来接我。"苏佳慧说完打开车门下了车。

"你以前见过这个人吗？"柳怀远摇下车窗问。

"没有，就通过几次电话。"

"等下，告诉我那个人的房间号，如果你十五分钟还不下楼，我就上去找你。"柳怀远的职业敏感让苏佳慧觉得有点多余,但她还是告诉了柳怀远房间号码。"2号楼1501房间。"

柳怀远解开安全带探身将一支录音笔从车窗递给苏佳慧说:"打开,放书包里。"

"您放心吧,我一会儿就下来。"苏佳慧接过录音笔,随手放进书包,迈着轻快的脚步走进大楼。

2

柳怀远找地方停好车,等了几分钟,总觉得有点不对劲儿,于是他走进大厦,乘电梯跟到了十五层。这层楼墙上挂着的公司名牌,唯独没有1501号。柳怀远不安地加快了脚步,找到1501房间门口,听了听并没有什么动静。

"也许是我多虑了。"柳怀远放心地往回走,就在这时,他听到小苏的喊声:"你别过来啊!"

柳怀远立即转身跑回1501,边用力拍打房门,边大声喊:"小苏,开门,快开门!"

"柳律师!"小苏的声音变成了尖叫。

房门打开了,苏佳慧一头冲了出来,撞进了柳怀远的怀里。后面一个中年男子一脸横肉,恶狠狠地盯着柳怀远。

"你私闯民宅,小心我叫警察。"

"好啊,你现在就打电话。"柳怀远上前一步一把薅住了中年男人的脖领子,像拎个小鸡仔似的将他拎起来。

"你敢打人?你还律师呢?知法犯法啊!"中年男人脚不着地,耍着无赖。

看着中年男人那个猥琐的样子,柳怀远恨不得一拳打过去。可是,他知道不能太冲动。

舌战

"小苏，你没事吧？"柳怀远低头问一直在他怀里啜泣的苏佳慧。他知道这件事对于一个初涉社会的女孩来说，是沉重的打击。

"我没事。"苏佳慧停止了哭泣，抹着眼泪说。

柳怀远瞪着中年男人，一字一句地说："你们的对话有录音，你自己清楚你到底做了什么。"

苏佳慧听到柳怀远这样说，抬起头看着他，她的心思很乱，从刚才的惊吓到现在的愤怒、后怕。在这样一个她从来没有经历过的场景中，她不知该如何做，脑子里面一片空白。

"你想不想报警，通过法律渠道来惩罚他？"柳怀远轻声问。

"我不想再见到他，我们走吧。"苏佳慧转过头去，背对着这个男人。

"你听着，现在你有两个选择，第一，向这个女孩道歉，然后把你在网上发布的所有维权人士的宣传介绍撤下来，以后不许再干这样的勾当。第二，我们现在马上报警，把录音交给警察。你自己选吧。"柳怀远把中年男子抵到门框上厉声说。

中年男人脸憋得通红，他身上只穿了一件短袖贴身背心和短裤，听了柳怀远的话不禁瑟瑟发抖。

"我，我不该对这个姑娘非礼，我错了，我道歉。"中年男人战战兢兢地说。

"还有呢！"

"我，我保证以后再也不做这样的事情了。"

"小苏，可以吗？"柳怀远低头问苏佳慧。

"嗯，"苏佳慧点点头，"咱们赶紧走吧，我不想待在这里了。"

柳怀远狠狠地将中年男人怼到墙上，揽着苏佳智的肩膀朝电梯走去。身后的中年男人得救了似的赶紧关上了房门。

等电梯的时候，受到惊吓的苏佳慧浑身还在不停地抖着，柳怀远用力揽紧了她。

第十章 两败俱伤

电梯门打开，杨智站在里面正准备往外走，看到柳怀远和苏佳慧一愣。随后目光落在苏佳慧的肩上。

柳怀远赶紧松开了揽着苏佳慧的手，舒了一口气说："没事了，走吧。"

三个人坐电梯下来，谁都没话。苏佳慧低着头，柳怀远有些尴尬地双手不知放哪好，杨智很想知道发生了什么事，但看两个人谁都不说话，也不便多问。

"我先去取车，送你们回家。"走出大厦，柳怀远径直走向停车场。杨智看着小苏低声问："你怎么了。"

"没事。"苏佳慧显然还没从刚才的惊恐中缓过来，她也不知道该如何跟杨智说明刚才的情况。于是，两个人都不再说话。

柳怀远把车开过来示意两人上车，杨智扶着苏佳慧上车，摆摆手说："我离这不远，您送小苏就行了，我骑单车就行了。"

看着柳怀远的车消失在夜色中，杨智脑子里挥之不去都是刚才电梯外两个人在一起的情景，他知道自己不应该怀疑柳怀远和苏佳慧，但他又想不明白两个人为什么都不告诉他到底发生了什么，一股莫名的恼怒让他平静不下来。

第二天上班，杨智在办公室见到苏佳慧故意没和她打招呼，他不知道自己是不是在吃醋。苏佳慧本来打算今天把昨天发生的事都和杨智讲的，但一看到他的脸色，心里忍不住堵起气来。"要不是你非得和同学聚会，昨天也不会发生那样的事，现在你还给我甩脸色？"这样想着，苏佳慧索性对杨智视而不见。一整天，两个人竟然谁也没理谁。

这样的状况僵持了三天，两个人都有些后悔，但谁都不肯先服软，慢慢地，在一个平台上有说有笑的两个人，变得见面彼此视对方为空气了。

柳怀远也发现了两个人不太对劲，私下问苏佳慧："杨智会不会有什么误会？"他有些后悔，当时由于担心杨智莽撞行事把事情搞砸，而没有跟他当面把情况解释清楚。

舌战

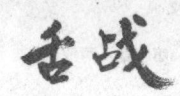

"这事您别管了,随他去吧。"苏佳慧有些伤感地回答。

随着冷战时间的延长,苏佳慧对杨智已经由最初"有本事就别理我,看谁得坚持住"的赌气变成了伤心和失望。她甚至在想:"一个可以这么狠心让两个人承受煎熬的男人,值不值得去托付呢?"

第二节 分道扬镳

1

和杨智的冷战还在持续中,苏佳慧接到父亲的电话,家里有几个滨州水产养殖公司的亲友,最近收到美国针对中国的对虾提起的反倾销调查,如果应诉不利,将会被征收超过 100% 的关税,应诉的最后期限马上就要到了,他们想请苏佳慧帮助找北京的律师帮助应诉。

苏佳慧将这件事告诉了柳怀远,问他怎么办。柳怀远听了以后,想了想,他知道这件事的严重性。如果中国的养殖公司不应诉的话,等于丧失了为自己申辩的机会,到时候,人家想怎么整治你,就怎么整治你,中国公司连还手的能力都没有。

"做反倾销的案子是需要专业律师的,还需要在商务部有资格认证。咱们所没有这个资质,做不了。我可以问问廖律师的老公何律师,他们所有这个资质,而且何律师也做过反倾销的案子,他应该有这方面经验。"

"那太好了。"苏佳慧高兴地看着柳怀远。

柳怀远很快联系到何朗天。而他此刻正好在美国度假。"我马上回北京,然后直接去滨州水产公司。你帮我联系一下。"何朗天拿出专业的大律师的派头,开始安排工作了,这让柳怀远和苏佳慧非常激动。

事不宜迟,柳怀远和苏佳慧当天就开车去了滨州。

在滨州市水产养殖企业协会会议室,除了苏佳慧的父亲苏志强外,都是这次接到反倾销调查诉请的企业,他们的对虾主要出口欧美地区,是他们主要的收入来源。如果这次败诉，那么他们将面临破产，不仅资金投入损失惨重，而且还有上千名工人要失去工作，将会对当地引发严重影响。

　　大概了解了相关情况之后，柳怀远和苏佳慧便开始了前期工作，由于涉及的企业很多，有些没有严格的财务制度，无法拿出令人信服的、规范的财务数据，这增加了他们两人的工作量。为了赶时间，柳怀远晚上就倒在办公室的沙发上眯一觉，第二天继续工作，因为时间太宝贵了，早一天厘清成本费用，就会让何朗天他们早一天提交应诉文件，不至于太仓促。

　　第三天中午，何朗天出现了。"何律师，你终于来了。"柳怀远握住何朗天的手说，"你来了，我就可以休息了。你检验一下我的工作成果是否合格。"他指着桌子上堆积如山的文件资料说。

　　"呵呵，你办事，我还不放心呀？"何朗天一边脱掉大衣，一边坐下来，"你和我最早认识不就是当初欧盟的实木地板反倾销案吗？只不过后来你转了专业领域，我还在这一亩三分地里坚守。"

　　"何律师，我们这次的成败就看您的了。"苏志强和几个企业领导争着跟何朗天握手，他们的眼睛里面充满了希望。

　　"你们放心，这个反倾销案我一直在关注，只是没想到我自己会亲自来做。"何朗天和大家一一握手，声音洪亮地说："美国的农产品也有补贴，所以他们就认为我们也有，认为我们是倾销。那是他们不了解我们的国情。以前我们不应诉，任由他们参照印度啊、韩国啊、甚至新加坡等替代国的标准来测算，导致我们被征收高额关税。现在，我们积极应对，提供充足的证据，让他们无法采用第三国标准，这对我们就有利了，最起码是在一个公正客观的基础上来判断是否倾销了。"

　　"柳律师，何律师，"苏志强表情严肃地说，"我代表所有企业感谢你们的拔刀相助。按理说，你们这么大牌的律师，帮我们打这种国际的官司，收多少钱都不为过。可是，你们知道，我们乡镇企业，民营企业，手头真是没什么钱。今天就觍着我这个老脸，跟你们两位律师还还价，看你们能

第十章 两败俱伤

不能给我们一个友情价，等我们官司赢了，手头宽裕了，再给你们补上。"

柳怀远和何朗天相互对视了一下，何朗天说："您真是见外了。当时怀远给我打电话，我连想都没想就答应了，为什么？因为这个案子，涉及国家利益，百姓利益。如果我只想那律师费，我可以不接。律师费你们看着给，量力而行。"何朗天的气魄不输山东人的豪爽。

"那这样，律师费我们几家企业每家掏一万元，协会里面的企业有一家算一家，每家一万元。然后，我们跟市里去申请，看看政府那边能支援多少。"苏志强说。

"可是，这些费用也就只够付给美国律师的。"苏佳慧忍不住插嘴说道。

"啥？还要付美国律师钱？"苏志强诧异地问。

"是这样的，"何朗天冲苏佳慧微微笑了一下，接过话头说，"我们中国律师只能做中国境内的调查取证工作，这些证据材料必须通过美国律师提交到美国政府。我们在美国华盛顿有多年合作的律师，协助我们提交资料，并且负责和美国政府或者法院进行沟通。他们的费用我们是必须要支付的。"

见大家面面相觑都不说话了，柳怀远开口说："大家不用担心，现在大家集资支付的费用，应该已经够支付美国律师的费用了。至于我们的费用，不是问题，大家先把案子应诉了再说。"

何朗天只用了一天的时间就将柳怀远他们收集的资料进行了初步整理和分析，之后和柳怀远、苏佳慧一起带着资料返回北京。到北京，何朗天向柳怀远提出了一个请求："怀远，能否让小苏到我这帮忙，她是学英语的，正好这个案子可以用上。"

柳怀远扭头看了看苏佳慧，笑着说："小苏，机会难得，你赶紧抓紧时间跟何律师学几招啊。"

回到北京后，苏佳慧就被借调到金康律师事务所，加入了反倾销小组的工作。

舌战

　　杨智是从柳怀远那里知道的这件事，他有些后悔和苏佳慧的冷战，但他自己也说不清，是什么原因让他不肯主动打破僵局，他只能等着苏佳慧告诉他，到底发生了什么，他隐约感觉到，也许这次，苏佳慧会从他的世界中消失。

2

　　这天，孟经理打电话告诉柳怀远，他马上要从华涛退休了，约柳怀远一起吃个饭。

　　两人在一家京味餐厅见了面，柳怀远发现几个月不见，孟经理明显老了许多。

　　"怀远，别来无恙啊。"孟经理斟上酒微笑着问。

　　"我还是老样子，您还好吧？"

　　"我呀，马上就要退休了，乐得落个清闲。"孟经理拿起酒杯喝了一口看着柳怀远说："我今天约你，一是为了叙叙旧，二来呢，还是有事相求。"

　　"哦？咱们共事这么多年，还说什么求不求的，您这不是见外了吗？"柳怀远早就猜出老孟这次约他绝不是叙叙旧那么简单。

　　"怀远啊，华涛和通达合作之后，磨合得很不好。通达的真正目的不是依仗华涛的技术，而是想吞并华涛，现在种种迹象表明，你原来的担心是对的。"孟经理声音显得有些疲惫。

　　"老孟，我和华涛的合同已经到期了，现在已经和公司没有关系了。"柳怀远实在不想再谈华涛的事。

　　"好歹也合作那么多年了，华涛现在怎么样你就一点也不关心？"老孟举起酒杯和柳怀远碰杯后一饮而尽。

　　"有什么话您就直说吧。"柳怀远放下酒杯说。

　　"那我就不和你兜圈子了，华涛现在危机四伏，自己的品牌被通达削弱

第十章 两败俱伤

不说,金俐的那个融资方案又让华涛资金链出现了问题,戴骏一怒之下已经和蒋彦终止了法律顾问协议。老戴总还是信任你,让我问问你,能不能继续担任法律顾问。"

尽管已经预料到了华涛的形势,但孟经理的话还是让柳怀远有些吃惊。他没想到,他提出的融资风险这么快就显现了,沉思良久,柳怀远开口说:"孟经理,我的性格您了解,这要是换以前,我肯定不可能回绝戴总,也会很高兴能再次拿到这个大单。说不定还会借机再加个价呢。"

柳怀远笑了笑继续说:"但是现在我不能答应您,一来是现在公司是戴骏做主,而这次华涛收购的事让我对他很有看法,大家不能以诚相待,这工作注定不会愉快;二来呢,我现在手上有一个很急的案子,确实没有更多精力接手华涛的事务,也很难扭转华涛现在的困局。所以,还请您代我向老戴总道个歉,也谢谢他对我的信任,至于以后有没有机会再合作,随缘吧。"

听完柳怀远的话,孟经理知道柳怀远决心已定,他再多说也是无用。

自从参与了这起反倾销的应诉案,柳怀远好像又有了刚刚入行时的使命感,这种感觉让他产生一种冲动,就是不管代价有多大,苏志强他们是否有能力支付律师费,他都要帮他们把反倾销的案子进行到底。

因为跟美国有时差,所以苏佳慧他们的反倾销小组的工作可谓"黑白颠倒"。只要没有外出开会的安排,柳怀远都会在办公室里面停留到很晚,随时关注着案子的进展,帮着查找整理资料、不时提出自己的见解。

案子进展很顺利,很快大家就完成了美国对中国山东滨州市若干家水产养殖企业反倾销案的应诉材料的准备工作,并向商务部提交了资料。

自资料递交之后,何朗天就和美国华盛顿的合作律师事务所保持着密切联系,几乎每天都要电话或者邮件沟通。苏佳慧顺理成章地成为何朗天的助手,帮助他处理一些英文文件。虽然这些工作何朗天的秘书也可以做,

舌战

但是苏佳慧却不愿意放弃这样的机会,每天都一大早就跟何朗天联系,主动要求干活。看到苏佳慧这样的态度,柳怀远私下和何朗天约定:就让苏佳慧继续参与这个案子,让她多学习点东西。

3

中午时分,柳怀远正准备下楼吃饭,杨智走进了他的办公室。

"杨智,吃饭了吗?一起下去吧?"

"柳律师,我有些事想跟您说一下。"杨智表情很严肃。

"哦,坐下说。"柳怀远感觉杨智有点不太对劲。

杨智关上门坐在柳怀远对面,双手有些紧张夹在两腿的膝盖间。

"柳律师,我想换个所。"

"你想离开?"柳怀远有些吃惊。

"如果您这边没什么事,我想明天就跟所里说,完成交接就走。"

"去哪?"

"一个以前的同事新开了一个事务所,想让我过去一起干。"

"做合伙人?"柳怀远注视着杨智,发现他最近比以前消瘦了不少。

"嗯。"杨智不好意思地用手摸了摸头。

"应该祝贺你啊。"柳怀远笑着说。

"柳律师……孟经理前段时间找过我。"杨智有些迟疑地看着柳怀远,表情有些不自然地说:"他想让我担任华涛公司的法律顾问。"

听了杨智这话,柳怀远吃了一惊,他没想到老孟会找杨智担任法律顾问。

"这是好事啊。"柳怀远很快冷静下来。

"我已经答应了,想带着这个项目走。"杨智不敢直视柳怀远。

"华涛已经和我没关系啦,这就是你的案子,我没道理拦着。"柳怀远

第十章 两败俱伤

觉得有些讽刺的是,自己的老客户,竟然先后被自己的两个徒弟接管了。

"您会怪我抢了您的客户吗?"杨智鼓起勇气看着柳怀远问。

"老孟之前找过我,我已经回绝了,所以你这不算抢我的客户。"柳怀远意味深长地对杨智说,"华涛选你,有眼光,好好干。"

"谢谢您,柳律师,这段时间我从您身上学到了很多东西。"

"别这么说,你也帮了我很多忙。"柳怀远停顿了一下问,"小苏知道你的决定了吗?"

"哦,我还没告诉她。"杨智站起身准备告辞。

"解除误会,还是得男人主动些。"见杨智态度有些回避,柳怀远觉得自己也不便多说,起身拍拍他的肩膀把他送了出去。

4

佳慧:

原谅我的不告而别,这段时间我仔细回想了我们相处的点点滴滴,感谢你带给我那么多美好的记忆。我们可能都没想到,那么一个小误会,竟然让我们变成了陌生人。其实误会也好,赌气也罢,那都不是我们分开的原因,之所以这件事让我不能释怀,还是因为我对自己的不自信。我是从一个很穷的小山沟里走出来的,为了供我上大学,家里四处借钱,我亲眼看见了母亲弯腰拾起别人故意丢在地上的钱,那时我发誓,将来我一定不会让她再受这样的屈辱。可是我在北京工作快五年了,却依然没法改变家里的困境。那天看到你和柳律师,我突然觉得自己连吃醋的资本都没有。想了很久,没勇气把这些话当面告诉你,所以写了这封信,原谅我当了个逃兵吧。

祝你一切安好。

杨智

舌战

苏佳慧收到杨智的这封信时，他已经办好手续离开了事务所。苏佳慧把信看了好几遍，也哭了好几遍。其实这样的结果她不意外，也能接受，几个月的冷战让她冷静地思考了两个人的未来，她看不到前景。但看了杨智的信，她开始生自己的气："为什么交往了那么久，我对他的了解却这么少呢？"

她在手机上反反复复地写了好几条祝福，最后却只发出了一句简短的"祝一切安好"。

"就这么散啦？"坐在刚刚装修好的新房里，李嘉瞪着苏佳慧嚷嚷着。

"不然还能怎么样啊？"

"瞧你那怂样儿，你光哭管个屁用啊？舍不得你就找他去啊。"

"我没舍不得。"苏佳慧反驳。

"那你哭什么啊？唉，散就散吧，反正他那点钱也娶不了你。"

"我才不像你呢，就认钱。"苏佳慧瞪了李嘉一眼说。

"所以你现在还是单身狗啊，本姑娘已经成功脱单啦，哎，给你看个东西。"李嘉说着神秘兮兮地起身跑进卧室，一会儿，手里拿着一个小红本出来了。"看看。"

"呀，都登记啦。"苏佳慧接过李嘉递过来的结婚证，真心为她高兴。"什么时候办婚礼啊，我肯定是伴娘啊。"

"必须啊，我们下个月去照婚纱照，"十一"办婚礼。"两个人高兴地拥抱在了一起，苏佳慧也暂时忘记了失恋的痛苦。

"对了，车位的事怎么样啦？"苏佳慧问。

"业主一块儿找了个律师，正在处理，现在全乱停着呢，你就别瞎操心了。"

5

春寒料峭之时，何朗天告诉柳怀远，他们刚刚收到美国律师发来的邮件，说美国商务委员会认为起诉方起诉时采用的替代国选择有问题，要求对方重新提交价格成本的计算依据。而这就几乎意味着对方已经败诉了。

"祝贺你啊！"柳怀远由衷地说。

"同喜同喜啊！"何朗天接着说，"我过一阵要出差去美国，所以趁走之前，把有关情况分析准备一下，小苏我要再用几天。"

"使用费怎么算啊？"柳怀远打趣道。

"嘿，你有没有良心啊，我免费帮您培训一个做国际业务的助理，你还没感谢我呢。"何朗天的话透着律师特有的机敏。

柳怀远心满意足地笑了，他知道何朗天说的是实情，这种业务合作的最大受益者确实是自己。要知道，想训练出一个熟悉国际业务的律师或者助理不是一件容易的事情。这不仅是钱的问题，牵扯更多的是机会和时间。

在北京还处在忽冷忽热的早春，滨州反倾销案子进入了最后听证环节，何朗天独自到美国华盛顿出差，参加听证会。苏佳慧和柳怀远每天都在大家下班后，跟何朗天视频，了解听证过程，随时做好补充资料的准备。

"柳律师，我觉得我特别幸运。"有一天，当柳怀远开车送苏佳慧回家的路上，平时那个喜欢玩笑、口无遮拦的苏佳慧忽然严肃地说，"您能够给我机会让我学习国际业务，我觉得我的命真好，您放心，我绝对不会给您丢脸的。等忙完这个案子，我一定回来好好弥补这段时间的工作。还有啊，我爸爸那边已经跟当地政府和行业协会协调好了，通过资助方式解决一部分律师费，这样您跟何律师就不会白忙活了。"

"那真要感谢你父亲。"柳怀远由衷地说，"我这里无所谓，关键是何律

舌战

师那边，忙活了好几个月，时间和费用的支出都不少，应该给人家报酬。"

"您这里怎么无所谓了？难道您不想要律师费？"苏佳慧眨巴眼睛，不解地问。

"我当然想要律师费。"柳怀远意味深长地笑着说，"不过，我这边的工作主要都是你做的，所以啊，即便是不付费，也只是你白忙活了呗。"

何朗天从美国带回来的消息令人振奋：美国商务部最后裁定对方起诉滨州市水产品倾销证据不足，驳回诉请。原来的反倾销关税也已到期，不再执行，恢复最初的零关税。苏佳慧一看完何朗天的邮件，就跳起来，不假思索地冲进柳怀远的办公室，告诉他这个好消息。

"这是目前中国应诉美国反倾销案以来，取得的最好结果。以前从来没有过零关税的裁决，这次何律师算开创了历史。"柳怀远也很高兴。

"您知道吗？一看到何律师的邮件，我差点叫起来。"苏佳慧兴奋地说着，情不自禁地拍了一下柳怀远的肩膀。

柳怀远愣在那儿，有点手足无措。苏佳慧突然意识到了自己的举动，红着脸离开了办公室。

第十章 两败俱伤

第三节 没有赢家

1

因为反倾销的案子，柳怀远的心情好了起来。然而下午的一个陌生电话，又让他陷入了不安。

"您是柳怀远律师吗？我是通达集团纪委工作部，我们想向您了解一些情况。"接到电话的柳怀远有些发蒙，他隐约感觉到此事跟方灵有关。

柳怀远如约来到通达集团总部，见到了三位纪委的工作人员。一番寒暄之后，对方开门见山地说："柳律师，我们接到了举报信，反映通达集团和华涛、渤海制造公司的收购合并过程中存在一些违法违纪情况。通过我们的了解，您曾经也参与过这个项目，因此，我们想向您了解一下当时的情况。"

"我当时是作为华涛集团的法律顾问，参与华涛和渤海制造公司股权收购项目的。但是，我不知道这和通达集团有什么关系。"柳怀远还是第一次碰到纪委找他谈话的情况，有些不适应。

"事情是这样的。"一个穿着黑色西装、领导模样的中年人开口说，"通达集团最后代替华涛集团收购了渤海制造公司，这个情况您应该知道。而在这个收购过程中，有人反映说存在渤海资产评估不合法，非法转移财产，通达国有资产流失的情况。因为通达是从华涛集团那里接手过来的项目，所以，我们想从源头上了解一下情况。"

柳怀远点点头说："我很愿意配合你们了解当时的情况。但是，作为律

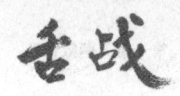

师，我不能向你们透露我客户的商业秘密，只能将过程还原一下，看能否有利于你们查清情况。"

"当然。"穿黑色西装的人不紧不慢地说。

柳怀远一五一十地向他们介绍了华涛和渤海之间的谈判过程，双方之间如何讨价还价，如何僵持和停顿，最后如何不了了之。他没有隐瞒任何事实部分，"黑西装"身边的两个年轻人将他说的内容都认真地记录下来了。

走出通达集团总部大楼，初冬的天空阴沉沉的，看到纪委的工作人员如此深入细致地调查此事，柳怀远感到了事态的严重性，不免替方灵担起心来。

2

方灵被免职、离婚，都发生在柳怀远和纪委谈话之后的一个月之内。柳怀远曾经给方灵打电话，但是，方灵的电话关机，短信也不回，柳怀远知道她在躲避所有人。

周末柳怀远意外地接到方灵的电话，她明天要去医院做羊水穿刺的检查，作为高龄孕妇，方灵必须接受这项检查，几经挣扎，她决定让柳怀远陪着自己去，因为她担心万一检查结果不好，自己没有勇气独自一个人面对，而除了柳怀远，谁也不知道这个孩子的父亲是谁，而此时的高建国，已经拿着通达集团支付的股权转让款，办理了海外移民，轻松躲开这些麻烦。

坐在医院等候的时候，柳怀远回想起华涛集团、通达集团和渤海制造公司的这次收购项目，不胜唏嘘。本来是一个好端端的项目，几方各有所长，可以取长补短，合作共赢，到头来却是一地鸡毛：方灵被免职，等待进一步处理意见；跟通达集团合作的华佳公司被弄得乌烟瘴气，业绩直线下降；戴骏为此受到华涛集团董事会的问责，被免去了执行总裁的职务；

第十章　两败俱伤

渤海制造公司的集资债务问题一直没有得到解决，工人们维权不断，通达集团作为新的大股东和当地政府不停协调，生产受到很大影响……

柳怀远脑子里面像放电影一样，细细回顾着这些事情的来龙去脉，只感觉人心难测，法律苍白。再好的愿望，再完善的条款设计，再严密的法律调查，都抵不过欲望的冲击。

检查完回来的路上，方灵像交代后事似的，跟柳怀远说："我被停职了，今后通达集团和华涛的工作接洽，我已经转交给了老孟的女儿孟如欣，如果华涛有什么需要联络的事情，可以直接找她。"

"我已经跟华涛没有关系了，不再做他们的律师。"柳怀远手握方向盘，平静地说。他没想到孟经理已经将自己的女儿安排到通达集团了，这么看，在这个收购项目中，收获最丰厚的就是老孟，他不仅凭借自己在这次收购中的特殊地位为自己的女儿找到一个稳定的、体面的工作，还让自己从华涛全身而退，果然是老谋深算啊。

"你不做华涛的律师了？"方灵也有些惊讶。

"不开心就不做了。"柳怀远突然感到前所未有的轻松，边开车边吹起了口哨。

3

何朗天和廖莹莹的女儿满月，请柳怀远到家里吃饭。他们的家位于北三环边上的一个多年前名噪京城的高档小区，如今已然是有些老旧了。

柳怀远进门之后，就交给何朗天一个大红包。"我侄女的满月酒，你们也没摆，不够意思。但是，我可不能像你们那样不懂规矩，红包一定要给。"

何朗天倒是没客气，接过红包，笑眯眯地道谢，并请柳怀远到客厅里面坐。廖莹莹怀里抱着一个粉嫩嫩的胖娃娃，慢悠悠地从卧室里面走出来，她的圆脸更圆了，已经没有了身材，但是浑身上下散发出来的那种母性让

舌战

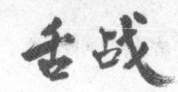

人感到很高贵。

"快让我们家胖妞妞拜见一下柳叔叔。"廖莹莹把孩子抱到柳怀远面前,热情地说。

"太可爱了。"柳怀远也很喜欢孩子,不由地连声称赞。"我看你们夫妇是有女万事足啊。一家三口的小日子过得不错。"

"可不,没看我们家老何现在天天都乐得合不拢嘴呢。"廖莹莹坐在柳怀远身边,把孩子放在自己的膝盖上笑着说:"不是我说你啊,也该早把黎曼华娶进门了啊,这么多年了,好歹也得给人家个名分啊。"

"嗯,放心,我一定努力。"柳怀远乐呵呵地回答。

"怀远,喝茶。"何朗天递给柳怀远一杯清茶,"你知道蒋彦的事情吗?"何朗天的问话,让柳怀远摸不着头脑。

"蒋彦?他怎么了?"一想到蒋彦在华涛和通达集团收购项目中的角色,柳怀远的心中就升腾出一丝不快。

"通达集团的收购项目中,存在经济问题,而蒋彦的老婆牵扯其中。蒋彦作为华涛的顾问曾经帮助出具法律意见书,并提供法律咨询意见,现在,他的老婆正在接受审查,他本人也难逃干系。律协纪律委员会已经找他谈话了,也许会对他做出惩戒。蒋彦整天魂不守舍,连单位都不去了。"

听了何朗天的话,柳怀远并没有感到特别意外,"当时,我就觉得这个项目有问题,只是没想到其中会涉及经济问题。唉,作为律师,碰到这种事情,真是够糟糕的。"

"所以啊,我们凭我们的本事吃饭,本本分分地做几个案子,就行了。千万别太贪心了。"廖莹莹一边逗弄着孩子,一边说:"老何,你看这么多年,我都没有逼过你挣什么大钱,咱们踏踏实实地做点事情,尽力而为帮助一下别人,就行了。"

"是啊,律师千万不能把法律服务当生意做,这样就太危险了。"何朗天迎合着廖莹莹的话。

第十章 两败俱伤

第四节 情难自控

1

　　苏佳慧和柳怀远为了一宗股权收购合同的纠纷案在中级人民法院和对方的律师鏖战了一下午，说得口干舌燥。好不容易等法官落锤宣布休庭，却已经到了下午四点多钟。他们两个人拎着两大袋子的案件材料走出法院大门，发现天色灰蒙蒙的，飘着雨丝。"今天我的车限行，咱们打车回去吧。"柳怀远把苏佳慧手里的文件袋都抢过来，向路边走去。可是，下午四点多钟的、落雨的三环边，出租车好像都藏起来了，站了半天都没有看到一辆空车。而雨却越下越大，他们两个都没带伞，有点吃不消了。

　　"这里离地铁站不远，要不我们坐地铁吧。"苏佳慧提议。

　　"好，要不文件都淋湿了。走，坐地铁。"柳怀远同意了她的建议，转身朝地铁站走去。

　　也许因为下雨，地铁的高峰时间提前到来了。车厢里人挨人，苏佳慧站在柳怀远的身边，前后左右都没有把手或栏杆，随着人群的拥挤，她已经完全贴到了柳怀远的怀里，她觉得自己的脸有些发热，甚至听到自己心跳加速的声音。柳怀远注意到了苏佳慧的脸红了，尽量抬头，若无其事地用手挡一下不时挤向苏佳慧的人群。

　　经过了大概四十分钟的拥挤，他们终于到达了目的地。柳怀远提着两个大文件袋和一个公文包，和苏佳慧挤出人群，来到站台上。

　　"哎呀，你们每天坐地铁上下班，真是不容易。"柳怀远望着刚刚从车

舌战

厢里面下来的苏佳慧，感慨地说。

"没关系，我都习惯了。就当锻炼身体。"苏佳慧整了整被挤得马上滑落肩头的书包，满不在乎地回答。顺着人流，他们登上扶梯，来到出站的闸口。

突然，苏佳慧向一个瘦小的年轻人伸出手去，好像要抓住他，但是没抓住，她撇下柳怀远，冲出闸口，向那个年轻人扑去。年轻人察觉了她，拔腿就跑，这时，柳怀远旁边的一个带小孩的妇女大叫："啊呀，我的钱包被偷了！抓小偷啊。"苏佳慧一边跑，一边回头冲着柳怀远和那个妇女大喊："就是那个人，在这儿等我，我去追！"

柳怀远心中一惊，一时间没反应过来。他看到那名妇女抱着孩子也向前跑去，就拎着文件袋冲出地铁站。外面的雨还在下，天更黑了，路灯亮起，进站的人群涌过来，挡住了他的视线，他不知道该往哪个方向去追。于是他只得回到地铁口等着苏佳慧回来。

苏佳慧紧跟着小偷跑出几百米，由于下着雨，路上行人并不多，两个人始终保持着十几米的距离，小偷一边跑一边回头看着苏佳慧，苏佳慧也不说话盯着小偷只管追，小偷快她也快，小偷慢下来她也慢，这样跑出几百米，小偷实在是跑不动了，喘着粗气回头喊："别追了！"苏佳慧仍然不说话，继续向小偷这边追，小偷站住，把手里的钱包朝苏佳慧扔了过来说："钱包给你，别追了。"说完继续往前跑了几步，回过头来双手扶着膝盖大口大口地喘着气，苏佳慧看了看停在前面的小偷，不过是个十七八岁的孩子，眼里充满了慌恐，她捡起地上的钱包继续向小偷跑去，小偷实在是跑不动了，站在原地带着哭腔喊："别再追我啦。"边说边从自己的兜里掏出另外一个钱包向苏佳慧扔过来哀求道："我把我的钱包也给你，你别再追我啦。"说完蹲下身去不再动了。

苏佳慧捡起第二个钱包对小偷喊道："以后再敢偷东西，就想想今天。"说完拿着钱包往回跑去。

第十章 两败俱伤

在地铁口等着的柳怀远刚刚让丢钱包的妇女报完案，就远远看到苏佳慧蹦蹦跳跳地向自己跑过来，不像是追小偷回来，倒像是刚刚踏青归来。

"小苏！"柳怀远冲上去，拦住苏佳慧。"你没事吧？"

看到柳怀远，苏佳慧高兴地笑了，手里挥舞着两个钱包，得意地说："柳律师，我不但把大姐的钱包追回来了，把小偷的钱包也追回来了。"雨水把她的头发完全打湿了，一缕一缕地贴在脸上。

"你怎么把小偷的钱包也拿回来了，这也是犯法啊。"看着面前的苏佳慧，柳怀远心里一阵感动和心疼。

"犯什么法，说不定这也是他偷的呢。"浑身湿透的苏佳慧把两个钱包都交给了丢钱包的妇女手里。看到自己的钱包，那个妇女一把抢过来，焦急地打开翻看。"谢天谢地，钱没丢，都在都在！"她声音发颤地说，然后就给苏佳慧鞠躬，她的头几乎抵到了膝盖。"谢谢，姑娘，太感谢了。这是我给孩子看病的钱，四千多块钱啊，如果丢了，我回家怎么交代啊。这是孩子的爷爷奶奶帮我们凑的钱啊。"

"一会儿警察来了，麻烦您把这个钱包交给警察吧。"柳怀远对妇女说完，拉着苏佳慧往地铁里走，一路上，苏佳慧还在不停地说："我在学校里面可是长跑冠军，那个小偷的身体太差了，跑了还没有两站地，就跑不动了。他主动把钱包扔在地上，跟我说，钱包还我，求我别追他了。"苏佳慧说完，自己先咯咯地笑起来。柳怀远站在一旁，看着她，心里有种莫名的感动，他觉得这个女孩唤起了他曾经拥有的、已经被渐渐遗忘的某些东西。

2

两个人冒雨步行往单位赶，一路上，苏佳慧都沉浸在抓小偷取得胜利的喜悦中，滔滔不绝着那个小偷的狼狈相。柳怀远拎着两个大文件袋，陪着她走在湿漉漉的马路上。此番情形仿佛让他回到多年前，那时的他，也

舌战

曾经因为没赶上末班公交车而在雨夜中步行往宿舍赶。那时的他，喜欢不打伞、在雨中漫步。那时的他，喜欢穿着球鞋踩在水坑里的感觉。如今这些被遗忘的记忆又出现了，在他的心中涌动，使他感觉到一种重返青春年代的快乐。

柳怀远和苏佳慧赶到单位已经快下班了，前台的小马看到被淋湿的两人有些吃惊地说："哟，雨还下呢？"

"嗯，这种毛毛雨最烦人了。"苏佳慧边说边和柳怀远往办公室走。

"对了，柳律师，曼华姐在会议室等您呢。"黎曼华最近似乎有了危机感，经常来事务所等着柳怀远下班，小马都已经改口称她为曼华姐了。

两人此时刚走到会议室门口，黎曼华站起身迎了出来，看到两个人挑起眉毛问："哟，你们俩这是唱的哪一出啊？"

"哦，柳律师的车今天限行，我们从法院出来打不着车，就坐地铁回来了。"小苏有些尴尬地回答。

"你怎么没打个电话就来了？"柳怀远抖着身上的水珠问。

"我突然袭击查个岗。"黎曼华笑着走到柳怀远身边，目光扫着小苏。

"柳律师，我先回座位了。"苏佳慧像做错了什么事，生怕黎曼华发现似的，急急忙忙快步回到了座位上。

因为反倾销的案子，苏佳慧和柳怀远一起工作的这几个月里，苏佳慧不知不觉已经对柳怀远产生了一种感情上的依恋，每次两个人单独在一起交流工作，她都觉得特别快乐，时间也过得特别快，和柳怀远在一起，让她觉得踏实而充实，这是和杨智在一起时完全不同的体验。在感情上她想靠近柳怀远，但在理智上，她知道他不属于她。这种纠结挣扎让她很痛苦，但她想不出什么办法不去想他。

看着黎曼华挽着柳怀远的胳膊走进办公室，苏佳慧怅然若失地发起了呆。

第十章　两败俱伤

3

黎曼华让父亲和继母分居的办法确实有效，在第二次起诉离婚的时候，继母无法再证明自己跟老伴感情好——因为两个人根本不住在一起，不是正常的夫妻状态。于是，法院判决黎曼华的父亲和继母离婚，房产两人平分，黎曼华为父亲办理了手续住进了养老院，继母则在当地租了一间小一居室。

把父亲的事情处理完，黎曼华觉得自己和柳怀远的事不能再拖下去了。于是她有事没事地频繁去柳怀远的事务所找他，一是为了让他的同事都知道她这个正牌女友，二是同时给他施加一些压力。

"我们俩交往都快五年了，你到底怎么想的啊？"在柳怀远家里吃晚饭的时候，黎曼华终于忍不住开门见山地问起了柳怀远。

"现在这样不是很好吗？"柳怀远微笑着看着黎曼华。

"男人和女人真是不一样的物种啊。"黎曼华脸上泛起一丝苦笑。

"何来如此感慨？"

"怀远，我都已经三十多岁了，男人三十多岁正当年，可你知道吗？女人过了三十就开始走下坡路了，如果还不能安定下来，这心里真的是慌啊。"黎曼华的语气里充满了无奈与无助，让柳怀远不免有些心疼。

"其实男人多少对婚姻会有一些恐惧，也不知道到底是怕什么。"柳怀远站起身走到黎曼华身边，抚摸着她的头发，低头在她额头亲了一下继续说："再给我些时间吧，等我心里面准备好了。"

黎曼华抓住柳怀远的手放到唇边，眼泪不自觉地淌了下来。

舌战

4

"听说了吗，柳律师要结婚啦。"

"不会吧，这钻石王老五又少一个？"

"他女朋友前两天来所里和耿律师说的。"

苏佳慧一进事务所，就听到几个小秘书在八卦。

她知道这是早晚的事，可不知为什么心情还是很低落。坐在办公桌前愣了好久，脑子一片空白。

接下来的几天，苏佳慧发觉自己根本没有办法集中精力工作。"柳律师要结婚啦"这个声音时时刻刻地在她脑海中盘旋，挥之不去，她知道原因，但又不愿意也不敢承认这个事实——通过这一段时间的接触，她已经无药可救地爱上了这个当初被自己视为"不长眼的家伙"。她不知道柳怀远的感受，有时候她非常确定地告诉自己，这只是李嘉口中没出息的暗恋而已，即使明白自己是单相思，但这份痛苦却丝毫不亚于和杨智的分手。每次面对柳怀远，她内心的痛苦都会让她喘不上气来。

她唯一能想到的办法只有逃避。前不久，一个在律师协会工作的朋友曾经打电话问她有没有留学的打算，他们有个项目可以去美国进修一年。苏佳慧当时有些动心，但一听到二十万元的费用就回绝了。现在，她突然觉得能够借此机会摆脱感情的困扰是一个不错的办法。打电话一问，那边的项目竟然还有名额。

这天上班，苏佳慧敲响了柳怀远的办公室的门。

"柳律师，我有个想法，想跟您沟通一下。"站在柳怀远面前，苏佳慧神情严肃地说。

"什么想法。"柳怀远好奇地看着她问。

第十章 两败俱伤

"我想出国留学。"

"怎么突然想出国了？"柳怀远先是一愣，继而平静地问。

"其实也想了一段时间了，前段时间跟何律师做那个反倾销的案子，我觉得自己的专业和英语水平都还不够，所以就想趁着这两年没什么负担，出去好好学学。正好我同学说他们那边有个和美国的交流项目，我就想试一下。"苏佳慧说完，目光停留在柳怀远的脸上。

"这想法好啊，趁着年轻，多出去走走，多看看。"柳怀远点点头问道，"你打算什么时候走？"

"办手续可能需要一段时间，我想如果您同意，下个月我就不来了。"苏佳慧说。

"我这没问题，你去问问廖律师都需要办什么手续吧。"柳怀远说完像是突然想起了什么，抬头看着苏佳慧问，"出国一年需要不少钱吧？经济方面有困难吗？"

"嗯，应该问题不大，我可以先向朋友借一部分。"柳怀远的问题显然问到了苏佳慧的痛点上，她粗略算过一下，留学一年的学费加上生活费，至少要二十万元，眼下她正不知该如何向父母开口呢。

"如果有困难，事务所可以给你贷一部分款啊，等你学成归来回所里工作再还。"柳怀远微笑着看着苏佳慧。

"这样可以吗？"苏佳慧喜出望外地看着柳怀远。

"我可以帮你问一下廖律师，行政这块归她管，我觉得应该问题不大，这也是留住人才的一个办法啊。"柳怀远想了想继续说，"不过这件事还是不要声张啊。我争取说服廖律师把这当个特例来办。"

"太谢谢您了，柳律师。我来所里这段时间多亏了您的帮助，我真的特别感谢您。"苏佳慧抑制不住激动的情绪，眼泪滑出了眼眶，柳怀远站起身绕过办公桌递给她一张纸巾，苏佳慧一下子扑到柳怀远的身上，抱住了他。她感到柳怀远的身体微微颤抖了一下，随即不好意思地松开他。

舌战

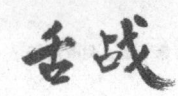

"柳律师,那我先走了。"苏佳慧说完扭头跑了出去。

柳怀远回过神来坐下,突然有些不舍。这段时间,他多少感觉到了苏佳慧对他的变化,他也越来越喜欢这个心地善良、耿直的女孩,但他不能不考虑一些感情之外的东西,当然还有黎曼华的存在,所以,他宁愿把这份感情当作一份情谊藏在心里。

5

苏佳慧很顺利地办好了出国手续,下个月就要出发了,想起李嘉"十一"结婚,她答应的要当伴娘也实现不了了。于是她给李嘉打了个电话。

"嘉,我手续都办完了,下个月就走。"

"这么顺啊。"李嘉的声音有些沙哑。

"嗯,我也没想到这么顺利,你'十一'结婚我赶不上了。"苏佳慧有些愧疚地说。

"结什么婚呀,我明天就离婚。"李嘉突然爆发了。

"你瞎说什么呢,疯了吧?"

李嘉不说话了,手机里传来了哭声。

"你现在在哪呢?在新房吗?我现在过去啊。"

苏佳慧风风火火赶到李嘉的住处,一进门就发现李嘉的眼睛红肿着。

"姑奶奶,怎么回事啊,这好好的又闹哪出啊?"

"你来得正好,帮我把婚离了吧。"

"这都是为什么呀?"苏佳慧搂着李嘉问。

"就因为这婚纱照。"李嘉指着沙发墙上的婚纱照片说。

苏佳慧抬头看着照片,照片上两人穿着韩国传统服装笑得一脸甜蜜。

"这婚纱照不挺好的吗?"

"谁说不是呢,我婆婆非说婚礼上不能挂这张照片。"

第十章 两败俱伤

"为什么呀?"苏佳慧不解地问。

"我婆婆有病!"李嘉生气地大声说。

"你别胡说八道。"

"我没胡说,老王他爸因为一韩国女人跟我婆婆离婚了,就因为这个,我婆婆死活不让我们挂这照片,前天跑这儿当着我的面骂了他儿子一顿。我当时就窜了,我跟我婆婆说了,这照片是我选的,您别兜着圈子数落我,不让穿这个早说啊,照都照了,就这张最好看,我还就挂了。"李嘉越说越生气,声音越来越大。

"你也是,不就一张照片吗,至于就离婚吗?"

"怎么不至于啊?我结婚凭什么都听她的呀,我昨天跟老王说了,我还就挂这张照片了,你要是再劝我,咱俩明天就离婚。"

"你这不难为老王吗?何苦啊?"苏佳慧看着一脸委屈的李嘉不知说什么好。

"我难为他?我婆婆难为我你怎么不说啊。"

"嘉,别任性了。"苏佳慧不知为什么突然眼泪就流了出来,吓了李嘉一跳。

"我这还没怎么着呢,你哭什么呀?"

"我在北京就你这么一朋友,我马上就走了,我不想……"苏佳慧说着说着哽咽住了。

"哎呀行啦,你别哭了。"李嘉赶紧揽过苏佳慧。

"嘉,你知道能和爱的人在一起是件多不容易的事吗。我真的特别羡慕你,遇到老王那么爱你。"

"行了,你别说了。"李嘉知道苏佳慧是触景生情,轻轻拍着她的肩膀说。

"好好的结婚,别闹了,啊。"苏佳慧满脸泪痕地看着李嘉。

"嗯,你就放心地走吧。"一想到苏佳慧就要一个人跑到美国,李嘉忍不住也哭了。

253

舌战

尾声

1

苏佳慧八月去了美国，在法学院的功课非常紧张，忙碌的学习让她暂时忘记了北京的一切。

事务所又给柳怀远配了两名新人，一个助理，一个秘书。不忙的时候，柳怀远还会想起当初一起进来的杨智和苏佳慧，现在两个人都已经翅膀硬了，远走高飞，失落之余，他也很欣慰。

今年律协组织律师对西藏地区进行法律援助，柳怀远报了名。黎曼华当初不同意，但柳怀远答应她回来之后结婚，她拗不过柳怀远，也只能答应了。

黎曼华的父亲去世了。去世前，他给女儿留下了一封信，信上说，他在养老院住了几个月就搬回继母的一居室住了，继母照顾了他那么多年，他们两个人已经谁也离不开谁了。去世前，两个老人已经办理了复婚，这样，继母就有权继承父亲的大部分财产了。"做人不能只想着自己的利益，否则自己也一定过不好。"这是父亲送给黎曼华的临终遗言。

因为方灵是高龄孕妇，而且心情不好，所以胎儿状况欠佳，需要住院观察。柳怀远去和她道别，她泪眼婆娑地看着他，心里有一百个不舍，但也只能祝福他。

在机场登机之前，柳怀远考虑再三给黎曼华发了条微信：不必等我回来，遇到合适的就结婚吧。

尾声

不到一分钟，黎曼华打来电话，柳怀远静静地看着电话断了又闪，始终没有接听。

"你混蛋！"微信上传来黎曼华愤怒的三个字。

柳怀远盯着手机屏幕良久，关上了手机。

西藏林芝县地处海拔四千米的雪域高原上，这里是全国一百多个没有律师事务所的偏远县之一，按照国家规定的对口支援政策，柳怀远到这里进行法律援助。

经过了几天的颠簸，柳怀远来到县政府为他准备的招待所。站在这栋三层小楼前，他喘着粗气，望着蓝得耀眼的天空，感觉自己离太阳那么近，近得像要被融化一样。

刚到这里因为高原反应，柳怀远常常无法连续工作太长时间，需要借助吸氧恢复体力，时间久了，他已经非常适应了当地的条件。这段时间，他不仅帮当地的藏族群众准备诉讼文件、代理案件，当地公安、法院的同志也经常来请教一些政策。这期间黎曼华打了几次电话，他都没有接。

进入十月，林芝县就开始下雪了。漫天的风雪阻碍了民众们来咨询的道路，柳怀远只能靠电话为大家服务。但是招待所的电话信号不太稳定，有时候，他必须跋涉到两公里以外的县政府办公楼，坐在电话机旁，等待着藏族群众们的电话咨询。

柳怀远来到林芝县的五个月之后，方灵给他发来一个短信，告知她已经平安生下一个女孩，并发了一张孩子的照片，照片中孩子躺在襁褓中安静地睡着，一看就是个漂亮的女孩。

柳怀远的法律援助期限即将届满，他手头上还有一个草场相邻权案子没有结束。他代理这个案子的原告，是一个二十岁的藏族姑娘，卓玛。他希望能够在他离开林芝之前，将案子了结，他不止一次地来到卓玛家，和被告家，想通过调解让两家从仇敌，变成好邻居。不管柳怀远说什么，卓

舌战

玛都无条件同意,她对于柳怀远有着近乎崇拜的信任。每次柳怀远来到她家,她的红通通的脸上都露出欢快的笑容。通过柳怀远的不懈努力,被告终于同意不再阻止卓玛家的马群通过自己的草场边缘,还同意自己想办法修复马群践踏的区域。拿到了法院的调解书,柳怀远脸上露出了欣喜的笑容。他收拾好行李,给方灵打了个电话,告诉她自己两天后就回北京了。

2

坐在纽约机场等着登机,苏佳慧捧着一本书,却没心思看进去。这一年的读书生涯很辛苦,最初全英文的课程让她几近崩溃,只能在课余狂补语言。高强度的学习让她精疲力竭,但好处是也让她暂时放下了"失恋"的痛苦。随着学业渐渐步入正轨,她开始害怕自己闲下来,因为她吃惊地发现,一有闲暇,脑海中徘徊不去的依然还是柳怀远。她不停地告诫自己,这是不可能的,柳怀远有恋人,但越是抵触,那个形象越清晰。她拼命给自己找事做,不去想他,但越挣扎越不能自拔,她努力克制自己,不给他打电话,不提及这个名字,把所有精力放在学业上,一年的努力没有白费,她终于获得了硕士学位。

马上就要登机了,苏佳慧把手机拿在手里转来转去,终于下定决心拨通了柳怀远的号码。"对不起,您拨打的号码是空号。"

怎么回事?苏佳慧再次拨打,听筒里传来的还是同样的内容。

坐在飞机上的苏佳慧有些心神不宁,十几个小时的飞行,她基本没合眼,脑海中依旧是那个挥之不去的形象。"别再想他了,人家已经有未婚妻了,把这段感情藏在心里就好了,不能向任何人提起。"飞机降落在首都机场的那一瞬,苏佳慧提醒自己。

来机场接她的是李嘉。

"哟,奥迪 A4,不错呀。"看着李嘉的座驾,苏佳慧突然想起李嘉之前和她老公吵架的疯狂之举——吃了一张 A4 纸。"

"你说当初你要是吃张 A6 的纸，他会不会就给你买'闹笛儿'A6 了呢？"苏佳慧边说边大笑起来。

"这一年没见，你这嘴怎么还是这么欠呀，难怪你嫁不出去。"开着车的李嘉边回击边递过来一个橘子，苏佳慧接过来笑着说："没办法。别光说我了，你怎么样啊，你婆婆现在不天天催你生孩子啦？"

"哎呀，哪壶不开提哪壶。"李嘉摆摆手说，"我婆婆真是奇葩，刚结婚那阵天天问，我跟她说试过了，没怀上，你猜她怎么说？"

"怎么说？"

"她居然神秘兮兮地对我说，再频繁点。"

"真的啊？"苏佳慧闻听此言，笑得差点被橘子噎着。

"你见过这样的吗？"

"还真没有，看来你这日子过得也不轻松啊。"

"现在好了，我婆婆现在根本不理我了"

"啊？怎么了？"苏佳慧很好奇。

"那天吧，她又问我这事，给我烦的，急中生智，我直接跟她说，怀不上，您儿子不育。老太太眼珠子差点瞪出来，当时就不吭声儿了。哈哈哈……"李嘉得意地笑起来。

"这话你都编得出来？不怕你们家老王急啊？"苏佳慧吃惊地看着李嘉。

"嗯，我们家老王回来差点没把我给掐死。"

一路上，苏佳慧难得的心情舒畅，她很感激这一路能有李嘉这个闺密一路陪着自己。

"对了，忘了和你八卦一事儿。你还记得我们小区售楼处那销售经理，你老板那女朋友黎曼华吗？"李嘉慢悠悠地开着车问。

"记得啊，怎么了？"听到这个名字，苏佳慧莫名地紧张起来，她想现在也许任何一个和柳怀远相关的名字都会让她紧张吧。

舌战

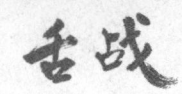

"她结婚了。"李嘉侧头看了一眼副驾驶上的苏佳慧说。

"这有什么奇怪的,不是很正常吗?"苏佳慧把头侧向窗外,她避开李嘉的目光,怕自己脸上的失落被她抓住。

"正常我就不告诉你了。你知道她老公是谁吗?"

"谁?"苏佳慧感觉自己的心都要跳出嗓子眼儿了。

"是我们小区开发商的一副总。"

"不可能!"苏佳慧尽力让自己的语气平静。

"我骗你干吗呀?"

"你怎么知道的?"苏佳慧吃惊地瞪着李嘉。

"前一阵儿我一朋友要买我们小区三期,我带她到售楼处,你知道现在房子多抢手吗?价格比我买的时候翻了一倍多,居然还没房可卖了。"李嘉不紧不慢地说:"我想跟那销售套个近乎,让她帮着想想办法,就跟她说我和她们黎经理是熟人,结果那小姑娘告诉我说,黎曼华现在已经不做销售了,嫁给开发商了。"

"这怎么可能?"苏佳慧脑子有点发蒙,虽然努力地故作镇定,但声音都在发颤。

"这有什么不可能啊,现在房地产这么火,开发商副总可比律师有钱多了,那女的一看就是爱财的人。"李嘉看了一眼苏佳慧说,"你瞎激动什么呀?"

"我哪儿激动了,她嫁谁跟我有一毛钱关系吗?"苏佳慧抢白道。

"那倒也是。不过对你也算是个利好啊,这下你不就有机会了吗?"李嘉说着笑了起来。

"你正经点儿啊,别又开始胡说八道。"苏佳慧厉声说。

"哎,我哪儿不正经了?你说你也老大不小的了,这律师虽然比不上副总有钱,但配你总绰绰有余吧?好好把握这机会吧。"

"滚,我不理你了。"

"啧啧,你看你,脸都红了,不会是被我说的正中下怀了吧?"李嘉哈哈大笑着看向苏佳慧

"闭嘴,好好开你的车。"

3

苏佳慧本来打算和李嘉一块儿吃个饭再回家的,但听了黎曼华的事儿,她改了主意,她想尽快见到柳怀远,想知道他会不会很受伤,想告诉他这一年来自己对他所有的思念。

回到家,来不及收拾行李,苏佳慧再次拨通了柳怀远的电话,仍然是空号。苏佳慧本想问问所里同事怎么回事,但又觉得不太合适。突然想柳怀远就住在对面小区,干吗不直接去找他呢。

来不及多想,苏佳慧急火火地走出家门。

上了柳怀远所在小区的电梯,苏佳慧才觉得自己这么急着去柳怀远家实在是太唐突了,走出电梯的时候,她已经没勇气去敲柳怀远房间的门了,站在楼道里正不知如何是好,柳怀远的房门突然打开了。

苏佳慧慌忙转身准备逃走,但又觉得这样更不好,窘迫的她手足无措地站在楼道里,不敢回头。

"你找谁啊?"身后传来一位女士的声音。苏佳慧回过头,看到一位三十多岁,化着淡妆的女人站在柳怀远的房门口,眼光里透出初为人母的恬淡。出来的人是方灵,苏佳慧之前没有见过她。

"哦,我来看一个朋友,好像走错楼层了。"苏佳慧打量着眼前的女人,慌乱地编着慌话。

方灵微笑了一下,推着婴儿车从苏佳慧身边走过,苏佳慧看到婴儿车里躺着一个几个月大的孩子。

电梯刚好还停在那儿,方灵推着婴儿车走进电梯,冲苏佳慧微笑着点

了点头。

苏佳慧愣在那里,感觉自己像个傻子一样。

"他已经结婚了,还有了孩子……"这样想着,她的眼眶竟然湿了。

苏佳慧站的地方到柳怀远的房门不过几步的距离,但她却觉得那距离远到她永远都到不了。

"我一定得问问他。"苏佳慧提醒自己,她鼓足勇气走到门前,抬起的手落在空中,却终于没有力气敲在门上。

4

苏佳慧不知道自己怎么熬过这个晚上的,失落、后悔、自责……各种情绪交织在一起,这种痛苦远远胜过她和杨智分手带来的打击。静下心来想想,她也觉得奇怪,毕竟她和柳怀远一直只是上下级的工作关系,根本就没有过恋爱的经历,这种胜过失恋的痛苦又从何而来呢?她不知道。

第二天一早,苏佳慧来到事务所的时候前台还没有人,她默默地来到自己的办公桌前,桌子上相框里的照片告诉她,这里已经有了新的主人。她静静地坐下来,抬头看着柳怀远的办公室,房门紧闭着,里面关着灯。

十几分钟后,同事陆陆续续地来了,见到苏佳慧大都吃惊地过来寒暄两句。眼看到了上班时间,却依然没见到柳怀远的身影。

"哟,小苏回来了,怎么也不事先打个招呼啊?"廖莹莹的声音还是热情又洪亮。"走,到我办公室去。"廖莹莹边说边挽起苏佳慧的胳膊朝自己办公室走去。

"哪天到的呀?"

"廖律师,我昨天下午刚到。"

"你都已经毕业啦?时间过得可真快呀,赶紧坐下来,说说那边咋样?"

"哦,学习还是挺紧张的,刚开始什么都不行,后来慢慢适应了,这不顺利毕业了，也算没给咱们所丢脸哈。"苏佳慧笑着说。

"看你说的，你那么聪明，又肯努力，肯定错不了呀。怎么着，这是来报到吗？哎呀别说，我还真盼着你回来呢，手里一大堆事儿，交给别人还真不放心啊。"廖莹莹笑着递过来一瓶水。

"哦，廖律师，今天是周四，我来报个到，下周一应该就能上班了。"苏佳慧接过水说。

"嗨，你看我急的，这刚回来怎么也得倒倒时差呀，我可不是催你啊小苏，先歇够了再上班，不着急。"

"没事儿，廖律师，我也没什么事儿，这两天收拾收拾，下周就能上班了。我的学费还是所里借的呢，我得赶快挣钱还上啊。"苏佳慧看着廖律师开玩笑地说。

"哦，嗯，是啊……"廖莹莹不自然地笑了笑，突然沉默了，这倒让苏佳慧有些尴尬，不知道自己是不是说错了什么。

"柳律师今天还没上班？"苏佳慧努力地想找个话题。

"嗯……小苏，你还不知道……柳律师的事？"廖莹莹神情突然变得凝重起来。

"柳律师怎么了？"苏佳慧本来最不想听的消息是柳律师已经结婚了，但从廖律师的神情来看，她预感到将是更坏的消息。

"廖律师，柳律师到底怎么了，我昨天打他手机一直说是空号。"苏佳慧急切地从沙发上站起身问道。

"柳律师去世了。"

从廖莹莹嘴里说出来的几个字，如同一记记重锤猛地敲在苏佳慧头上，猝不及防地将她击毁了。

"不，不可能！"苏佳慧几乎是喊出来，泪水一下子从眼中涌出了眼眶。她木然地站在原地，嘴里不停地重复着："不可能。"她用乞求的目光看着廖莹莹，希望她告诉自己，刚才她不过是和自己开了个玩笑。

舌战

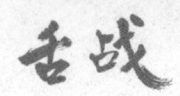

"廖律师,这不是真的,他不会的……"苏佳慧的泪水早已决堤,她浑身止不住地颤抖起来。

"小苏,你别着急,赶紧坐下。"廖莹莹见状,急忙站起身来,扶着苏佳慧坐下来,自己抽出几张纸巾递给她。

苏佳慧努力地想控制住自己的情绪,但她控制不住。廖莹莹轻轻揽住眼前这个可怜的姑娘,眼泪也跟着淌了下来。

"你出国前,他就被确诊患了肝癌,治愈的可能性也很小,所以他拒绝了手术,这事我们谁都不知道,包括他的家人、同事、朋友,甚至黎曼华,他谁也没告诉,自己扛了十个多月……"

苏佳慧这才想起来,出国之前,她有好几次看见柳怀远手捂着肚子趴在办公桌上,问他,他都只说是胃不舒服,过会儿就好了。

"你出国的费用其实也是柳律师垫付的,他说给你怕你不要,所以才说是所里借给你的。"

苏佳慧脑子一片空白,只感觉眼前一黑,她的世界塌了。

5

柳怀远是在给卓玛送调解书的路上昏迷的。卓玛发现他的时候哭成了泪人。医生说可能是因为感冒而引发高原反应,导致深度昏迷。但当柳怀远被辗转送到北京的医院,医生在电脑上调出他的病历,所有人惊呆了,十个月前,柳怀远就已经知道自己患了癌症,只是他没有告诉任何人,就连援藏的体检表,都是他从医院的朋友那里"骗"来的。

柳怀远的父亲从他的房子里发现了他的遗书。在遗书里他明确表示,不希望进行任何无谓的治疗,他同时将自己居住的房子留给了方灵。

他在给方灵的信中写道:

藏族有一个美丽的传说,能够找到八瓣格桑花的人就会找到幸福。但

尾声

是去了西藏才发现，除了个别基因变异的植株，格桑花都是八个瓣的，所以幸福其实很容易找到的，只是你我兜兜转转了一圈，却都没有抓住这份简单的幸福。我们彼此足够了解，所以我知道能够让你不顾一切生下来的这个女儿，不可能是别人的孩子，照顾好我们的宝贝，让她替我带给你那份简单的幸福吧。

……

重新回到明敬诚律师事务所工作了四年之后，苏佳慧因为业绩突出被提拔为合伙人，不知是不是巧合，她的办公室正是柳怀远曾经的办公室，坐在熟悉的办公桌前，苏佳慧不禁又想起了自己初来事务所的种种经历，想起了她的初恋杨智，想起了始终珍藏在她心里的那段没来得及表白的恋情。八月的北京天气阴晴不定，刚刚还是风和日丽，转眼就狂风大作。苏佳慧起身去关窗子，空中飘起了小雨，她才注意到窗外那条马路两旁，树木已经枝繁叶茂，站在窗前向远处望去，她看见不远处一个穿着套装的女孩正在追着一辆灰色的轿车，一边追一边喊："怎么开车呢，没长眼睛啊……"

苏佳慧的视线渐渐模糊了，对着空荡荡的马路挥了挥手，她微笑着关上窗子，转身回到办公桌坐下，一颗晶莹的泪滴，顺着她的脸庞滑了下来。

舌战

后记

本书截稿时，耳边忽然传来久违的一首歌，江美琪的《亲爱的，你怎么不在我身边》。我想，如果苏佳慧听到了，一定会泪流满面，因为这首歌唱的就是她的心境啊。

这里的空气很新鲜

这里的小吃很特别

这里的 latte 不像水

这里的夜景很有感觉

在一万英尺的天边

在有港口 view 的房间

在讨价还价的商店

在凌晨喧闹的三四点

可是亲爱的　你怎么不在我身边

我们有多少时间能浪费

电话再甜美

传真再安慰

也不足以应付不能拥抱你的遥远

我的亲爱的　你怎么不在我身边

一个人过一天像过一年

海的那一边

后记

乌云一整片
我很想为了你快乐一点
可是亲爱的
你怎么不在身边

在一万英尺的天边
在有港口 view 的房间
在讨价还价的商店
在凌晨喧闹的三四点
可是亲爱的　你怎么不在我身边

我们有多少时间能浪费
电话再甜美
传真再安慰
也不足以应付不能拥抱你的遥远
我的亲爱的　你怎么不在我身边

一个人过一天像过一年
海的那一边
乌云一整片
我很想为了你快乐一点
可是亲爱的
你怎么不在身边